Sonja Rudorf

Die Giftsammlerin

Sonja Rudorf

Die Giftsammlerin

Roman

nymphenburger

Die Dunklen Seiten
bei nymphenburger

Herausgegeben von
Thomas Kraft

Besuchen Sie uns im Internet
unter www.nymphenburger-verlag.de

Schutzumschlag: Wolfgang Heinzel
Schutzumschlagmotiv: photonica, Hamburg
Satz: Filmsatz Schröter GmbH, München
Gesetzt aus 11,5 pt Adobe Garamond
Druck und Binden: GGP Media GmbH, Pößneck
Printed in Germany
ISBN 3-485-01065-0

Lügen. Als ob dieser Begriff für Aufklärung sorgen könnte. Niemand wird im Ernst behaupten wollen, mit der Wahrheit ließe sich ohne kleinere Korrekturen auch nur die kürzeste Zeit unmissverstanden leben.

I

Eva senkte den Blick. Ihre durchweichten Mokassins hatten sich dunkel verfärbt, die nasse Flanellhose schmiegte sich an ihre Oberschenkel. Nur Jacke und Hut trotzten der herabstürzenden Sintflut, die die Trauergemeinde in ein Heer schwarzer Regenschirme verwandelte. Auf dem Weg zum Grab hatte Ben immer wieder versucht, sie behutsam unter seinen Schirm zu ziehen, doch Eva war ihm ausgewichen. Schutzlos, verletzbar, so fühlte es sich eben an, wenn man von der eigenen Mutter Abschied nahm. Für einen Moment verfluchte sie die Menschen um sich. Abschied war still. Hatte nichts mit den sorgsam ausgefeilten Formulierungen zu tun, die man der Mutter ins Grab mitgab. Sie schnappte das Wort »Frieden« auf, suchte den Blick des Geistlichen und runzelte die Stirn. Ein letztes Mal erhob er seine Stimme gegen den prasselnden Regen, dann schloss er seine Predigt mit einem Gebet und nickte Eva zu. Der Weg bis zum Grab erschien ihr endlos. Eine Blume nehmen, sie auf den Sarg fallen lassen, einen letzten Gruß hinterherschicken. Besser noch hinauf, zu dem undurchdringlichen Wolkenband, hinter dem ihre Mutter möglicherweise saß und diesen kräftigen Guss eigenhändig auf die ungeliebte Verwandtschaft niedergehen ließ. Noch vor kurzem hatte ihr die Mutter am Krankenbett zugeflüstert, sie hoffe, vom Anblick scheinheiliger Erbschleicher verschont zu bleiben. Ein Lachen stieg Evas Kehle hinauf, blieb stecken und setzte sich dort als Klumpen fest.

Sie zwang sich, den Blick vom Sarg zu lösen und zur Seite zu treten. Langsam zogen die Trauernden an ihr vorüber. Ein Händedruck, eine Beileidsbezeugung und der Nächste stand vor ihr. Nur Elsie Gruber, die älteste Freundin der Mutter, sah Eva unter ihrem Regenschirm durchbohrend an, während sie kondolierte. Wenig später zog der Tross der Hinterbliebenen Richtung Friedhofsausgang. Eva blieb allein zurück. Der intensive Geruch nach Blumen, Erde und Vergänglichkeit stieg ihr in die Nase. Sie betrachtete die geöffnete Grabstelle, das schmale Holzkreuz, dahinter die Friedhofsmauer, die Backsteine, aus denen loser Mörtel brach, Ginsterbüsche zu beiden Seiten, schließlich die mächtige, herbstlich verfärbte Eiche, die ihre schützenden Arme über den Ort hielt, den man der Mutter für ihren langen Schlaf zugeteilt hatte. Ein guter Platz, dachte Eva, ruhig und abgelegen, ein Platz wie geschaffen für die nahtlose Fortführung des Rückzuges, den ihre Mutter bereits zu Lebzeiten angetreten hatte. Lange stand Eva am Grab und verlor sich in Gedanken an die Frau, die sie geboren hatte. Die Zeit schien still zu stehen. Erinnerungen zogen vor ihrem inneren Auge vorüber. Erst als ein Kälteschauer sie durchschüttelte, folgte sie den anderen ins Café.

Das Waldcafé war eine Wirtsstube mit speckigen Holztischen. Geblümte Sitzpolster und Stofflampen, die an einem verregneten Tag wie diesem ihren gelben Schein aufs Holz legten, trugen die Spuren jahrelangen Zigarettenrauches. Hier und dort saßen Gäste vereinzelt bei Kaffee, Himbeertorte oder Schnaps und lasen Zeitung. Im hinteren Teil schloss sich ein Raum an den Tresen an, der durch eine Schiebetür abgetrennt war. Nur schemenhaft ließ sich die Trauergemeinde jenseits der milchigen Scheibe erkennen. Lachen tönte heraus.
Als Eva die Tür aufzog, erstickte es. Für einen Moment verstummten die Gespräche an dem lang gezogenen Tisch. Eva suchte die schmale Gestalt ihres Mannes und entdeckte sie zwischen zwei ihrer Kusinen. Die zänkische Beate und Isabelle, ihr dickes Ebenbild, dachte sie, während sie Bens hilflosen Blick mit einem Schulterzucken beantwortete. Natürlich hatte es kein Entrinnen vor diesen beiden gegeben, niemand wusste das besser als Eva. Isabelle vereinnahmte jeden Menschen sofort mit ihrem Redestrom und Beate positionierte sich stets in ihrer unmittelbaren Nähe, um korrigierende Kommentare einzuwerfen. Die beiden waren ein eingespieltes Team. Ihre Mutter, Tante Hil-

de, hatte wohlweislich am anderen Ende der Tafel Platz genommen.
»Eva, setz dich zu mir.« Die heisere Stimme Elsie Grubers holte sie aus ihren Gedanken. Stühle wurden gerückt, jemand räusperte sich. Als sie saß, spürte Eva eine Hand auf ihrem Unterarm und wechselte zum zweiten Mal an diesem Tag einen intensiven Blick mit der Frau, die einmal die beste Freundin ihrer Mutter gewesen war.
»Ursel geht es jetzt gut.« Beim Lächeln legte sich Frau Grubers Gesicht in Falten, selbst den Wangen war ein feines Muster eingeritzt. Das kurz geschnittene, glatte Haar, ihr Hals und die beringten Finger, die an den Gelenken verdickt waren, zeugten von ihrem Alter – sie musste um die siebzig sein –, aber aus ihren Augen sprach dieselbe Lebendigkeit wie eh und je.
»Wenigstens muss sie diese Verwandtschaft nicht länger ertragen«, flüsterte Eva, »ihre Katzen haben wahrscheinlich einen höheren I.Q.«
Sie lehnte sich zurück und registrierte, dass die ältere Dame es ihr gleichtat, wobei sie ihren Stuhl ein Stück näher an den ihren rückte. Eine merkwürdige Spannung ging von ihr aus. So etwas wie eine stete Aufforderung, Kontakt zu halten. Eva suchte nach Worten. Ihr Kopf schien wie leer gefegt. Unmerklich versank sie in jene Lethargie, die sie seit dem Tod der Mutter immer wieder befiel. Nur mit halbem Ohr erfasste sie

Fetzen des Tischgespräches, das um den Gnadenhof kreiste, jenes Waisenhaus für alte, verstoßene und kranke Tiere, das ihre Mutter vor Jahren gegründet hatte. Tatjana, eine der Mitarbeiterinnen, suchte Blickkontakt zu ihr, doch Eva tat so, als bemerke sie es nicht. Niemand würde heute geschäftliche Dinge mit ihr regeln können, niemand auch nur die kleinste, verbindliche Aussage zu irgendetwas erhalten, das mit dem Nachlass zu tun hatte. Sie schloss die Augen und versuchte die ölige Stimme ihres Onkels auszublenden. Keine fünf Sekunden später spürte sie, wie jemand an ihrem Ärmel zupfte.

»Hat Ursel mit dir gesprochen?«, raunte Frau Gruber.

»Über was?«

Erstaunen glomm in den Augen der alten Dame auf, dann schob sich ein undurchdringlicher Schleier davor. »Über den Hof. Wie es weitergehen soll.«

Eva schüttelte den Kopf. Eine innere Stimme riet ihr nachzuhaken, aber sie war zu erschöpft. Jemand stellte eine Tasse Kaffee vor sie. Sie trank das heiße, bittere Getränk, das ihren Gaumen betäubte, in kleinen Schlucken. Wie aus weiter Ferne hörte sie die Trauergäste miteinander reden, ein Stimmenteppich, der an der Peripherie ihres Bewusstseins blieb. Ihre Augen streiften ziellos über die muntere Gesellschaft, bis sie Bens tröstenden Blick auffingen. Er würde nach einer angemessenen Zeit die Verwandten verabschieden, die Rechnung begleichen und sie nach Hause bringen. Auf Ben war Verlass.

Auf Ben war immer Verlass gewesen. Seit Eva ihn vor sechs Jahren kennen gelernt hatte, verging keine Woche, in der er sie nicht vor einer kleinen Katastrophe bewahrte. Ihre erste Begegnung hatte bereits den Weg vorgezeichnet. Es war bei einer Vernissage gewesen, die sie, damals im letzten Semester ihres Kunststudiums, mit Kommilitonen besucht hatte. Am Ausstellungstisch lehnend, hatte sie der Laudatio des Galeristen gelauscht, als ihr plötzlich auffiel, dass ihr Rotweinglas auf einem der Tuscheexponate stand. Im gleichen Augenblick hatte der Mann zu ihrer Linken ohne viel Aufhebens das Glas vom Kunstwerk gehoben, den kreisrunden Abdruck mit dem Handballen fortgewischt und es ihr mit einem Lächeln gereicht. Nach der Rede hatte er sich vorgestellt. Ben. Drei solide Buchstaben, die für Klarheit und Ruhe standen. Vermutlich hatte sie sich wegen seines Namens in ein Gespräch verwickeln lassen, das in verschiedenen Bars bis in die Morgenstunden seinen Fortgang fand. Wegen des Namens und der langen, geschwungenen Wimpern, die seinen Augen einen sanften Ausdruck verliehen. Ben war einen Kopf kleiner als sie. Sein Kleiderschrank bestand aus Jeans, dunklen Hemden und sandfarbenen Rollkragenpullovern, die Bartstoppeln auf seinen Wangen besaßen exakt die in aktuellen Modejournalen empfohlene Rasur.

Eva hatte sich sofort in ihn verliebt. Sie mochte seine leise Art zu reden und das Leuchten in seinen Augen, wenn er von einem Bauprojekt erzählte. Während sie mit Mitte dreißig noch immer an ihrem Lebenskonzept bastelte, saß er in seinem kleinen Architekturbüro und entwarf ein Gebäude nach dem anderen. Er war der erste Mann, der sich ohne Murren unter dem diffusen Licht ihrer antiken Badlampe rasierte. Der einzige, der sie nicht überreden wollte, das Rauchen aufzugeben. Und als er sie an ihrem vierzigsten Geburtstag damit überraschte, dass er die Gartenlaube seines kleinen Grundstückes in ein Atelier für sie umgebaut hatte, beschloss sie, ihn zu heiraten.

Mit den Jahren war die Verliebtheit einem steten Wohlgefühl gewichen. Natürlich gab es Gemütsverfassungen, die Ben nicht verstand. Die er nicht einmal wahrnahm. Aber nach Evas Ansicht entsprach niemand den Idealvorstellungen, die der Geist unaufhörlich produzierte. Sie war sich sicher, auch ihre Eltern hatten sich unter einem Kind namens Eva kein Mädchen vorgestellt, das im Alter von sieben Jahren einen Terpentinkanister im Garten der Nachbarin hochgehen ließ. Umso befremdeter registrierte Eva den Argwohn, den ihre Mutter Ben gegenüber hegte. Noch zwei Tage vor ihrem Tod hatte sie sich mit einem misstrauischen Unterton in der

Stimme erkundigt, warum er an so vielen Wochenenden arbeiten müsse. Auf Evas Antwort, dass seine Projekte für ihn intensiver seien als jede Geliebte, hatte sie nur nachdenklich den Kopf gewiegt. Aber diese Geste war typisch für ihre Mutter. Seit sie ihr Leben den Tieren gewidmet hatte, waren Menschen für sie suspekte, unberechenbare Wesen geworden.

Drei Tage nach der Beerdigung fuhr Eva zu ihrem Elternhaus. Das Wohnviertel am Rande der Stadt hatte sich seit ihrer Kindheit merklich verändert. Wo früher Gärten bis zum Waldrand geführt hatten, streckten heute breite, stromlinienförmige Gehwege ihre Finger nach ihm aus. Wohlstand präsentierte sich in rundum verglasten Eigentumswohnungen, in mehrstöckigen Gebäudeblöcken, die keine zehn Meter Rasen zwischen sich aufwiesen. Vor jedem Wohnblock waren Wippe, Rutsche und Sandkasten aufgereiht. Autos parkten dicht am Gehsteigrand. Zum Leidwesen der Zugezogenen legten Bauarbeiter bereits die nächste Großbaustelle an. Nur in den schmalen Seitengassen entlang dem Hügel strahlten die Häuser jenen diskreten Reichtum aus, der Evas Weltbild geprägt hatte.
Das kleine Anwesen ihrer Mutter hob sich deutlich von den gepflegten Nachbargrundstücken ab. Es war ein kleines, zweistöckiges Familienhaus mit verwildertem Vorgärtchen. Früher wuchsen dort Heckenrosen, Son-

nenblumen und Hortensien, Efeu wucherte über die Häuserfassade. Nun kletterten einzelne, verloren wirkende Ranken die Frontseite hinauf. An manchen Stellen bröckelte der Putz. Nicht nur daran hatte die Nachbarschaft jahrelang Anstoß genommen, an dem Zerfall von Wert, der ihr unmoralisch erschien. Es war vielmehr die unorthodoxe Lebensweise der allein lebenden älteren Frau gewesen, die sich mit der der anderen nicht vertrug. Und natürlich das stete Gebell und Maunzen, das ihr Grundstück umgab.

Einen Moment lang erschien es Eva, als ob einzig der Eigensinn der Mutter das Haus zusammengehalten hätte und sich mit ihrem Tod zugleich ihr Refugium aufzulösen begänne. Sie zögerte, die Haustür zu öffnen, und betrachtete das Emailleschild neben der Klingel. ›Hier wohnen Kurt, Ursel und Eva Stetter‹ war mit Schnörkelbuchstaben hineingelötet. Es war jahrzehntealt, schließlich lebte der Vater seit beinah dreißig Jahren nicht mehr. Und Eva war im Alter von achtzehn Jahren ausgezogen. Merkwürdig, dass ihre Namen noch immer eine Familie bildeten.

Als Eva Stimmen vom Nachbargrundstück vernahm, gab sie sich einen Ruck und betrat das Haus. Ein Geruch nach Katzenfutter, kaltem Rauch und Reinigungsmitteln schlug ihr ins Gesicht. Normalerweise wären ihr gleich in der Diele diverse Vierbeiner entgegengesprungen. Ihre Mutter hatte die ärmsten Geschöpfe vom Gnadenhof mit nach Hause genommen, sodass das einstige Wohnhaus sich nach und nach in eine Tierpension verwandelt hatte. Jetzt herrschte Stille. Kein Tapsen unsicherer Schritte von der Wendeltreppe, kein Miauen, kein Tschilpen kranker Vögel. Bei dem Gedanken an die große, füllige Gestalt ihrer Mutter, die für gewöhnlich im Türrahmen des Wohnzimmers erschien, sobald Eva das Haus betrat, begann ihr Herz schneller zu schlagen. In der Klinik hatte die Mutter wie ein Fremdkörper gewirkt. Täglich war sie zwischen den weißen Kissen ein wenig mehr geschrumpft, um am Ende eine stark abgemagerte Hülle zurückzulassen. Hier in diesen Räumen lebte sie noch.

Eva atmete tief durch. Die Wohnzimmertür am Ende der Diele war nur angelehnt. Vorsichtig schob sie sie auf. Ihr Blick glitt über die Einrichtung. Rechts befand sich die Essecke mit vier Stühlen, einer davon mit Kissen überhäuft, daneben die Stehlampe, die Glasvitrine, der alte Sekretär ihres Vaters, dunkles Kirschbaum, sein Arbeitsstuhl, darüber die Wolljacke der Mutter. Auf der anderen Seite des Zimmers stand das geräumige Sofa, auf dem sie jeden Abend gesessen hatte, die Hände ins Fell der neben ihr liegenden Hunde versenkt. Der Glastisch war mit Zeitschriften und Papieren übersät, an seinem Rand stand eine Teetasse und Gebäck. Zögernd trat Eva in das Zimmer ein. Erst jetzt bemerkte sie, wie kühl es im Haus war. Sie drehte die Heizung am Fens-

ter auf und blickte in den schmucklosen Garten, der von der Straße nicht einsehbar war.
Es war alles so schnell gegangen an jenem Tag. Das Martinshorn, die eilenden Sanitäter, ein Weißkittel, der knappe Anweisungen erteilte, bellende Hunde, dazwischen die Trage, ein hilfloser Blick der Mutter. Ihre heiße, schweißige Hand. Eva sank auf die Couch. Die Stille drückte sie mit aller Gewalt nieder. Sie hatte gewusst, dass all das zurückkommen und ein Turm von Erinnerungen sich vor ihr aufbauen würde. Dazu die Sehnsucht der letzten Wochen: Noch einmal dem Menschen, der ihr das Leben geschenkt hatte, nahe kommen. Die Liebe, den Dank in Worte fassen. Es war Eva nicht gelungen, ihren Gefühlen Ausdruck zu verleihen.
Genauso wenig Erleichterung schien ihrer Mutter beschieden zu sein. Am Tag vor ihrem Tode hatte Eva das Gefühl, als wollte sie ihr etwas mitteilen. In die Augen der Kranken war jenes nervöse Flackern getreten, das Eva von früheren Unterredungen her kannte. Doch dann hatte eine Welle der Müdigkeit diesen Funken zum Erlöschen gebracht. Die Mutter war vor Erschöpfung eingeschlafen, das Gespräch damit auf den nächsten Besuch vertagt worden. Als in der Nacht darauf das Telefon klingelte, war es zu spät für klärende Worte. Eva wusste sofort, was geschehen war. Der Tod der Mutter verhinderte jedes weitere Nachdenken über das geplante Gespräch. Eva wurde in einen Strudel von Aktivitä-

ten gezogen. Sie organisierte die Beerdigung, erledigte Formalitäten. Was blieb, war der Wunsch, das Andenken der Mutter in Würde zu bewahren. Aber wie? Sie musste ja die privaten Sachen durchsehen, um den Haushalt aufzulösen. War nicht schon allein dies eine Verletzung der Würde? Als sie ein Kribbeln auf ihrer Kopfhaut fühlte, zwang sie sich aufzustehen und die schmale Wendeltreppe hinaufzugehen.
Im oberen Stock empfing sie düsteres Licht. Eine Akazie verschattete das Flurfenster. Draußen flatterten gelbe Blätter unter einer Sturmböe auf, ein Zweig schlug gegen die Scheibe, dann beruhigte sich der Herbstwind wieder und Eva nahm das Geräusch ihres eigenen Atems wahr. Der Boden ihres ehemaligen Kinderzimmers, seit Jahren ein Abstellraum für Wäsche und Gerümpel, war mit Zeitschriften und Büchern übersät. In Stapeln aufgeschichtet, zeugten sie von der Lesewut der Mutter und ihrem sukzessiven Rückzug in ihre eigene Welt. Sie hatte beinahe alle sozialen Kontakte gelöst. Geschichten aus zweiter Hand hatten ihr den Bezug zur Wirklichkeit erhalten. Die letzten Jahre war ihr Einsiedlerleben nur durch die Korrespondenz mit den Angestellten des Gnadenhofs und Evas gelegentliche Besuche unterbrochen worden.
Eva schloss die Tür des Zimmers, ohne etwas berührt zu haben. Im Bad herrschte Chaos. Das Medizinschränkchen stand offen. Im Waschbecken lagen Fläschchen,

Tablettenbriefe und geöffnete Schachteln. Bis zuletzt hatte ihr die Mutter die Metastasen in der Lunge verschwiegen. Eva setzte sich auf den Wannenrand, zog das Handtuch vom Halter und drückte ihre Nase hinein. Es roch vertraut. Nach dem Weichspüler, den die Mutter benutzt hatte. Ein Leben lang die gleiche Marke. Eva fasste ihr kastanienbraunes Haar im Nacken zusammen und betrachtete ihr bleiches Gesicht im Spiegel über dem Waschbecken. Sie hatte keine Lampe angeknipst. Das spärliche Tageslicht legte ihr Schatten unter die Augen. Sie musste weg hier, bevor der Himmel sich und das Haus vollends verdunkelte.

Am Absatz der Wendeltreppe fiel ihr der Schmuck ein. Ihr gesamter Familienschmuck sei im Bettkasten, hatte die Mutter ihr vor ein paar Tagen gestanden und den Finger auf die Lippen gelegt, als Eva über diesen Leichtsinn schimpfen wollte. Eilig rannte Eva ins Schlafzimmer. Sie musste nicht lange suchen. Die schwarze Lederkassette steckte, in zwei Laken eingewickelt, im hinteren Teil der Bettlade. Eva wollte sie gerade öffnen, als das Telefon in der Diele läutete. Eine unheimliche Stille folgte. Dann wieder das Signal, schrill, durchdringend. Mit einem Knacken sprang der Anrufbeantworter an. Bevor Eva die Wendeltreppe hinuntereilen und dem Spuk ein Ende bereiten konnte, tönte die tiefe, etwas nasale Stimme ihrer toten Mutter durch den Flur. Hals über Kopf rannte Eva aus dem Haus. Sie durchquerte den Vorgarten und schlug das Gartentor hinter sich zu. Erst im Wagen gewann sie ihre Fassung wieder. Sie starrte auf den Stoffpapagei, den Ben als Maskottchen aufs Armaturenbrett geklebt hatte und fragte sich, was er zu ihrer kindischen Flucht sagen würde. Ben kannte sie schrill und launisch, herzlich, kompliziert, chaotisch und liebenswert. Ängstlich hatte er sie jedoch noch nie erlebt. Angst war etwas, das sie bisher in der hintersten Kammer ihres Herzens verschlossen hatte.

Sie fand ihn im Arbeitszimmer, das er sich im ersten Stock ihres Hauses eingerichtet hatte. Als er vom Laptop aufsah, wirkte er wie aus einer anderen Welt.

»Wo warst du denn? Ich habe bei dir angerufen.«

»Wo hast du angerufen?«

»Bei deiner Mutter. Also in ihrem Haus, meine ich.«

Ben sprang auf und nahm sie in die Arme.

»Tut mir Leid«, fügte er hinzu.

»Schon gut. Hast du noch Arbeit?«

»Kann warten.«

Sie spürte, wie ein Ruck durch seinen Körper ging und sich die Hände von ihrer Taille lösten.

»Gehen wir runter«, sagte er, während er an den Schreibtisch trat und den Laptop zusammenklappte, bis nur noch ein bläulicher Lichtspalt zu sehen war, »dann kannst du mir beim Essen in Ruhe erzählen, wie es war.«

Eva folgte ihm die asymmetrische Marmortreppe hinunter, auf die er beim Bau des Hauses besonders stolz gewesen war. In der Küche, die durch einen offenen Rundbogen direkt in das Wohnzimmer überging, knipste sie die Deckenlampe an. Sie schnitt Brot in Scheiben, bereitete einen Schnittlauchquark zu, legte Käse und Gurken auf ein Holzbrett und entkorkte eine Flasche Rotwein. Während des Essens erzählte sie von ihren Eindrücken und der überstürzten Flucht aus ihrem Elternhaus. Ben hörte schweigend zu. In regelmäßigen Abständen nickte er oder lächelte aufmunternd und nach einer Weile spürte sie, wie sich seine Ruhe auf sie übertrug. Erst bei der Schilderung ihrer von Ängsten begleiteten Heimfahrt beschlich sie das Gefühl, ins Leere zu reden.

»Ben?«

»Ja?« Ein verlegener Blick traf sie. »Entschuldige. Ich bin einfach überarbeitet.«

»Du solltest mal ein paar Tage zu Hause bleiben. Oder gibt das Ärger mit HM?«

Eva verkniff sich den nächsten Satz. Schon der vorhergehende hatte ein wenig zu bissig geklungen. Wann hatte sie Herta Miro, die junge Architektin, die Ben vor zwei Jahren eingestellt hatte, das letzte Mal nur mit ihren Initialen genannt?

»Im Ernst. Ich frage mich, warum du gerade abends und am Wochenende so viel arbeitest.«

Sie stockte über ihre eigenen Worte, die denen ihrer Mutter in Wortlaut und Tonfall glichen, als hätte sie mit der abgestandenen Luft ihres Elternhauses auch das Misstrauen der alten Frau eingeatmet. Ben sah sie verwundert an. Seine kräftigen Augenbrauen, die dem fein geschnittenen Gesicht Ausdruck verliehen, hatten sich unmerklich nach oben gezogen. Stumm betrachtete Eva das vertraute Antlitz, die zierliche Nase mit der kaum noch erkennbaren, zum Mund verlaufenden Scharte, Relikt einer Prügelei, wie er sie zu Schulzeiten, als der Spott über mangelnde Körpergröße noch durch Faustschläge auszugleichen war, zu Dutzenden geführt hatte. Unter ihren liebevollen Blicken entspannten sich seine Gesichtszüge.

»Du hast Recht, ich mache Schluss für heute.«

»Musst du nicht«, hörte sie sich zu ihrer eigenen Überraschung erwidern und murmelte, sie wolle ein Bad nehmen. Schneller als ihr Verstand schien ihr Unterbewusstsein begriffen zu haben, dass sie alleine sein wollte. Einige Minuten später lag sie bis zu den Schultern im heißen Wasser, atmete den Melissenduft des Ölbades ein und versuchte, an nichts zu denken. Dann fiel ihr der Schmuckkoffer ein, den sie bei ihrer kopflosen Flucht aus dem Elternhaus schnell noch unter den Arm geklemmt und zu Hause achtlos auf die Flurkommode gestellt hatte. Sie schlüpfte aus der Wanne, huschte, nackt wie sie war, die Treppe hinunter, schnappte sich das schwarze Kästchen und stellte es auf den Wannenrand, bevor sie ins warme Wasser zurücksank. Vorsich-

tig lösten ihre Finger den Druckknopf der Lederschnalle und hoben den Deckel an. In den Falten des Samtkissens lagen goldene Halsketten, Armbänder, Ohrringe, eine zweireihige, blütenweiße Perlenkette und Glasbroschen jeglicher Art. Eva zog einen Turmalinring heraus und streifte ihn zögernd über ihren Finger. An diesen Ring konnte sie sich erinnern. Er stammte, wie die meisten Schmuckstücke, aus der Zeit, in der ihr Vater es mit seinen Glasgeschäften zu einigem Wohlstand gebracht hatte. Sie betrachtete den Ring eine Weile, bevor sie ihn zurücklegte. Erst auf den zweiten Blick entdeckte sie, dass sich die Einlage mit dem roten Samtfutteral herausnehmen ließ. Was darunter zum Vorschein kam, erinnerte an ein Plastikröhrchen, wie man es für Stuhlproben benutzte. Neugierig hielt sie es gegen das Licht der Deckenlampe. Erkennen ließ sich nichts. Sie schraubte den Verschluss ab, leerte den Inhalt vorsichtig in ihre Handmulde, roch an den Körnern, die herausgerieselt waren, nahm zwei und rieb sie zwischen Daumen und Zeigefinger. Aus dem Flur drangen Geräusche, dann wurde die Klinke gedrückt und Bens Gesicht erschien im Türspalt.
»Komm rein und sieh dir das an«, flüsterte Eva, »jede Menge teurer Schmuck.« Sie hielt ihm die geöffnete Hand entgegen, an deren feuchter Innenfläche die Samen klebten. »Und das hier.«
»Pflanzensamen!«, rief Ben erstaunt.

»Woher weißt du das?«
»Na hör mal, wer kümmert sich denn um den Garten?«
Er betrachtete das milchige Röhrchen, das sie ihm reichte. »Die müssen schon eine Ewigkeit alt sein. Ich glaube nicht, dass die noch angehen. Sie sind bestimmt ein Andenken an deinen Vater. Oder hatte deine Mutter nach ihm noch einen Freund?«
Seine Hand tauchte in den Schmuckkasten und beförderte eine Kette mit goldenem Anhänger zutage. »Sie war doch noch gar nicht alt, als dein Vater starb. So alt etwa wie du jetzt, oder?« Ein spitzbübisches Lächeln huschte über sein Gesicht. »So jung, meine ich. Schließ mal die Augen.« Gleich darauf spürte Eva, wie zwei warme Hände ihr die Kette anlegten. Während die stumme Rechnung in ihrem Kopf ergab, dass ihre Mutter damals tatsächlich genau in ihrem Alter gewesen war, hatte Ben sich seiner Kleidung entledigt und war zu ihr in die Wanne gestiegen.

II

ADONIS AESTIVALIS. Eva lehnte an der Küchenspüle und betrachtete das Tütchen Blumensamen, das sie vor wenigen Minuten im Pflanzencenter erstanden hatte. Ein wenig enttäuscht war sie den Ausführungen des Fachverkäufers über die Gruppe der Hahnenfußgewächse gefolgt. Das geheimnisvolle Erbe, jene Körner, die Ben als Pflanzensamen identifiziert hatte, entpuppte sich als ein harmloses Ziergewächs, eine Sommerblume mit zinnoberrotem Kelch und schwarzviolettem Staubbeutel, soweit sich das auf der Abbildung erkennen ließ. Das Tütchen Samen zu neunzig Cent. Was hatte sie erwartet? Eine eigene Züchtung der Mutter, den Hinweis auf ein geheimes Versteck, das sich unter dieser Pflanze im Erdreich finden würde? Sie konnte sich nicht erinnern, jemals im Garten ihrer Mutter ein solches Gewächs gesehen zu haben. Ohnehin gedieh dort seit Jahren nichts außer Unkraut und wilden Hecken.

»Sag mal, Dr. Alfons, frisst du eigentlich Blumensamen?« Sie schob eine Ecke der Verpackung in den Vogelkäfig, der auf dem Fensterbrett der Küche stand und zog sie, als der Beo mit dem Schnabel danach hackte, eilig zurück. Es war seine freche Art, den Kopf schief zu legen und die wildesten Sachen von sich zu geben, die sie dazu bewogen hatte, ein Tier aus dem Gnadenhof der Mutter aufzunehmen. Der Vogel hatte im Laufe seines zwölfjährigen Lebens mehrmals den Besitzer gewechselt und war so zu einem reichhaltigen, pikanten Repertoire gekommen. Sie steckte ihren Finger durch die Stäbe und streichelte sein Gefieder. Als sie eine halbe Stunde später in einem alten Wollpullover und Jeans ihr Atelier betrat, saß Dr. Alfons, mit einer Schnur am Bein befestigt, auf ihrer Schulter. Er liebte es, ihr beim Arbeiten zuzusehen. Wenn er nicht gerade durch die Gartenlaube flatterte, beobachtete er vom höchsten Zweig einer Birkenfeige aus ihr Tun. Hin und wieder hustete er mit einer fremden Stimme, um Aufmerksamkeit zu erregen, oder er stieß ein albernes Glucksen aus, das er, Eva war sich sicher, von ihrem überspannten Galeristen übernommen hatte.

Heute saß er still auf ihrer Schulter. Draußen tanzten die Bäume. Die alte Walnuss, auf die Eva von ihrem Arbeitsplatz aus sah, hatte bisher kaum Blätter verloren. Flink huschten Eichhörnchen über ihre Äste, knabberten eine Frucht vom Stängel und verschwanden im Blätterdickicht. Dahinter leuchtete die gelb gefärbte Krone einer Birke, als säße die Sonne darin. Eva sah von ihrem Stuhl aus in den Garten, die Hände vor ihren Knien verschränkt. Wie jeden Tag spürte sie dem Pulsschlag der Natur draußen nach, bevor sie sich auf die

Atmosphäre in ihrem Atelier konzentrierte. Trotz der herbstlichen Unruhe war es still. Blechschere und Winkelschleifer lagen auf dem Tisch, ein großer Werkzeugkasten stand neben alten, angerosteten Blechtonnen in der Ecke. Reststücke aus Aluminium und Stahlblech lagerten in Plastikkörben und Glasbehältern, aufgereiht wie in einer alten Apotheke. Sie musste in der Stimmung aufgehen, mit den Eindrücken verschmelzen, erst dann kamen Bilder. Einfälle.

Die Idee zu ihrem neuen Projekt verdankte sie dem Tod der Mutter. Eva betrachtete die an der Wand lehnenden Metallplatten, deren quadratische Flächen mit Farbe besprüht waren. In loser Anordnung hatte sie Dutzende von Blechteilen darauf geklebt. Mit jeder Platte würde sich ihre Anzahl ausdünnen, wie die Verästelungen im Gehirn älterer Menschen, wie Haar, Knochendichte, wie das Leben selbst, das sich mit dem Fortschreiten der Jahre zurückzog, das in eine bedenkliche Schieflage geriet, wenn man nicht immer wieder den Reichtum an Erfahrung und Ruhe dagegensetzte, den das Altern ebenfalls mit sich bringen konnte. Das letzte Quadrat der Serie würde eine leere, weiß besprühte Fläche darstellen. Aber bis dahin war es noch ein weiter Weg. Den ganzen Vormittag arbeitete Eva konzentriert. Es gab keine Zeit, keine Welt außerhalb der ihren, nur die aus leeren Getränkedosen geschnittenen Teile, die sie mit einer Zange in Form drehte.

Das Pochen an der Tür drang erst nach einer Weile in ihr Bewusstsein. Eva öffnete. Vor ihr stand Annedore, eine Basttasche um die Schulter. Wie immer trug sie knallenge Jeans und einen Pullover in der Farbe ihrer Haare, ein dunkles Kastanienbraun, über dem Pulli eine hellbraune, ärmellose Daunenweste. Die Locken, die ihr bis zu den Schultern reichten, kringelten sich in der feuchten Herbstluft noch stärker als sonst, was ihr ein engelhaftes Aussehen verlieh. Sie drückte Eva kurz an sich und trat in die Laube.
»Was wird denn das?«, fragte sie und ließ ihre Blicke zwischen dem Berg zerschnittener Dosen und den Blechteilchen auf der Metallplatte hin- und herwandern.
Eva sah sie herausfordernd an. »Der Titel ist ›Sterben‹.«
»Aha.« Annedore lachte auf, dann schien sie sich der Bedeutung von Evas Worten bewusst zu werden. Betreten blickte sie zu Boden.
»Hast du ein paar Minuten? Ich würde die Platte gerne zu Ende bringen.«
Annedore nickte. Während Eva erneut die Heißklebepistole ansetzte, zog sie ein Modejournal aus ihrer Basttasche und blätterte darin.
Es dauerte eine halbe Stunde, bis Eva das Blech fertig gestellt hatte. Als die beiden Frauen das Atelier verließen, sahen sie Ben über die Wiese laufen. Der Wind hatte sein Gesicht belebt. Seine Augen glänzten, der

rote Schal um den Rollkragen seines Pullovers gab ihm das Aussehen eines Studenten.
»Ich dachte, ihr zwei seid auf dem Büchermarkt«, rief er ihnen entgegen.
»Sind schon auf dem Weg«, erwiderte Annedore.
Ben trat auf sie zu und umfasste zur Begrüßung kurz ihre Schultern.
»Wie geht's Carsten?«
»Gut.«
Endlich wandte er sich zu Eva und gab ihr einen Kuss.
»Alles klar?«, fragte er fröhlich.
Eva nickte langsam, während sie in dem Gesicht ihres Mannes nach einer Erklärung suchte. Etwas an seinem Verhalten war anders. Etwas, das sich auch in der schwungvollen Bewegung widerspiegelte, mit der er den Schal über seine Schulter warf. Die Lebhaftigkeit, die sich sonst nur in seinen Augen zeigte, schien sich auf seinen Körper übertragen zu haben. Beschwingt streckte er die Hand nach Dr. Alfons aus. Doch der Beo blieb reglos auf Evas Schulter sitzen. Ja, er fixierte Ben in derselben Art, wie Annedore es tat. Mehrere Sekunden verharrte Bens Arm unnütz in der Luft – Eva hatte die Vision eines Standbildes –, dann ließ er ihn sinken und steckte die Hände in die Hosentaschen.
»Ich muss noch in die Stadt, Zeichenpapier besorgen. Soll ich euch mitnehmen?«
»Nicht nötig«, hörte sich Eva antworten und bemerk-

te im gleichen Moment, wie albern ihre Sachlichkeit war. Bevor sie Ben fragen konnte, was ihn mitten am Tag nach Hause führte, spürte sie einen flüchtigen Kuss und sah ihn federnd in Richtung Garage laufen. Annedore löste sich als Erste aus der Starre.

»Was ist los mit ihm? Er war scheißfreundlich zu mir.«

»Ist das schlimm?«

»Ach komm, Eva. Ich weiß, dass ich ihm auf die Nerven falle.«

Eva zuckte mit den Schultern. »Das bildest du dir ein.«

Sie fuhren in die Altstadt, auf deren Marktplatz Buden aufgebaut waren. Einmal im Jahr sortierten die städtischen Büchereien ihre Bestände aus. Im Laufe der Zeit hatten sich private Buchhändler und Antiquare dazugesellt und so war ein Markt für Liebhaber entstanden, auf dem es inzwischen auch kulinarische Spezialitäten gab. Als die beiden den Büchermarkt erreichten, empfing sie der Duft nach frisch gebackenen Waffeln und Glühwein, erste Vorboten der kalten Jahreszeit.

Annedore stöberte nach alten Lehrbüchern und guten, nicht zu abgegriffenen Romanen, während Eva ihr gedankenversunken folgte. Hier und da zog sie ein Kunstbuch aus dem Stoß vergilbter Exemplare, um es, kaum dass sie den Geruch des Papiers eingeatmet hatte, wieder an seinen Platz zu legen. Verwelktes Herbstlaub raschelte unter ihren Füßen, ein loser Blätterteppich, dazwischen sah nass glänzendes Kopfsteinpflaster hervor.

Eva überredete ihre Freundin zu einem Becher Glühwein, dann zu einem zweiten. Sie genoss die Atmosphäre jener Stunde, in der sich der Tag zurückzog und die Menschheit im Schwebezustand zurückließ, in einem irritierenden, undefinierbaren Nichtsein, bis mit einem Mal, von einer Sekunde zur nächsten, der Abend hereinbrach. Es war die Stimmung, in der sie sich hoffnungslos allein und der ganzen Welt zugleich verbunden fühlte. Auch Annedore wirkte in sich gekehrt. Stumm beobachteten sie Passanten, bis ihre Gläser leer waren. Dann trennten sie sich.

Eva hatte Bens seltsames Verhalten einige Stunden zuvor bereits vergessen, als sie gegen Abend nach Hause kam. Das Erste, was ihr auffiel, war ein riesiger Strauß Sonnenblumen im Flur. Im Wohnzimmer brannten Kerzen auf dem Tisch und gleich darauf trat Ben mit zwei Gläsern Champagner aus dem Türbogen. Es war ihr Hochzeitstag, erklärte er ihr in seiner ruhigen, unprätentiösen Art, als sie noch immer nicht begriff. Noch Tage danach wusste sie, worauf sich sein spitzbübisches Lächeln in den Mundwinkeln bezog, wenn er sie beim Fernsehen von der Seite betrachtete. Er hatte ihr Misstrauen registriert. Und Eifersucht war etwas, das er seiner Frau nur selten entlocken konnte.

Zwei Wochen später begann Eva, den Haushalt ihrer Mutter aufzulösen. Sie hatte sich vorgestellt, dass der Abschied mit jedem entsorgten Gegenstand ein wenig realer werden würde. Doch ihre Trauer folgte eigenen Gesetzen. Je länger sie in dem Nachlass stöberte, desto mehr Rätsel gab ihr das Wesen der Mutter auf. Sie zog altmodische Kleidungsstücke aus den Schränken, Stoffservietten und Tischtücher, die sie noch aus ihrer Kindheit kannte. Alte Spiele, Bücher, Zeitschriften, Videokassetten, Geschirr und eine Sammlung getragener Handtaschen lagen nach der ersten Sichtung auf verschiedenen Stapeln in den Ecken der zahlreichen Zimmer. Die meisten Räume glichen einem Museum, das ein Leben dokumentierte, mit dem ihre Mutter bereits vor langer Zeit abgeschlossen hatte. Was fehlte, waren persönliche Dinge, Briefe, Fotos, Zettel, ein Adressbuch und dergleichen. Ihre Mutter schien das Haus in Vergangenheit und Gegenwart aufgeteilt zu haben. Die linke Seite des Stockwerks wirkte unbenutzt. Durch die Räume, die rechts der Wendeltreppe abzweigten, Bad und Schlafzimmer, war Leben geflossen. Das ebenerdige Wohnzimmer fand sie so vor, wie es ihre Mutter vor Wochen für immer verlassen hatte. Eva hatte es bisher nicht übers Herz gebracht, etwas zu verändern. Sie betrachtete den Berg prall gefüllter Plastiksäcke, der ein Drittel der Diele einnahm und am Nachmittag von einem Wohltätigkeitsverein abgeholt werden würde, während sie die Nummer Elsie Grubers wählte. Es kam Eva wie eine Ewigkeit vor, bis sich die heisere Stimme am anderen Ende der Leitung meldete.

Elsie Gruber war Kettenraucherin. Ihre Stimme klang wie ein Reibeisen, solange Eva zurückdenken konnte. Eine Atmung ohne den Umweg über die schmalen Nikotinstängel schien sie ganz bewusst zu vermeiden. Selbst hier im Palmengarten, an einem sonnigen, außergewöhnlich milden Herbsttag unter freiem Himmel, scheute sie sich nicht zu rauchen. Eva beobachtete aus den Augenwinkeln, wie sie an dem Glimmstängel zog, als sauge sie das Leben daraus. Schweigend spazierten sie durch den angelegten Park. Am Telefon hatte Frau Gruber sie zu einem Kaffeetrinken eingeladen. Doch als Eva an ihrer Haustür klingelte, kam sie kurze Zeit später hinunter und schlug einen Spaziergang vor. Der Wunsch nach frischer Luft erschien angesichts ihrer unablässigen Qualmerei wie blanker Hohn. Als hätte sie Evas Gedanken erraten, warf die alte Dame plötzlich die halb gerauchte Zigarette in einen Laubhaufen, der sich am Wegrand auftürmte. Evas Worte wurden von einer Horde heranstürmender Kinder geschluckt. Kies knirschte, Blätter flogen durch die Luft, ein schmaler, blonder Junge weinte. Wenig später hatten sie den Weiher erreicht. Frau Gruber bestand darauf, sich auf einer Bank in der Nähe des Bootshauses niederzulassen. Sie war eine eigenwillige Person und Eva hätte zu gerne gewusst, wie die letzten Treffen zwischen ihr und ihrer Mutter verlaufen waren. Von ihrer Bank aus sahen sie auf das von Schilf und Graszungen umgebene Gewässer. Ein Blät-

terteppich bedeckte den Uferrand. Davor zogen Enten ihre Bahnen. Die Kieselsteinchen, die Eva in ihre Richtung warf, versanken mit einem Plätschern im Wasser.
»Ist das Haus leer?«, fragte Elsie Gruber nach einer Weile.
Eva schüttelte den Kopf. »Im Gegenteil. Das Haus ist mit Dingen voll gestopft. Ich komme nicht vorwärts. Vielleicht, weil ich begonnen habe, in den Dingen meine Mutter zu suchen. Wie bei einem Puzzle. Aber kein Teil passt zum anderen.«
»Die Summe aller Eigenschaften ergibt nicht zwingend ein schlüssiges Ganzes.«
Dem Satz folgte ein raues Husten. Als es sich gelegt hatte, zeigte das Gesicht der alten Dame erschöpfte Züge. Fasziniert betrachtete Eva das Faltengitter, das ihre Wangen durchzog. Die Haut sah ledrig aus und passte nicht zu der jugendlichen Art, in der sie sich kleidete. Ihre mageren Beine wurden durch eng anliegende Bluejeans betont. Darüber trug sie Bündchenpullover und Wolljacke. Im Studentensekretariat, in dem sie beinah dreißig Jahre gearbeitet hatte, war Elsie Gruber mit diesem Kleidungsstil höchstwahrscheinlich in die Geschichte eingegangen. Jeans, Pullover und eine stete Rauchwolke um sich, so kannte man sie zeit ihres Arbeitslebens, so kleidete sie sich noch immer und Eva war sich sicher, wenn der Tod sie eines Tages abholen kam, würde sie ohne Eile die Wolljacke überstreifen, ihre Zigarette ausdrücken und ihm ohne zu zögern folgen.

»In den letzten Jahren hatte ich keinen Zugang mehr zu deiner Mutter. Keinen wirklichen. Ich war so beschäftigt mit meinen Enkeln. Meine Tochter war über Jahre krank und ich musste die Kleinen versorgen.« Elsie Gruber hielt inne und sah eine Weile auf den See, bevor sie weitersprach. »Ursel hat sich im Laufe der Zeit verändert. Sie hat mich bis zum Ende gemocht. Aber gebraucht hat sie mich nicht mehr. Sie wirkte wie jemand, der eine Entscheidung getroffen hat.«

»Welche?«

Frau Gruber blieb ihr die Antwort schuldig. Eine Weile beobachteten beide das Flügelschlagen einer Graugans, dann spürte Eva eine Hand an ihrem Arm. Instinktiv erhob sie sich und folgte der alten Dame, die ihre Schritte in Richtung Palmenhaus lenkte.

Beim Öffnen der Tür schlug ihnen ein animalischer Geruch entgegen. Der Duft nach Erde und nasser Baumrinde durchsetzte die lichtdurchflutete Halle. Feuchte Luft rann in Tröpfchen von der Scheibe. Anturien, Farne, Moose und exotische Stauden bedeckten das Beet, dazwischen saß Wurzelwerk, dessen knorrige Finger über das Gemäuer krochen. Aus dem Urwald reckten Palmen ihre fächerartigen Wedel dem Glasdach entgegen. Eva blieb stehen und ließ das Feuerwerk satter Grüntöne auf sich wirken. Die organischen Gerüche waren faszinierend und beunruhigend zugleich, ganz anders als das Metall, mit dem sie arbeitete. Gemeinsam liefen sie einen schmalen Asphaltweg seitlich des Pflanzenareals entlang, dessen Steinstufen auf einen künstlich angelegten Hügel führten. Auf der Bank, die von seinem höchsten Punkt Blick auf die Tropenlandschaft gewährte, saß ein junger Mann, vermutlich ein Kunststudent, und zeichnete eine Stechpalme in sein Skizzenheft.

»Mein Lieber, das stimmt aber noch nicht.« Frau Gruber setzte sich neben ihn. Ihre Augen blitzten listig. »Die Wedel sind zu groß und an dieser Stelle«, sie fuchtelte mit der Hand vor der Bleistiftzeichnung herum, »macht der Stamm einen kleinen Knick, wenn ich das richtig sehe.« Sie quittierte seinen entgeisterten Gesichtsausdruck mit einem Augenzwinkern und bedeutete Eva, neben ihr Platz zu nehmen. Keine Minute später klappte der Student sein Heft zu und entfernte sich, ohne sie eines Blickes zu würdigen.

»Humorloser Knochen.« Die alte Dame lehnte sich zurück. »Weißt du, dass ich früher öfter mit Ursel hier war? Das letzte Mal, kurz bevor sie ins Krankenhaus kam. Sie wollte immer zu den Palmen. Wahrscheinlich tat ihr das feuchte Klima gut.«

»Ich wusste gar nicht, dass Sie beide noch so lange Kontakt hatten.«

»Nicht mehr oft. Manchmal wärmten wir Geschichten von früher auf, aber die meiste Zeit ging es um ihre Tiere. Oder meine Enkel.«

»Und um mich?« Eva spürte, wie sie rot wurde. Die Fra-

ge hatte sich von selbst aus ihrem Mund gelöst. Jetzt, einmal ausgesprochen, wurde ihr bewusst, dass sie die ganze Zeit an ihr genagt hatte.
»Um dich hat sich Ursel keine Sorgen gemacht. In Eva steckt eine wilde Katze, sagte sie immer. Die holt sich, was sie braucht. Sie war stolz auf dich.«
»Ich werde den Gnadenhof nicht weiterführen.« Eva betrachtete ihre Hände. Antriebslos lagen sie in ihrem Schoß. Wie schlafende Tiere, dachte sie und lächelte, als ihr auffiel, dass sie in Bildern dachte, die an das Leben ihrer Mutter anknüpften.
»Tatjana soll das machen«, fügte sie hinzu, »sie ist schon so lange dabei. Ich werde ihr den Hof überschreiben.«
Das Rauschen des Wasserlaufs, der sich durch die Palmenlandschaft schlängelte, schob sich in ihr Bewusstsein.
»Mutter hat mir einiges vererbt. Woher kommt das Geld?«, fragte Eva unvermittelt.
»Dein Vater war sehr wohlhabend und Ursel immer bescheiden.« Die knappe, sachliche Antwort berührte Eva seltsam und weckte ihre Neugierde.
»Wie war die Ehe meiner Eltern eigentlich?«
Frau Gruber schnalzte mit der Zunge. »*Du* hast doch mit ihnen gelebt.« Es hatte lustig klingen sollen, doch das Augenzwinkern konnte nicht über die belegte Stimme der älteren Dame hinwegtäuschen.
»Zu dumm, dass man hier nicht rauchen darf«, mur-

melte sie, während sich ihre rechte Hand in die Tasche ihrer Wolljacke grub. Sie verließen das Palmenhaus, folgten den Sandwegen durch die Gärten. »Calamintha«, erläuterte Frau Gruber und wies auf einen Strauch, dessen kleine, fliederfarbene Blüten den Wegrand säumten. Eva schielte auf das Schild, das in der Erde steckte. Die Pflanzen trugen tatsächlich diesen Namen. Sie wollte fragen, ob es der des Züchters war, besann sich aber eines Besseren. Wenn sie nicht alles täuschte, wartete Frau Gruber nur darauf, dass sie das Thema wechselte. Ein Pfau stolzierte vor ihnen über den Rasen. Er erfasste mit einem ruckartigen Drehen des Kopfes sein Umfeld. Schlag ein Rad, dachte Eva, und überlegte, ob es die Art von Stärke war, die Frau Gruber ihrer Mutter nachsagte – das Selbstbewusstsein, kein Rad mehr schlagen zu müssen.

»Die Ehe meiner Eltern …«

»Was willst du denn wissen?«, unterbrach Frau Gruber sie gedehnt.

»Alles.«

»Warum? Und warum nicht zu Lebzeiten? Wieso will man die Menschen immer erst richtig kennen lernen, wenn es zu spät ist?«

Für einen Augenblick war sich Eva nicht sicher, an wen die Frage gerichtet war, dann drehte sich Frau Gruber plötzlich um.

»Sie führten eine glückliche Ehe.«

Und damit war das Thema für sie beendet. Statt ins Gewächshaus zu gehen, lief sie zielstrebig dem Ausgang entgegen. Eva hielt ihr den Wagenschlag des Autos auf, um sie nach Hause zu bringen. Die Fahrt über sah Frau Gruber gedankenverloren aus dem Fenster. Erst als Eva ihr vor der Haustür die Hand gab, schien wieder Leben in sie zu kommen.

»Habt ihr denn nie über deinen Vater gesprochen?«, fragte sie.

»Selten. Aber bei unserem letzten Gespräch, an dem Tag, bevor sie starb …«, Eva spürte, wie ihre Stimme wegkippte, und räusperte sich. »An dem Tag hat sie mir etwas erzählen wollen. Ich bin sicher, es hatte mit meinem Vater zu tun.«

»Aber?« In den Augen der alten Dame blitzte es auf.

»Sie war zu müde. Ich erzähle es dir morgen, sagte sie. Darauf schlief sie ein.«

Eva verabschiedete sich und stieg in ihren Wagen. Sie war den Tränen nahe. Während der Heimfahrt sah sie die Welt wie durch einen Schleier, aber hinter dem Schleier lebte der schuldbewusste Ausdruck, den sie in Elsie Grubers Gesicht erkannt zu haben glaubte, unauslöschlich in ihrem Gedächtnis fort.

III

»Das ist doch absurd. Wieso sollte sie dir etwas verheimlichen?«

Ben folgte Eva in die Küche, nahm zwei Tassen aus dem Schrank und stellte eine davon auf das Metallgitter der Espressomaschine. Zischend setzte sie sich in Gang.

»Du wirkst mitgenommen«, fuhr er fort, »glaub' nicht, dass mir das entgeht. Du verbringst einfach zu viel Zeit im Haus deiner Mutter. Wieso räumen wir es nicht zusammen aus? Ich habe das ganze Wochenende Zeit.«

Ben hielt inne und sah sie an. »Eva.«

Die Zärtlichkeit, mit der er ihren Namen aussprach, weckte ihren Widerstand. Sie schloss den Kühlschrank, drückte die Schulterblätter nach hinten und drehte sich langsam um. Ben stand gegen die Spüle gelehnt, in jeder Hand eine dampfende Designertasse. Er tat so, als gäbe es nichts Wichtigeres als ein Kaffeekränzchen mit ihr. Dabei wusste sie, wie viel Arbeit sich bei der Anzahl seiner derzeitigen Aufträge angesammelt hatte. Gerade gegen Ende der Frist riefen die Bauherren täglich an und katapultierten ihn aus seinem Arbeitsrhythmus, wie er ihr, wenn er spätabends nach Hause kam, erzählte. Seine Angestellte Herta Miro kam mit der Ausarbeitung der Entwürfe nicht mehr nach. Weil es ab dem nächsten Jahr keine Bauzulage mehr gab, war es besonders schlimm. Seit Wochen rannten ihnen die Kunden das Büro ein, um noch schnell einen Vertrag abzuschließen. Dass er gleich nach ihrem Anruf sein Büro verlassen hatte und zu ihr gekommen war, fand sie mehr als liebenswert. Es war selbstlos, großzügig. Und sie undankbar, sie wusste das.

»Ben. Du hättest ihren Gesichtsausdruck sehen sollen. Das schlechte Gewissen pur. Aber weswegen? Sie hat meiner Mutter damals zur Seite gestanden. Als ich klein war, sind wir oft mit ihr und ihrem Mann in Urlaub gefahren. Sie und mein Vater ...«, sie brach den Satz ab, als ihr bewusst wurde, wohin er führen würde. Schweigend folgte sie Ben zu dem Sofa vor dem Kamin. Doch er hatte ihren Satz im Geiste bereits vollendet.

»Und das wäre so wichtig nach all der Zeit? Fast drei Jahrzehnte später? Nie im Leben.«

»Aber was, außer einem Verhältnis, kommt sonst in Betracht? Es wird doch nicht um Geld gehen.«

Eva starrte auf die Zuckerdose, aus der Ben mit einem Löffel die letzten Krümel kratzte. Das Geräusch jagte ihr eine Gänsehaut über den Rücken. »Natürlich. Das Geld. Du weißt, wie viel ich geerbt habe, vom Gnadenhof einmal abgesehen.«

»Auf was willst du hinaus?« Ben lehnte sich zurück und

betrachtete sie irritiert. Über seiner Nasenwurzel hatte sich eine Falte gebildet. Eva wusste, was in ihm vorging. Ihr Mann konnte romantisch und albern und äußerst altmodisch sein. Seit die junge Architektin für ihn arbeitete, gab er sich lockerer und ein wenig künstlerisch, am Telefon hatte sie ihn kürzlich das erste Mal von einer ›baulichen Vision‹ reden hören. Im Grunde seines Herzens aber war er bodenständig. Der stille, kreative Architekt, der sich so angenehm von den selbstverliebten Möchtegernkünstlern ihres Studiums unterschied, konnte sich selbst nicht verleugnen, so modisch er sich auch geben mochte. Ben dachte schematisch. Er vermaß die Wirklichkeit in Schnitten und Grundrissen, in Detailpunkten, die er zuvor gründlich studiert hatte. Ihre Unstrukturiertheit brachte ihn manchmal zur Verzweiflung. Auch jetzt war ihm deutlich anzusehen, dass ihre Spekulationen ihn befremdeten. Sie leerte den Espresso in einem Zug.

»Irgendwas ist faul. Elsie Gruber weiß etwas von dem, was meine Mutter mir erzählen wollte. Warum, zum Teufel, tut sie so wichtig und verrät dann nichts?«

Härter als geplant traf ihre Porzellantasse auf den Unterteller. Ben erhob sich kommentarlos und verschwand in der Diele, um kurz darauf wieder in seiner gefütterten Kordjacke zu erscheinen.

»Wir gehen aus.«

Er hielt ihren knielangen Wollmantel in die Höhe.

»Wie wär's mit dem ›Movado‹? Ist doch momentan dein Lieblingscafé, oder?«
»Ich denke, du verabscheust diesen Ort. Ein Stall voller Kunstaffen, oder wie war das?« Eva musste unwillkürlich lächeln, als sie seine nicht ganz von der Hand zu weisende Beschreibung des Szenecafés zitierte.
»Du brauchst jetzt eine Horde wilder Kunstaffen um dich«, erwiderte Ben, ohne eine Miene zu verziehen. Eva widersprach nicht.
Draußen empfing sie feiner Sprühregen. Die Dämmerung war bereits in Dunkelheit übergegangen. Nur die Straßenlaternen ließen ein wenig Licht durch die trübe Nässe scheinen. Auf der anderen Seite des Gehsteigs kam ihnen die alte Frau Landmann entgegen. Ihre gebeugte Gestalt war schon von weitem zu erkennen, genau wie der krummbeinige Pudel, der neben ihr das Laub beschnüffelte. Als sie auf gleicher Höhe waren, wandte die alte Frau den Kopf ab. Eva schnitt eine Grimasse in ihre Richtung.
»Lass sie doch«, sagte Ben, ohne hinzusehen. »Sie trägt schwer genug an ihrer Biestigkeit.«
Eva schluckte eine Erwiderung hinunter. Auch wenn es hässlich von ihr war – die Vorstellung, dass die alte Frau die Last der Steine, die sie anderen ein Leben lang in den Weg gelegt hatte, auf ihrem Buckel trug, gefiel ihr.
Vor ihnen verengte ein parkendes Auto den Gehweg. Bevor Ben Eva zur Seite ziehen konnte, hatte sich die

Schlaufe ihrer Handtasche an einem der Seitenspiegel verfangen. Das Gelenk der Halterung knackte, als sie die Tasche an sich riss.

»Ich bin eben impulsiv«, brach es aus ihr heraus.

»Du bist ein Biest.« Ben fasste sie um die Taille. Eng umschlungen liefen sie, bis sie am ›Movado‹, Treffpunkt für Homosexuelle und Künstler, angekommen waren. Goldene Plastikputten waren rund um die riesige Scheibe des Panoramafensters aufgeklebt, neongrün blinkten die Buchstaben des Schriftzuges, der über der Eingangstür angebracht war. Ben zog die Glastür auf und sah sich in der geräumigen Bar um, bevor er einen Ecktisch wählte.

»Wieso treffen wir eigentlich Herta nie hier?«, fragte Eva, während sie ihren Wollmantel abstreifte.

»Sie mag solche Cafés nicht. Aber das Thema hatten wir schon.« Ben winkte einer männlichen Bedienung, die auf Rollschuhen durch den Raum fuhr. Wie von einem magischen Faden angezogen, näherte sich der hübsche Kellner und bremste Sekunden später mit einem eleganten Schlenker vor ihnen. Nur die Hälfte der viereckigen Metalltische war besetzt. An der Theke saßen zwei Frauen vor ihrem Kaffee. Die Musik, die aus den Boxen unterhalb der Decke kam, war ruhiger Soul. Eva ließ sich entspannt in das rosafarbene Kunstleder zurücksinken, schnellte jedoch im gleichen Augenblick wieder hoch und beeilte sich, aus dem Fenster zu sehen.

»Ist was?«, fragte Ben.

»Sherlock ist gekommen.«

Sherlock war der Spitzname für den Kunsthändler, der monatlich in Evas Atelier vorbeikam, um sich die neuesten Metallobjekte anzusehen oder sie gleich für seine Ladengalerie zu kaufen. Ben nannte ihn so, weil er die Objekte Zentimeter für Zentimeter untersuchte und begutachtete. Der Galerist, der sich vornehmlich in Brauntönen und Wildleder kleidete und darauf bedacht war, sein Alter zu verbergen, hatte eine übergewichtige Frau im Schlepptau und platzierte sich effektvoll an einem Tisch in der Mitte des Raumes. Seine Hände, Arme, überhaupt sein ganzer Körper bewegte sich beim Sprechen und dass er unablässig redete, war eines seiner charakteristischsten Merkmale.

Eva wandte sich wieder ihrem Mann zu.

»Glaubst du, da kommt noch was auf mich zu?«

»Wenn es wirklich um Geld geht, vielleicht.«

»Um was denn sonst?«

Statt zu antworten, trank Ben einen Schluck Bier. »So ein Geheimnis hat ja auch eine Funktion.«

»Und was für eine, du Orakel?«

»Es hält dich in Kontakt mit deiner Mutter. Aber sie ist nicht mehr da. Du solltest versuchen, das zu verstehen. Vielleicht löst sich damit das Geheimnis.«

Der warme Blick, mit dem er sie bedachte, gefror innerhalb von Sekundenbruchteilen. Als Eva sich umdrehte, sah sie in Sherlocks entzücktes Gesicht. Er war aufgestanden und an ihren Tisch getreten.

»Wie schön«, begann er ohne Umschweife und legte seiner Begleiterin eine Hand auf die Schulter. »Frau Schmank wollte ein bisschen Kunstluft schnuppern und voilá, schon sitzt eine kleine Berühmtheit am Nebentisch. Sie haben schon etwas von ihr in den Händen gehalten, Frau Schmank. Vor ihnen sitzt Eva Stetter. Und ihr Mann.« Sherlock nickte kurz in Bens Richtung und wandte sich wieder Eva zu. »Dürfen wir uns einen Moment setzen?«, richtete er das Wort an Eva.

»Nein«, sagte seine Begleiterin hastig, »ich will nicht stören.«

»Sie stören nicht«, erwiderte Ben höflich. Niemandem außer Sherlock war entgangen, was es mit der besonderen Betonung des Wortes »Sie« auf sich hatte. Aber Sherlock schien für Zwischentöne taub. Kaum saß er am Tisch, bestellte er Sekt für alle und begann, das Arbeiten mit Metall zu erläutern. Eva ließ die Ausführungen über sich ergehen, während sie darauf achtete, außer Reichweite seiner flinken Finger zu bleiben, die sich, wann immer es ihnen möglich war, vertraulich auf Arm oder Schulter legten. Die fremde Frau warf ihr ehrfürchtige Blicke zu. Zwei Männer sahen neugierig herüber. Es war genau jene Art von Situation, die Ben verabscheute. Doch als Eva entschuldigend mit den Schultern zuckte, winkte er ab. Zehn Minuten später verstummte Sherlock ebenso plötzlich, wie er begonnen hatte.

»Fein«, flötete er, »wir sehen uns die Tage.« Und mit diesen Worten erhob er sich vom Tisch und bedeutete Frau Schmank, es ihm gleichzutun.

Wieder allein, rollte Eva mit den Augen und schob ihr Sektglas von sich. Ben hatte seines nicht angerührt. Das einzig Lebendige an ihm schien der Fuß, der im Takt der Musik gegen ein Stuhlbein tippte.

»Hey.« Eva nahm unter dem Tisch seinen beschuhten Fuß zwischen ihre gefütterten Stiefeletten. »Du wolltest eine Horde wilder Kunstaffen um mich. Jetzt wirst du schon beim Besuch eines Orang-Utans einsilbig.«

»Ich bin eben nicht so redegewandt wie meine kleine Berühmtheit.« Ben schenkte ihr ein versöhnliches Lächeln, während er unter dem Tisch ihr Knie streichelte.

Den Rest des Abends sprachen sie über das merkwürdige Verhalten von Elsie Gruber. Schonend, aber beharrlich entkräftete Ben jedes von Evas Argumenten und entlarvte sie als das, was Eva schließlich selbst in ihnen sah: fixe Ideen. Als sie zwei Stunden später den Heimweg durch das stille, verregnete Wohnviertel antraten, fühlte sie sich beschwingt. Sie hätte nicht zu sagen vermocht, ob es am Alkohol lag, an Bens beruhigender Logik oder einfach an dem Gefühl, geliebt zu werden.

Erst am nächsten Morgen nach dem Frühstück bemerkte sie, dass die Diode des Anrufbeantworters blinkte. Auf Knopfdruck entließ der Apparat eine raue, brüchig klingende Stimme.

»Eva. Hier ist Elsie Gruber.«

Den Worten folgte ein trockenes Räuspern. »Ich muss dich sprechen. Bitte ruf mich an.« Das anschließende Knacken beendete die Nachricht. Eva drückte die Wiederholungstaste. Noch einmal vernahm sie den eindringlichen Appell, während sie hörte, wie Bens Wagen aus der Einfahrt fuhr.

Also doch. Ihre Hand zitterte beim Entzünden einer Zigarette. Dass sie im Haus rauchte, würde Ben nur so lange aufregen, bis sie ihm das Band vorgespielt hatte. Danach würde selbst er die Existenz eines Geheimnisses im Leben ihrer Mutter als Tatsache akzeptieren. Und dann? Würden sie gemeinsam die Schichten ihrer Vergangenheit abtragen und vielleicht auf Unebenheiten stoßen, die ihre Mutter zeit ihres Lebens übertüncht hatte. Ben war der Typ, der das komplette Lebenskonstrukt entkernte, bis nichts als der nackte Rohbau übrig blieb. Eva zog drei-, viermal hastig an der Zigarette, bevor sie sie im Blumentopf ausdrückte und Erde darüber häufte. Einen kurzen Moment starrte sie auf die Digitalanzeige der Feststation, dann löschte sie die Nachricht und verließ eilig das Haus.

»Ich komme gleich«, rief es aus der Küche.

»Nur keine Hektik.« Eva fuhr mit dem Zeigefinger über die Buchrücken. Dicht gedrängte Reihen von Krimis füllten das Regal aus Fichte, das eine komplette Wand des Wohnzimmers einnahm. Die gebundene Werkausgabe des Meisters Edgar Wallace stand neben Maigrets Fällen, neben Mankell, der Highsmith, dem Schwedenpaar Sjöwall und Wahlöö und den neuesten Veröffentlichungen, die erst seit ein paar Wochen in den Buchhandlungen auslagen. In Gedanken sah Eva die Freundin ihrer Mutter in dem geblümten Ohrensessel am Fenster Seite um Seite Spannungslektüre verschlingen. Der Sessel war das einzige antike Möbel in der Wohnung. Ansonsten war die Einrichtung hauptsächlich in Glas und Leder gehalten. Aus der Küche ertönte das Klirren von Besteck, dann ein leiser Fluch. Elsie Gruber schien nervös zu sein. Hinter der Fassade der zerstreuten alten Dame vermutete Eva etwas anderes, das sie jedoch nicht einordnen konnte. Das Flackern in den Augen von Elsie Gruber, als sie die Tür geöffnet hatte, bestätigte Evas Verdacht. Zudem hatte es ihre Bedenken beseitigt, die Freundin ihrer Mutter mit dem Überraschungsbesuch überrumpelt zu haben. Warum sollte sie ihr Zeit lassen, sich die Worte sorgsam zurechtzulegen? Als Eva kurze Zeit später auf der Ledercouch saß und in die grüngrauen, etwas wässrigen Augen Elsie Grubers blickte, war sie fest entschlossen, nicht eher zu gehen, bis sie die Wahrheit erfahren hatte.

»Sie wollten mit mir reden. Worüber?«, fragte sie.

»Über deinen Vater.« Die alte Dame klappte den Deckel des schwarzen Chinalackkästchens vor sich auf und entnahm eine Zigarette.

»Du auch?«, fragte sie und hielt ihr das Kästchen entgegen.

»Ja.«

»Also, es verhält sich so. Ich denke, ich weiß, was Ursel dir noch sagen wollte. Leider hat ihr die Lunge einen Strich durch die Rechnung gemacht.« Zur Untermalung ihrer Worte inhalierte sie den ersten Zug und ließ den Rauch erst Sekunden später aus Nase und Mund strömen. »Dein Vater war oft auf Geschäftsreise in Prag, wie du weißt.« Dem Satz folgte eine Pause. »Damals gab es dort in der Umgegend schon erstklassige Glasfirmen, mit denen Kurt Handel trieb. Er war immer auf der Suche nach neuen Geschäftspartnern. Die er auch gefunden hat. Er hatte ein glückliches Händchen für nützliche Kontakte. So kam er auch an die meisten der wundervollen Antiquitäten, die er über die Grenze geschmuggelt hat.« Wieder folgte eine Pause, in der Elsie Gruber die Asche am Kristallaschenbecher abstreifte.

»In Prag gab es aber nicht nur Glas. Es gab auch jede Menge junger, hübscher Mädchen, die sich nichts sehnlicher wünschten, als in den Westen zu kommen.«

»Mein Vater hatte eine Geliebte? Ein Mädchen?« Irritiert suchte Eva nach Anzeichen von Bestätigung in dem angespannten Gesicht Frau Grubers, die ihrem Blick auswich.

»Nein. Und ja. Kein Mädchen. Damals, als Kurt sie kennen lernte, muss sie Anfang zwanzig gewesen sein. Eine Frau also, aber um einiges jünger als deine Mutter.«

Eva ließ sich in das weiche Polster der Couch zurücksinken. Ihre Zigarette klemmte noch immer unangezündet zwischen Zeige- und Mittelfinger.

»Ich sehe noch vor mir, wie Ursel mit dem Umschlag vor meiner Tür stand«, fuhr Elsie Gruber fort. »Es ist jetzt dreißig Jahre her, aber ich weiß genau, dass es stark regnete und sie einen dünnen Pullover trug. Sie schien unempfindlich gegen Kälte und Unwetter.« Frau Grubers Blick war in sich gekehrt, er folgte einem inneren Film. »Ich zog sie in die Wohnung, schloss die Tür, mein Mann lebte damals noch, und fragte, was geschehen sei. Sie fing an zu weinen. Als ich kein vernünftiges Wort aus ihr herausbrachte, nahm ich ihr den Umschlag aus der Hand. Es war Post aus der ehemaligen Tschechoslowakei, genauer gesagt aus Prag. Der Brief trug keinen Absender, keine persönliche Notiz. Nur zwei Fotos.«

»Fotos von meinem Vater und dieser Frau, wie sie ...?«

Die alte Dame schüttelte den Kopf. Sie versuchte ein Lächeln, das misslang, stützte schließlich ihre Hände auf die Knie. Dass dabei Asche auf den Teppich fiel, schien sie nicht zu bemerken.

»Das eine Bild zeigte deinen Vater neben der jungen Tschechin auf dem Sofa. Sie küssten sich. Auf dem anderen saßen sie …« Elsie Grubers linkes Augenlid zuckte unmerklich, »sie saßen in der Küche ihrer Prager Wohnung. Ein kleiner Junge, vielleicht zwei Jahre alt, turnte auf dem Schoß deines Vaters herum. Er war ihm wie aus dem Gesicht geschnitten.«

Die Stille, die dieser Enthüllung folgte, senkte sich wie Blei auf Eva herab. Sie hörte eine Uhr ticken. Aber wo? Womöglich existierte das Geräusch nur in ihrem Kopf. Sie wusste ja, dass sich der Zeiger unbeeindruckt von ihrer Geschichte vorwärts schob, überall, auf der ganzen Welt die gleiche Einheit von Zeit, die keinen Aufschub, keine Abweichung gelten ließ. Einerlei, ob gerade eine Welt einstürzte oder jemand erfuhr, dass seine Vergangenheit auf Sand gebaut war. Erst als Eva in das mitleidige Gesicht Elsie Grubers blickte, drang die Information zu ihrem Verstand vor. Ihr Vater hatte im Osten eine zweite Familie gegründet. Er war zwischen seinen beiden Leben hin- und hergependelt wie sie zwischen Schule und Elternhaus. Und während sie selbst mit ihrer Mutter alleine beim Abendbrot saß, hatte er dem Kleinen in Prag Brei in den Mund gelöffelt. Seinem Zweitkind. Ihrem Halbbruder!

Frau Gruber war aufgestanden. Unschlüssig, ob sie zu

Eva aufs Sofa wechseln sollte, verharrte sie vor dem Couchtisch.

»Und dann?«, hörte Eva sich mit belegter Stimme fragen.

»Anfangs dachte Ursel an Scheidung.« Frau Gruber goss Tee in beide Porzellanschälchen, entfernte mit den Fingern Satzpartikel vom Ausguss und hob entschuldigend die Schultern. »Ich habe das Sieb vergessen.«

»Und dann?«, wiederholte Eva ungeduldig, ohne ihre Tasse zu beachten. »Dann beschloss sie, um Kurt zu kämpfen. Wochenlang haben wir darüber diskutiert, was das Beste für alle Beteiligten sei. Um dich ging es ihr besonders, auch wenn sie es nicht immer gezeigt hat.« Der Sessel knarrte unter den unruhigen Bewegungen der alten Dame.

»Kurzum. Nach drei Monaten hatte sie sich durchgerungen, die Karten auf den Tisch zu legen. Sie wollte Kurt mit den Fotos konfrontieren. Davor überredete sie ihn zu einem Spanienurlaub. Deine Mutter war nicht dumm. Nachdem sie den ersten Schock überwunden hatte, stellte sie ihren Schmerz hintenan und ging strategisch vor.«

»Strategisch?«

»Wir müssen raus aus dem Alltag, hat sie damals gesagt. Sie saß auf demselben Platz wie du jetzt und schilderte mir, wie sie die Liebe deines Vaters zurückerobern wollte. Mit zwei Wochen Sonne und Unbeschwertheit wollte sie beginnen. Sie dachte, es genüge, wieder wie früher ein Liebespaar zu sein. Du bist damals auf Klassenfahrt gewesen, erinnerst du dich?«

Eva nickte. Sie erinnerte sich nur allzu gut an die Wanderfreizeit im Allgäu. Am zweiten Tag hatte ihre beste Freundin beim Flaschendrehen ihre heimliche Liebe unter lautem Johlen der Klassenkameraden geküsst. Auf der Party danach hatten ihre schmächtigen Teenagerkörper sieben langsame Lieder hindurch aneinandergeklebt, um als neugeborenes Paar Hand in Hand die Tanzfläche zu verlassen. Die restliche Klassenfahrt über hatte sich Eva, taub vor Schmerz, anderen Freundinnen angeschlossen. Einen Tag vor der Abreise hatte ihr Klassenlehrer sie mit ernster Miene um einen Spaziergang gebeten. Die Nachricht, dass ihr Vater an Herzversagen gestorben war, fiel in eine dunkle, tiefe Grube, in die sie im Laufe der Jahre noch so manches versenkt hatte.

»Eva? Geht es dir gut?«

Eva ließ die Zigarette, die sie gedankenlos zerdrückt hatte, in den Aschenbecher fallen.

»Und dann?«, fragte sie mechanisch.

»Da gibt es nicht mehr viel zu erzählen. Deine Eltern sind tatsächlich nach Spanien gefahren. Trotz der mörderischen Sonne hatten sie sich vorgenommen, eine Wanderung in der Sierra Nevada zu machen. Dein Vater hat dabei seine Kräfte maßlos überschätzt. In jenem

Sommer war die Hitze extrem. Ich weiß nicht, was da alles zusammenkam – vielleicht hoher Blutdruck, die Anstrengung, Alkohol, fettes Essen, was ja Gift für seinen empfindlichen Magen war. Auf jeden Fall ist er während der Wanderung einfach zusammengebrochen. Kurt hatte einen Herzanfall und Ursel musste zusehen, wie er minutenlang auf dem Boden um Luft rang, bis er dem Anfall erlag. Sie war verzweifelt. Wenn ein Arzt in der Nähe gewesen wäre. Aber so, mitten im Gebirge. Handys gab es damals noch nicht. Kurt hatte keine Chance. Ursel rief mich noch am gleichen Abend an. Ich wollte zu ihr fliegen, doch sie bat mich, vor Ort alles zu arrangieren. Als ich sie vom Flughafen abholte ...« Frau Gruber hielt mitten im Satz inne. Ihre Augen schimmerten milchig, so, als habe die Erinnerung an das Vergangene ihren Blick für die Gegenwart getrübt.

»Ja? Was war da?«, fragte Eva ungeduldig.

»Sie war ein anderer Mensch. Ich kann nicht beschreiben, was anders war, aber etwas stimmte nicht mit ihr, etwas fehlte. Es war, als sei mit Kurts Tod auch ein Stück ihrer Persönlichkeit gestorben. Du weißt, wie oft ich bei euch war, gerade in der Zeit nach seinem Tod. Auf Außenstehende musste es wirken, als seien wir Vertraute. Doch innerlich hatte sie sich sehr weit zurückgezogen.«

Die alte Dame sah plötzlich verloren aus. Tiefe Furchen

zeichneten ihre Stirn, um den Mund entdeckte Eva einen verbitterten Zug, der ihr zuvor nicht aufgefallen war. Elsie Gruber tat ihr Leid. Nein, mehr als das. Zum ersten Mal empfand Eva tiefe Zuneigung für die Frau, die wie sie selbst an den Schutzwällen ihrer Mutter abgeprallt war.

»Hat sie jemals erfahren, wer ihr die Fotos geschickt hat?«, fragte Eva.

»Nein.«

»Und hat sie die Geliebte meines Vaters aufgesucht?«

»Ursel weigerte sich, nach dem Tod deines Vaters weiter darüber zu sprechen. Aber ich glaube es nicht. Sie hatte ja auch keinen Namen, keine Adresse, nichts.«

Frau Gruber ließ sich in den Sessel zurücksinken. Ihr Schweigen besaß etwas Endgültiges. Kurze Zeit später verließ Eva die alte Dame. Vor dem Haus beschloss sie, ihr Auto auf dem Parkplatz stehen zu lassen. Sie brauchte frische Luft. Außerdem lag das Büro, das Ben seit zwei Jahren für sich und Herta Miro angemietet hatte, nicht weit entfernt.

Im Gehen knöpfte sie ihren Wollmantel auf. Was hätte sie jetzt für ein Unwetter gegeben. Sturm, der in den Baumkronen wütete, sie von den letzten Blättern befreite, der Papier, Laub, leere Plastiktüten über den Asphalt jagte. Doch die Natur erhörte sie nicht. Reglos reckten die Bäume ihre Äste in den Himmel. Auch die Fußgänger, die ihren Weg kreuzten, schlenderten in gemächlichem Tempo an ihr vorbei. Niemand rannte, keiner fluchte vor sich hin oder führte Selbstgespräche. Die Hände in den Manteltaschen, stapfte Eva an Geschäften vorbei, in deren Schaufensterscheiben sich ihre Gestalt mit dem nach vorn geneigten Oberkörper spiegelte. Ihr war heiß. Hinter der Stirn und dem rechten Auge klopfte unermüdlich ihr Puls. Bilder aus der Vergangenheit schoben sich ineinander, zerschnitten ihre Gedanken. Als die Erinnerung an die Beerdigung ihres Vaters sie heimsuchte, gab sie ihrer Unruhe nach und rannte los. Ihre Knie fühlten sich steif an, bei jedem Schritt, so schien ihr, prallte ihr gesamtes Gewicht auf den Asphalt. Erst zwei Straßenzüge weiter stoppte sie ab und hielt sich die stechende Seite. In der Fußgängerzone, auf die sie nun stieß, gab es einen Markt, dahinter lag das kleine Architekturbüro, zwei Räume, eine schmale, lang gezogene Küche, wie es für Altbauten typisch war. Ben hatte beim Frühstück erwähnt, dass er heute ausschließlich am Zeichenbrett arbeiten würde. In all den Jahren, die sie sich kannten, war sie nur ein einziges Mal spontan in seinem Büro erschienen. Er mochte Überraschungsbesuche genauso wenig wie sie. Aber jetzt brauchte sie seinen logischen Denkfluss. Es ging um ... Eva stockte. Um was? Ihre Vergangenheit? Neuordnung einer Geschichte, die sie einmal für die ihre gehalten hatte? Änderte denn das neue Wissen etwas an ihrem Leben? Als sie die Straße überquerte, stieg ihr der Duft von gerösteten Maronen in die Nase. Ein Marktschreier pries die Vorteile eines Küchenmesserblocks. Ungeduldig schob Eva sich an der Traube Menschen vorbei, die sich vor dem Stand gebildet hatte. Als sie in die Seitengasse einbog, kamen ihr Zweifel. Gewöhnlich konnte man Ben von der Straße aus am Schreibtisch sitzen sehen. Heute verwehrte eine weiße Gardine die Sicht. Seit wann hatte Ben Stores vor seinem Fenster?

Sie klingelte. Statt des Summers öffnete er ihr persönlich.

»Ist was passiert?«

»Kann ich reinkommen?«

»Klar. Ich … Warte mal. Wir sind gerade in einer Besprechung.«

Bevor er Eva in sein Arbeitszimmer dirigieren konnte, erhaschte sie einen Blick in die Küche. Herta Miro saß mit übereinander geschlagenen Beinen auf einem Stuhl und führte eine Tasse aufgeschäumten Milchkaffee an ihre Lippen. Als sich ihre Blicke trafen, hob die Architektin die freie Hand und winkte. Ihre kurzen, braunen Haare, die durch Strähnchen aufgehellt waren, unterstrichen ihr pfiffiges Äußeres. Sie sah jung aus, unglaublich jung, und sie war sich ihrer Attraktivität bewusst. Eva warf ihr ein schmales Lächeln zu, über das sie sich im gleichen Moment ärgerte. Was war los mit ihr? Kaum hatte Ben die Tür hinter ihnen geschlossen, ließ sie sich auf seinen gepolsterten Drehstuhl fallen.

»Tut mir Leid, dass ich hier unangemeldet reinplatze.« Sie beobachtete, wie Ben mit routinierten Handgriffen den Computer herunterfuhr, während ihr bewusst wurde, wie klein er hinter seinem Arbeitstisch wirkte, klein und in sich gekehrt. Seine Bibliothek, Regale mit Standardwerken über Architektur und Bauplanung, überragte ihn um einen halben Meter. Gerade als er um den Tisch herum auf sie zukam, klopfte es an der Tür und Herta steckte ihren Kopf ins Zimmer.

»Sorry. Telefon.«

»Jetzt nicht.«

Doch die junge Architektin ignorierte Bens abwehrende Geste und schob eine Hand über die Sprechmuschel des mobilen Hörers. »Es ist wichtig.«

Ben verschwand mit ihr aus der Tür. Allein im Zimmer, drehte Eva sich mit dem Stuhl zur Mitte des Raumes. Mehrere Skizzen bedeckten das Zeichenbrett, das auf einem gusseisernen Fuß saß. Auf dem Beistelltischchen daneben stand ein Baumodell aus Styropor. Das gleiche Gebäude in einem kleineren Maßstab, diesmal aus Gips, stand in einem Karton auf dem Boden. Eva verließ ihren Platz, hob die Gipskonstruktion vorsichtig aus der Pappschachtel und betrachtete sie von allen Seiten. Erst nach einer Weile wurde sie gewahr, dass hinter der angelehnten Tür eine Frauenstimme leise und eindringlich sprach. Der Redefluss wurde von knappen Erwiderungen unterbrochen, dann herrschte plötzlich

Stille. Es war mehr eine Ahnung, die sie dazu bewog, sich umzudrehen. Ben stand im Türrahmen. Er starrte sie an, als ob sie gerade etwas Verbotenes tat.

»Was ist das?«, fragte sie und hielt das Modell in die Höhe.

»Die Arbeit eines Kollegen. Ich soll ihm helfen, den Entwurf dafür zu optimieren.« Vorsichtig nahm er ihr das Bauwerk aus der Hand.

»Lass uns einen Spaziergang machen. Ich kann hier nicht abschalten.«

»Und deine Besprechung?«

»Auf später vertagt.«

Im Flur empfing sie eine lächelnde Herta Miro.

»Wie geht's denn?«, fragte sie. Eva blieb ihr die Antwort schuldig. Schweigend erforschte sie das dezent geschminkte Gesicht der jungen Frau, die blauen Augen, die sie weiterhin freundlich ansahen.

»Manchmal tut ein Tapetenwechsel gut«, setzte die Architektin nach. Hatte sie ihr gerade zugezwinkert?

Eva lächelte gezwungen. »Vielleicht, ja«, erwiderte sie halbherzig, während sie zusah, wie Ben sein Handy aus der Kordjacke zog und es Herta Miro in die Hand drückte.

»Ich bin die nächste Stunde für niemanden zu sprechen.«

»Was ist denn los?«, fragte er auf der Straße. »Du siehst ja völlig verstört aus.«

»Ich war heute Morgen bei Elsie Gruber.«
»Nicht schon wieder. Was hat sie denn diesmal gesagt?«
Einen Moment wirbelten sämtliche Gedanken durch Evas Kopf, dann kam das Karussell zum Stillstand.
»Nichts. Ich bin einfach aufgewühlt. Keine Ahnung, was mit mir los ist.« Eva sah auf den Boden. Die Lüge hinterließ einen schalen Geschmack in ihrem Mund. Es war ein Fehler gewesen, Ben aufzusuchen. Die Enthüllungen der letzten Stunde klemmten wie ein dunkler Ballon in ihrer Brust, der mit jedem Versuch, Luft abzulassen, größer wurde. Er saß einfach da und wollte ausgehalten werden. Von ihr allein. Vor ihnen tauchten die ersten Marktbuden auf. Eva wies mit dem Kopf in Richtung eines Imbissstandes, der etwas abseits aufgebaut war.
»Lust auf Pommes?«
»Jetzt?«
»Ich möchte nicht wissen, von was du dich bei deinen Geschäftsreisen ernährst.«
»Von Vollwertkost natürlich.« Ben grinste.
Fünf Minuten später spießte er mit einem Plastikzinken Pommes auf und tauchte sie in den Ketchupsee, der sich am Rand des Papptellers staute. »Apropos Geschäftsreisen. Ich muss in zwei Wochen ein Bauobjekt in Freiburg besichtigen. Das sind dreihundert Kilometer einfache Strecke. Abends lädt der Bauherr zu einem

Essen ein.« Er bedachte sie mit einem raschen Seitenblick. »Ich überlege, ob ich mir für eine Nacht ein Hotelzimmer nehme. Kann ich dich alleine lassen? Momentan, wo du so … so durcheinander bist.«
Eva schwieg. Der Bissen, den sie am Gaumen zerdrückte, schmeckte nach Grillgewürzen und Pappe. »Fährst du allein?«
»Herta ist mit ihrer Freundin auf den Galapagos, Warane gucken.«
»Alle fahren weg«, sagte Eva und versuchte, sich ihre Erleichterung nicht anmerken zu lassen. »Vielleicht brauche ich auch mal eine Auszeit. Wenn ich das Metalltor für Krögers fertig habe, gönne ich mir eine kleine Reise. Ich könnte ja mal nach Prag fahren.«
»Prag?« Bens Augen leuchteten. »Mach das, Eva. Prag ist wunderschön. Gerade die restaurierte Altstadt. Schade, dass ich so viel Arbeit habe. Ich würde gerne mitkommen.«
Er strich eine Haarsträhne aus ihrem Gesicht, bevor er sich abwandte, um einen Bekannten zu grüßen. Sein Profil mit der zierlichen Nase und den vollen Lippen wirkte verletzlich. Damals auf der Vernissage hatte sie sich in den sanften Ausdruck seiner Augen verliebt, braunen, schräg geschnittenen Halbmonden, die beim Lachen in einem Meer von Falten versanken. Jetzt beobachteten sie angestrengt das Marktgeschehen, als entzögen sie sich jeder Prüfung. Ben verschwieg ihr etwas,

sie sah es an der Art, wie sein Kopf zwischen die Schulterblätter kroch.

Die nächsten Tage verbrachte Eva in der Abgeschiedenheit ihres Ateliers. Nur selten legte sie die Blechschere aus der Hand, um ans Fenster zu treten und in den Garten zu sehen. Auch die Natur zog sich zurück. Büsche rollten ihr Blattwerk ein, erschlafftes Laub schaukelte an den Bäumen, müde ließen die Birken am Grundstücksrand ihre Äste zu Boden hängen. Seit ihrem Besuch in Bens Büro behandelte er sie so zuvorkommend, als leide sie an einer unheilbaren Krankheit. Er verzichtete auf sein Fußballtraining, um den Feierabend mit Eva vor dem Kamin zu verbringen, er führte sie zum Essen aus oder schlug vor, gemeinsame Freunde einzuladen. Wenn er morgens das Haus verließ, ermunterte er sie, ihn beim kleinsten Anzeichen von Niedergeschlagenheit anzurufen – trotz seines überladenen Schreibtisches. Eva meisterte die Anforderungen des Alltags wie in Trance. Innerhalb kurzer Zeit war Dr. Alfons zweimal gegen ein geschlossenes Fenster geflogen und hatte sich verletzt. Sherlock hatte ihr einen Besuch abgestattet, ihre Freundin Annedore bat sie über Anrufbeantworter, sich den Samstagabend freizuhalten, und die allein lebende, redselige Nachbarin lauerte ihr auf, wann immer sie das Haus verließ. Niemand schien eine Veränderung an ihr zu bemerken.

Es war an einem frühen Nachmittag, als sie ihre Arbeit niederlegte und das Atelier verließ. Grell blinkte die Lichterkette vom Balkon gegenüber, blau – gelb – rot – Pause, stets der gleiche Rhythmus, der Eva ein Stück die Straße entlang begleitete. Warum war sie nur nicht eher darauf gekommen? Warum erst jetzt, Tage später und dann durch ein Bild, das ihr durch den Kopf geschossen war? Sie stoppte ein Taxi. Mehrmals warf der Fahrer ihr interessierte Blicke zu, doch Eva sah beharrlich aus dem Fenster. Der Geruch von Duftbäumchen, die am Rückspiegel baumelten, löste Übelkeit in ihr aus. Menthol, Vanille, Fichte – ein ganzer Chemiewald rückte dem kalten Rauch zuleibe, der aus jeder Polsterfaser strömte. Eva atmete flach, bis sie vor dem verwilderten Vorgärtchen ihres Elternhauses hielten, und stieg aus. Als das Taxi hinter der nächsten Biegung verschwunden war, durchsuchte sie ihre Manteltaschen nach Zigaretten. Sie fand eine angebrochene Packung und zerdrückte sie, einem plötzlichen Impuls folgend. Zufrieden stopfte sie das Pappknäuel in die Manteltasche zurück.

In der Diele schlug ihr Kälte entgegen. Ihr Atem bildete kleine Wölkchen. Das Haus war beinah vollständig leer geräumt. In den letzten Wochen hatte sie sich Raum für Raum durchgearbeitet, nur an das Wohnzimmer hatte sie sich bisher nicht herangetraut. Das Wohnzimmer. Sie erschrak über den Klang ihrer eigenen Stimme. Wie so oft, wenn sie etwas bewegte, hatte sie ihre Gedanken laut ausgesprochen. Sie knipste das Licht an. Erneut erwachte die Welt ihrer Mutter zum Leben. Im Augenblick hatte Eva jedoch nur Augen für den Kirschbaumsekretär. Die kleine Galerie gerahmter Fotografien darauf war seit Jahrzehnten ein vertrauter Anblick – nun erschien sie ihr unvollständig. Das Hochzeitsbild ihrer Großeltern, Vater und Mutter beim Wandern, Eva selbst in einer gestellten Pose mit Kleid und Schultüte, mehr umfasste die Sammlung nicht. Der tschechische Familienzweig blieb unsichtbar, verschollen wie jene belastenden Fotos, von denen Elsie Gruber gesprochen hatte.

Aber sie existierten noch. Da war diese Vision im Atelier. Unvermittelt. Überdeutlich. Eva öffnete eine Schublade und starrte in den rechteckigen Hohlraum, in dem sich nicht ein Fizzelchen Papier befand. Auch die Schubladen darunter waren leer. Mit einem Ruck klappte sie die große Lade auf. Den Anblick der frei geräumten, polierten Ablage hatte sie bereits befürchtet, in den Fächern darüber befand sich ebenfalls nichts. Der Reihe nach untersuchte sie die schmalen Unterteilungen, in denen früher Papiere und Briefbögen gelegen hatten, bis ihre Finger plötzlich einen kleinen Knauf ertasteten. Sie zog daran, fühltc, wie der Widerstand der Klappe nachgab, und suchte in ihrer Manteltasche nach einem Feuerzeug. Im schwachen Schein der Flamme ließ sich ein Schlüsselloch erkennen. Der Schlüssel fehlte jedoch. Keine zehn Minuten später hatte Eva das Schloss mithilfe eines Schraubenziehers aufgebrochen. Was sie aus den Tiefen des Faches ans Tageslicht brachte, enttäuschte sie nur für einen Augenblick. Nicht den Fotos diente der geheime Ort als Versteck. In der Hand hielt sie ein kleines, von einem Gummiring zusammengehaltenes Bündel Briefe. Sie waren an ihre Mutter adressiert, an ein Postfach mit einer vierstelligen Nummer. Es bedurfte nicht einmal detektivischer Arbeit, um den Absender in Erfahrung zu bringen. Ludmila Nováková, stand in schwungvollen, breiten Buchstaben auf der Rückseite aller Kuverts, darunter eine Prager Adresse. Einen Moment war Eva in Versuchung, Elsie Gruber anzurufen, um sie mit diesem Namen zu konfrontieren, dann verwarf sie den Gedanken. Die alte Dame musste ahnungslos sein, sonst hätte sie Eva mehr verraten. Eva zog den gefalteten Bogen des ersten Briefes, der auf den 13. Mai 1975 datiert war, aus dem Kuvert. »Geehrte Frau Stetter!« begann, mit einem Ausrufezeichen versehen und vom restlichen Text abgesetzt, der Brief. »Ihr Angebot ist beleidigend. Wir sind nicht so käuflich, wie es bei Ihnen den Anschein hat. Hier mangelt es an allem. An Freiheit am meisten, da haben Sie Recht. Mag sein, manche verkaufen ihren Körper, um über die Grenze zu kommen. Ich nicht. Ich liebe Ihren Sohn.« Sohn? Irritiert blieben Evas Augen an dem Wort hängen. Kein Zweifel, die Buchstaben waren deutlich geschrieben. »Es wird Zeit, dass er Ihnen das endlich mitteilt«, las sie weiter, »immerhin verbringt er jede freie Minute, die er erübrigen kann, mit uns. Wer hat Sie eigentlich informiert? Und warum? Die Beziehung zu einem Mann aus dem Westen bringt ohnehin Schwierigkeiten mit sich. Sie können mir glauben, dass es nicht immer leicht ist. Mehr kann ich dazu nicht schreiben. Vielleicht verstehen Sie mich besser, wenn wir uns einmal persönlich kennen lernen. Ich hoffe doch.«

Den Zeilen folgte eine energische Unterschrift. Eva ließ den Brief sinken. So also hatte die Strategie ihrer Mutter ausgesehen. Etwas in ihr sträubte sich gegen die Wahrheit, die langsam in ihr Bewusstsein einsickerte. Sie zog den Papierbogen aus dem nächsten Umschlag. Die Anrede fehlte. Der Brief war in einer Schrift verfasst, der die Erregung deutlich abzulesen war.

»Sie haben also gelogen, haben sich für Ihre eigene Mutter ausgegeben! Was soll ich Ihnen jetzt noch glauben? Dass Ihre Ehe gut läuft, wie Sie mehrmals betont haben, dass Kurt in Deutschland verwurzelt ist, dass sich eine solche Affäre, wie Sie unsere Beziehung nennen, schon einmal in Ihrer Ehe ereignet hat und Kurts umtriebigem Charakter entspricht, aber nicht von Bedeutung ist? Wissen Sie – ich glaube gar nichts davon –«

Der Gedankenstrich am Ende des Satzes war tief ins Papier geritzt. Die Lücke darunter mochte von der Zeit sprechen, in der Ludmila ihrer Wut freien Lauf gelassen hatte. »Kurt hat nie von Ihnen erzählt. Er kommt, wann immer er ein Visum erhält, und lässt es oft verlängern. Also frage ich Sie: Wie kann er Sie noch lieben, wenn er hier eine Familie hat? Wir haben ein Kind zusammen, zwei Jahre alt, unseren Georgi. Wahrscheinlich wissen Sie das nicht. Es tut mir Leid.« Wieder ein kleiner Absatz. »Fragen wir Kurt doch selbst. Er kommt Anfang des nächsten Monats für eine Woche nach Prag. Haben Sie den Mut zu einer Gegenüberstellung? Sie brauchen ein Touristenvisum und dafür eine Einladung. Ich lege eine bei.
Ludmila Nováková.
P. S. Die Erklärung, dass ich die gesamten Kosten für Ihren Aufenthalt übernehme, müssen Sie vorlegen, wenn Sie Ihren Besuch bei der tschechoslowakischen Polizei anmelden. Auch ein Foto von Ihnen muss dabei sein.«

Eva sah verwirrt aus, völlig verwirrt. Ben blickte auf seine reglose, über den Sekretär gebeugte Frau, die seit geraumer Zeit einen Briefbogen anstarrte. Haarsträhnen hatten sich gelöst und fielen ihr ins Gesicht, die Lippen bewegten sich in einer stummen Choreografie. Einen Moment lang spielte er mit dem Gedanken, gegen die Scheibe zu klopfen, dann besann er sich und lief um das Haus herum. Er hätte gleich klingeln sollen, statt seiner Neugierde nachzugeben und, verdeckt von Büschen, ins Wohnzimmer zu spähen. Was machte Eva da? Neugierig die Post einer Verstorbenen zu durchstöbern entsprach nicht ihrem Wesen. Aber was hieß das schon? Nach den letzten Wochen war er sich nicht mehr sicher, ob er Eva wirklich kannte. Sie benahm sich seltsam. Misstrauisch. Und das gerade jetzt. Jetzt, wo ihn nur noch ein Hauch Ungewissheit von seinem Glück trennte. Er war kurz vor dem Ziel, er war so nah an der Erfüllung seines Traumes wie nie zuvor. Er hatte keine Ahnung, wie sie reagieren würde. Schlechtes Gewissen mengte sich in ein Gefühl von Vorfreude. Aber war es nicht Eva selbst, die gesagt hatte, das Wichtigste im Leben sei Authentizität? Und konnte etwas falsch sein, wenn es sich so gut anfühlte, so, als ob es schon Jahrhunderte für ihn bereitstand und nur darauf wartete, erlöst zu werden? Er klingelte. Kurz darauf öffnete sich die Eingangstür einen Spalt und gab Evas verstörtes Gesicht frei.

»Ich wollte gerade gehen«, sagte sie und zog die Tür hinter sich ins Schloss.

Ben hatte einen der besten Tische vorbestellt, einen, von dem man das gesamte Restaurant im Blick hatte. Doch Eva schenkte weder den Nachbartischen noch

dem Päckchen Beachtung, das er neben ihre Serviette geschoben hatte.
»Eva. Ich mache mir langsam Sorgen um dich. Was treibst du eigentlich im Haus deiner Mutter?«
»Ich nehme Abschied.«
»Die Beerdigung ist Wochen her. Das ist doch nicht normal.« Ihre Hand, die er über den Tisch hinweg ergriff, war eiskalt. Er musste sich mehr Zeit für seine Frau nehmen. Vielleicht war sie krank, brauchte therapeutische Hilfe. »Mach doch mal das Geschenk auf«, sagte er.
Eva riss das Papier mit einer Handbewegung entzwei. Verdutzt besah sie sich das Mobiltelefon in der durchsichtigen Plastikverpackung, dann löste sie es heraus. Es war so klein, dass sie es in einer Hand verschwinden lassen konnte. Ben betrachtete ihre geschlossene Faust.
»Du brauchst es ja nicht immer bei dir zu tragen. Aber mir ist wohler, wenn du mich von Prag aus problemlos erreichen kannst«, sagte er.
Ein Ober servierte ihnen Lammkeule. Beim Essen erläuterte Ben die Funktionen des Mobiltelefons. Er zwang sich, sachlich zu bleiben, während er eine aufsteigende Erregung niederkämpfte. Dass Eva gerade jetzt eine Reise unternahm, war genial. Er würde sie anrufen. Jeden Tag. Bevor sie überhaupt nur auf die Idee kommen würde, sich bei ihm zu melden, würde er sie auf ihrem Handy anrufen. Denn wenn sie entdeckte,

dass er sich zur gleichen Zeit in Paris aufhielt, gab es kein Zurück mehr, dann half nur noch eine Offenbarung.

Eva hasste Heimlichkeiten. Hasste es, sich schlafend zu stellen, ihrer inneren Unruhe und Schluckreflexen ausgeliefert, dazu Hautirritationen, deren Juckreiz sie quälte. Sie hasste Verstellungen jeglicher Art. Ungebeten zogen Erinnerungen aus ihrer Jugend auf, während sie stocksteif im Bett lag, die Decke bis zum Kinn gezogen, und angestrengt in die Dunkelheit lauschte. Als sie Bens regelmäßige Atemzüge vernahm, schob sie die Daunendecke beiseite und schlüpfte aus dem Bett. Ihr Fußgelenk knackte, Luft dehnte ihre Lungen, aber ausatmen würde sie erst hinter der Tür. Bevor sie auf Zehenspitzen hinaushuschte, sah sie noch einmal durch die Finsternis zum Bett. Ben schlief fest.
Den ganzen Abend hatte sie versucht, sich unter einem Vorwand in ihr Atelier zurückzuziehen, wo die Briefe, eilig unter einer Blechtonne versteckt, sie mit weiteren Geheimnissen erwarteten. Doch Ben war in ihrer Nähe geblieben, als wären sie durch eine unsichtbare Nabelschnur verbunden. Sie sah sein besorgtes Gesicht noch immer vor sich, während sie den dunklen Garten durchquerte.
Im Atelier war es beinah so kalt wie draußen. Einen flüchtigen Moment lang war ihr, als flüstere eine Stim-

me ihr zu, sich umzudrehen und der Wahrheit den Rücken zu kehren. Dann atmete sie tief durch und zog die Briefe unter der Blechtonne hervor. Die Heizung knackte, als sie den Thermostat auf die höchste Stufe stellte, sich davorkauerte und das erste Kuvert zur Hand nahm.

Der Brief war länger als die bisherigen. Zwei beidseitig beschriebene Bogen Papier hatte Ludmila an ihre Mutter geschickt, die sie jetzt nicht mehr »geehrte Frau Stetter«, sondern »Ursel« nannte. Auch der Ton nahm sich vertraulicher aus. Gierig verschlang Eva die Zeilen. Nach dem zweiten Durchlesen schloss sie die Augen und versuchte, die Zusammenhänge der Ereignisse zu begreifen, die sich hinter Ludmilas Worten verbargen. Ihre Mutter war damals tatsächlich nach Prag gereist, eine Gegenüberstellung mit Kurt Stetter hatte aber offensichtlich nicht stattgefunden. Die beiden Frauen waren sich näher gekommen. Sie schienen sich in der Zeit, in der ihr Vater geschäftlich in der Tschechoslowakei unterwegs war, heimlich getroffen zu haben. Warum hatten sie ihn nicht einfach gemeinsam zur Rede gestellt? Eva öffnete die Augen. Warum ging sie nicht einfach zu Ben hinüber und weihte ihn ein? Der nächste Brief war noch dicker als der vorhergehende. Gleich die ersten Zeilen bezogen sich auf ein Telefonat. Wieder hatte der Ton gewechselt. Er war hämisch geworden, böse. »Verräter« nannte die Tschechin ihren Liebhaber jetzt, wenige Zeilen darunter »das Aas«. Der Brief bestand aus einer Auflistung von Gemeinheiten, beschrieb die Täuschungsmanöver Kurt Stetters, seine offensichtlichen Lügen. Enthüllte sein Doppelleben, das die beiden Frauen nun auf infame Weise mitgespielt zu haben schienen. Ludmilas Liebe war in Verachtung und Hass umgeschlagen. Der Gedanke, was für Briefe ihre Mutter geschrieben haben mochte, ließ Evas Kehle eng werden. Schnell las sie weiter. Es folgte eine ausführliche Schilderung von Georgs Gesundheitszustand, dann erkundigte sich Ludmila nach Ursels Wohlbefinden und dem ihrer Tochter. Nach ihr also. Eva. Lange starrte sie auf die drei schwungvoll geschriebenen Buchstaben, mit denen sie sich identifizierte. So lange, dass sie das Postskriptum im Anhang des Briefes beinahe übersehen hätte.

»Kurt hat mir versprochen, den ganzen nächsten Monat zu kommen, wenn alles nach Plan läuft. Er sprach davon, dass es sich am dritten Juni entscheidet. Sagt dir dieser Termin etwas?«

Das Papier glitt aus Evas Händen. Sie bemerkte es nicht. Ihr Blick war nach innen gerichtet, auf einen Sommer vor genau neunundzwanzig Jahren. Sie war dreizehn gewesen, ein wilder, launischer Teenager, sie hatte vier qualvolle Wochen im Haus ihrer Kusinen verbracht, deren unverhohlen neugierige Blicke ihr auf Schritt und Tritt gefolgt waren, als sei sie ein exotisches Tier. Mehr

als einmal hatte ihnen die Tante befohlen, Rücksicht auf Eva zu nehmen, die für Wochen »verwaist« sei. Ihre Mutter war zur Sterbebegleitung der eigenen Mutter in ein Hospiz gefahren, während der Vater ausgerechnet jetzt im Ausland Geschäfte erledigen musste. Vier lange Wochen hatte sie versucht, den fürsorglichen Annäherungen ihrer Tante so widerborstig wie möglich zu begegnen. Nur wenn sie alleine im Bett lag, hatte sie ihren Tränen freien Lauf gelassen. Eva wischte sich über das Gesicht. Es war nass. Ihre Beine zitterten vor Kälte. Sie schlang die Arme um ihre Knie, presste den Rücken gegen die Heizrippen und zwang sich, den nächsten Brief zu lesen.
Auf den folgenden Seiten addierte Ludmila die Fehltritte und Unehrlichkeiten Kurt Stetters wie ein Inkassounternehmen. Akribisch, kaltblütig, ohne ein Detail auszulassen. Liebesbeweise beschrieb sie ironisch. Eines seiner Geschenke, ein Dutzend Nylonstrümpfe, bezeichnete sie als Almosen. ›Apropos Geschenk‹, las Eva, ›ich habe etwas für dich. Es steckt im Seitenfach des Koffers. Er schaut nie hinein, glaube mir, man könnte dort Atombomben schmuggeln. Unser Adonis ist so naiv.‹
Das Wort drehte eine Pirouette in ihrem Kopf. Adonis. Ein merkwürdiger Zufall. Und wenn es kein Zufall war? Sie stopfte das Bündel Briefe in die Tasche ihrer Wolljacke und eilte ins Haus. Wenige Minuten später

offerierte ihr die Suchmaschine im Internet eine Flut von Einträgen.
Adonisröschen. Adonis Vernalis L, eine unter Naturschutz stehende Heilpflanze aus den Steppenheiden Südosteuropas, die gelbe Version ihrer harmlosen Schwester Adonis Aestivalis, 10–40 Zentimeter hoch mit saftigen, gefiederten Blättern und goldgelber Krone, eine Pflanze, deren gesamte oberirdische Teile giftig waren. Ihre herzwirksamen Glykoside, las Eva atemlos, wurden bei niedrigem Blutdruck und eingeschränkter Herzleistung verwendet. Herzwirksam! Hatte sie nicht auch diesen Begriff in einem von Ludmilas Briefen gelesen? Der Verdacht, der sich ihr aufdrängte, war ungeheuerlich. Ihr Vater war an Herzversagen gestorben, nichts weiter, beruhigte sie sich. Außerdem ließ sich mit einer Heilpflanze niemand einfach so töten. Das Adonisröschen war weniger giftig als ein Fingerhut, bewirkte lediglich Übelkeit, Durchfall und raschen Puls, schlimmstenfalls Herzrhythmusstörungen.
Eva kniff die Augen zusammen, bis die Buchstaben auf dem Bildschirm zerflossen. Sie sah ihren Vater in seinem italienischen Lieblingsrestaurant, Sportwimpel an den Wänden, rotweiß karierte Tischdecken, einen Krug Wasser darauf, Wein, daneben zwei ovale Kapseln, die er vor der Mahlzeit einnahm. Ein anderes Bild schob sich darüber. Ihre Mutter in der Küche, auf einem Holzbrett riesige Scheiben Brot, die sie mit Putenfleisch und

Gemüse belegte. ›Papas Schonkost‹ nannte sie die fettarmen Schnitten, die sie ihm auf seine Geschäftsreisen mitgab. Dass sie seinen nervösen Magen auf das schlechte Essen im Ostblock zurückführte, war nur folgerichtig. Schließlich kam er in den letzten Wochen vor seinem Tod nach jeder Geschäftsreise bleichgesichtiger nach Hause. Eva schloss die Website, klickte den nächsten Link an, dann den darunter liegenden. Sie hatte nicht gewusst, nach was sie suchen sollte, bis sie auf den Verweis stieß, dass das Adonisröschen besonders in Russland und Tschechien als Heilmittel angewandt wird.

Plötzlich stand das Geschehen klar vor ihren Augen. Ludmila musste beschlossen haben, sich auf ihre eigene Art im Herzen Kurt Stetters zu verewigen. Benommen versuchte Eva zu begreifen, was sie da dachte. Fragen schwirrten durch ihren Kopf, bis sich eine, dringlicher als alle anderen, in den Vordergrund schob. Sie lief im Zimmer auf und ab. Wie waren die Samen der giftigen Pflanze in den Besitz ihrer Mutter gelangt? Sie erinnerte sich an den Moment, in dem sie im Schmuckkästchen das Plastikröhrchen mit den Blumensamen gefunden hatte. Die Giftsamen. Für sie als Vermächtnis, eingebettet in das Erbe ihres Familienschmuckes. Eva schnappte nach Luft. Wie zum Teufel waren diese Samen nur in den Besitz ihrer Mutter gelangt? Die Antwort lag in der Luft, greifbar nahe, es fehlte nur noch ein kleines

Detail, ein Hinweis. Sie trat ans Fenster, lehnte ihre Stirn gegen die kühle Scheibe. Eine schmale Mondsichel stand am Himmel. Über dem Wohnviertel lag Dunkelheit, selbst die Laternen waren gelöscht und überließen die breite Vorortstraße ihrer Nachtruhe. Alles war ruhig und friedlich. Nur in Evas Innerem arbeitete es unermüdlich. Wenn sie nur wüsste, wo der Fehler lag. Zweifellos stimmte mit den Briefen etwas nicht. Aber was?

Noch einmal rief sie sich jeden einzelnen ins Gedächtnis, bis ihr plötzlich wieder die Sache mit dem dritten Juni einfiel. Wenn die beiden Frauen sich wirklich näher gekommen wären, hätte Ludmila von dem geplanten Hospizaufenthalt ihrer Mutter gewusst. Sie hätte ihr zusätzliche Verletzungen ersparen können. Je länger Eva darüber nachdachte, desto klarer wurde ihr, dass Methode hinter Ludmilas Briefen steckte. Ganz bewusst hatte die Tschechin Ursel über Kurts Treiben in Prag informiert, um ihr sein abgebrühtes Wesen zu demonstrieren, was sie trotzdem nicht davon abhielt, sich weiterhin von ihm besuchen zu lassen. Von einer Gegenüberstellung zu dritt war plötzlich keine Rede mehr. Vielmehr beschränkte sich Ludmila darauf, den Charakter des Mannes, der ihr vermutlich die Ehe und somit die Freiheit versprochen hatte, in den schlimmsten Farben darzustellen. Es lag auf der Hand. Ludmila Nováková musste schreckliche Angst gehabt haben, dass sich ihr Traum plötzlich in Luft auflösen würde. Ihr Traum von einer Zukunft in Freiheit, ohne finanzielle Sorgen, Seite an Seite mit dem Mann, den sie seit Jahren nur heimlich und für begrenzte Zeit sehen konnte. Wut, Verachtung, Enttäuschung über den Liebhaber aus dem Westen hatten nicht die Hoffnung besiegen können, dass er sich für sie, die Jüngere, entscheiden würde. Aber wieso dann das Gift? Es ergab keinen Sinn.

Die Strategie ihrer Mutter hingegen schon. Ob aus Verzweiflung oder Kalkül – den Kontakt zu der jungen Tschechin nutzte sie, um ihr eine Ehekrise vorzugaukeln. Vermutlich hatte Ursel Ludmila in dem Glauben gelassen, mit ihrer Ehe abgeschlossen zu haben. Parallel dazu ersann sie Pläne, ihren Mann zurückzuerobern. Bis zuletzt glaubte sie daran, dass ihr dies gelingen würde, bis zu jener Wanderung in Spanien, bei der sein überlastetes Herz gestreikt hatte. Herzversagen. Die Symbolik war makaber. Die Fensterscheibe beschlug unter Evas Atem, als sie den Namen der Pflanze laut aussprach. Adonisröschen!

Sie ging zum Computer zurück, klickte noch einmal die Website über das Adonisröschen an und überflog hastig die Beschreibungen, bis sie zu den Warnhinweisen gelangte. Die herzwirksamen Glykoside durften unter keinen Umständen jemandem verabreicht werden, der an zu langsamem Herzschlag und Hypokaliämie litt. Hypokaliämie! Das Wort hatte sie schon einmal gehört. Sie gab den Begriff in die Suchmaschine ein, las ungläubig die Definition. Die Symptome, die ihr Vater zu Lebzeiten gehabt hatte, passten genau zu denen der Hypokaliämie, eines zu niedrigen Kaliumblutspiegels. Und dieser verstärkte die toxische Wirkung des Adonisröschens um ein Vielfaches. Eva starrte auf den Computer. Natürlich. Ihr Vater war ermordet worden. Ermordet. Ludmila hatte ganz bewusst ein Gift gewählt, dass für Kurt eine tödliche Wirkung entwickeln würde. Dann hatte sie ihrer Mutter das Plastikröhrchen mit den Pflanzensamen geschickt, um den Verdacht auf sie zu lenken, falls es zu einer Obduktion kam. Aber ihr Plan war nicht aufgegangen. Statt das Geschenk ihrer tschechischen Nebenbuhlerin einzusäen, hatte Ursel es an einem Ort aufbewahrt, den niemand finden würde. Eva drehte sich auf dem Stuhl herum und stieß einen kleinen Schrei aus. Ben stand im Türrahmen, die Arme vor seinem Pyjama verschränkt. Sein kurzes Haar stand in alle Richtungen ab.

»Was machst du an meinem Computer?«

»Dein Computer – was soll das? Darf ich ihn nicht benutzen? Ich habe recherchiert.« Eva trat zwei Schritte auf ihn zu. »Ich weiß jetzt, was es mit den Blumensamen in dem Schmuckkästchen auf sich hat. Sie sind ein Geschenk an meinen Vater gewesen«, sagte sie aufs Geratewohl.

»Von wem?«

»Du wirst es nicht glauben«, begann sie, während sich in ihrem Kopf die Gedanken überschlugen. Was würde er nicht glauben? Und was würde er glauben?

»Mein Vater hatte ein Abenteuer, eine Geliebte«, fuhr sie fort.

»Was hat das damit zu tun?«

»Pass auf. Elsie Gruber hat mir neulich schon erzählt, dass er zu Lebzeiten eine Geliebte hatte. Und die Samen hat diese Geliebte meinem Vater als eine Art Talisman geschenkt. Adonisröschen heißt die Pflanze. Er war ihr Adonis. Verstehst du?«

»Nein.«

»Ben«, sie schlang die Arme um seinen Hals, »es ist ein Uhr morgens, du musst früh raus. Ich erkläre es dir beim Frühstück.«

»Ich möchte jetzt wissen, warum du dafür mitten in der Nacht am Computer sitzen musst.«

»Ich konnte nicht schlafen«, begann sie. »Du weißt doch, wie die Platten aussehen, die ich gerade angefertigt habe, für die Serie über das Sterben. Über meine Mutter. Jeder Besuch in ihrem Haus zeigt mir, dass ich sie überhaupt nicht richtig gekannt habe. Der Zyklus hat nichts mit ihr zu tun, er ist … beliebig. Heute Nacht habe ich plötzlich gedacht: Ich entwerfe ihn noch einmal. Aber nicht mit Aluminium, sondern mit den Materialien, die ich ihr zuordnen kann. Katzen-

haare, Tierfell, Bienenwachs, Tabletten, gestoßene Teeblätter, Erde, all diese Dinge, die zu ihrem Leben gehörten, und dann dachte ich plötzlich noch: Blumensamen! Samenkörner des Adonisröschens. Sie bilden sozusagen das Abschlusssymbol ihres Lebens.«
Eva spürte, wie ihr Blut in die Wangen schoss, ihre Stimme denselben schrillen Beiklang bekommen hatte, der sie stets bei der Vorstellung eines neuen Projektes färbte.
»Verstehst du«, fuhr sie fort. »Ich verewige das Leben meiner Mutter, sagen wir in fünf Abschnitten, fünf Platten, auf denen ihre Eigenarten durch Symbole zueinander in Verbindung gesetzt werden – Licht und Schatten, Illusion und Realität. Ihre Wünsche, Ängste, ihre kleinen Verschwiegenheiten. Ich war auf der Homepage des Gnadenhofes, habe ein Krebsforum im Internet besucht und irgendwann bin ich bei dem Adonisröschen gelandet.«
»Wozu?«
»Ehrlich gesagt – keine Ahnung. Ich glaube, ich dachte, Details könnten mich inspirieren.«
Einen Moment lang sah Ben sie prüfend an. In seinem Pyjama glich er einem verschlafenen Jungen.
»Du bist verrückt«, seufzte er schließlich und drückte sie an sich. Die Zärtlichkeit, die in seiner Stimme lag, löste Euphorie in ihr aus. Er liebte sie. Mehr noch: Er vertraute ihr. Widerstandslos folgte sie ihm ins Schlaf-

zimmer. Erst als sie unter der warmen Bettdecke lag, fiel ihr der letzte, ungelesene Brief ein, der noch immer in der Tasche ihrer Wolljacke steckte.

IV

Der Schulhof der Herwin-Meyer-Schule unterschied sich in nichts von den Asphaltgehegen anderer Grundschulen. Platanen, die ihre kurzen, verkrüppelten Finger in den Himmel reckten, überdachten die lehnenlosen Holzbänke rund um den Schulhof. Verloren kletterten Reste eines Bepflanzungsprojektes das Gemäuer des Schulgebäudes hinauf. Für Belebung sorgten ausschließlich die lärmenden Schüler. Es war zwölf Uhr, die zweite, große Pause gerade eingeläutet worden. Schreie, Pfiffe und undefinierbare Schläge, die von den Häuserwänden der gegenüberliegenden Straßenseite widerhallten, erfüllten die Luft. Eva schloss ihr Fahrrad an das Gitter des Schulhofzaunes, durchquerte das Tor und fand sich an den Holzbänken wieder, vor denen Schülerinnen Gummitwist sprangen. Sie suchte den Schulhof ab und entdeckte Annedore mit einem Kollegen an den Spielgeräten. Gerade lachte sie ihr Schauspielerinnenlachen, die Locken zurückgebunden zu einem Zopf, der bei jeder Bewegung über den grauen Wollmantel wippte. An den knorrigen Stamm einer Platane gelehnt, beobachtete Eva die beiden, bis ihre Freundin abrupt stehen blieb und zu ihr herüberstarrte.

»Ist er nicht süß?«, fragte sie kurze Zeit später, als sie ihn alleine auf dem Schulhof zurückgelassen hatte, und gab Eva Küsschen auf jede Wange.
»Er ist jung.«
»Sei nicht spießig. Was machst du eigentlich hier? Ist etwas passiert?«
»Ich brauche deine Hilfe.«
»Du hast Glück, ich habe gleich eine Freistunde. Ich muss nur noch mal schnell ins Lehrerzimmer.«
Eva sah der schmalen, femininen Gestalt mit dem federnden Gang nach, bis sie im Eingang des Schulgebäudes verschwunden war. Annedore war eine attraktive Frau, auf die die meisten Männer unmittelbar reagierten. Manchmal beneidete Eva sie um ihre Ausstrahlung. Doch trotz der glücklichen Ehe ihrer Freundin gab es diese Phasen zwanghaften Ehebruchs, die sich ausschließlich in ihrer Phantasie abspielten. Annedore erlag der Vorstellung, durch Sex mit einem anderen Mann eine aufregendere Frau zu werden, eine, deren Besonderheit dem Alltag trotzte, ohne durch die täglichen Reibungen abgenutzt zu werden. In solchen Phasen flirtete sie bei jeder sich bietenden Gelegenheit, um den Männern beim Abschied die Telefonnummer schuldig zu bleiben.
Auf dem Schulhof entstand Tumult. Der junge Lehrer zerrte zwei Mädchen auseinander, die unter den lauten Anfeuerungen ihrer Mitschüler aufeinander einschlu-

gen. Er tat Eva Leid. Auch dieses Mal würde Annedore das Spiel auf die Spitze treiben und den jungen Mann benutzen. Er würde sich Hoffnungen machen. Von denen sie sich nährte, um sich dann, wenn es zu kompliziert wurde, abzuwenden. Und wie so oft, selbst enttäuscht über die Unzulänglichkeit der Männer, in eine Art Erschöpfungszustand gleiten. Eva kannte diese Wechselspiele, sie hatte sie schon so oft mit Annedore erlebt.

Carsten, ihr Ehemann, würde sich zum wiederholten Male als die Verkörperung des idealen Partners entpuppen, bis die nächste Phase sie heimsuchen würde und das Theater von neuem begänne. Wie zur Bestätigung ihrer Gedanken trat Annedore aus dem gläsernen Eingang des Schulgebäudes, winkte übertrieben in die Richtung ihres jungen Kollegen und lief dann auf Eva zu, um sich bei ihr unterzuhaken.

In einer italienischen Espressobar kehrten sie ein. Eva durchsuchte ihre Jackentasche nach Zigaretten, bis ihr einfiel, dass sie das Rauchen aufgegeben hatte.

»Hör zu. Ich werde übermorgen nach Prag reisen«, begann sie nervös. »Kannst du mich zum Flughafen bringen?«

»Nach Prag?«

»Ich muss mal raus. Außerdem läuft dort gerade eine interessante Fotoausstellung.« Unruhig trommelten ihre Finger auf dem Tisch.

»Und warum fährt Ben dich nicht?«, fragte Annedore und brachte Evas Finger mit einem vorwurfsvollen Blick zum Stillstand.
»Er denkt, ich mache eine Bildungsreise mit einem Busunternehmen.«
Annedore ließ ein Lächeln um ihren Mund spielen. »Da wird doch nicht jemand eine kleine Affäre haben?«
»Ein kleines Geheimnis, ja. Aber frag' jetzt nicht nach. Ich erzähle dir alles, wenn ich wieder da bin.«
Eva zog einen Umschlag aus ihrer Tasche und schob ihn über den Tisch. »Falls ich in einer Woche nicht zurückgekehrt bin, möchte ich, dass du genau das tust, was ich hier aufgeschrieben habe«, sagte sie und las Besorgnis in Annedores Miene.

Eine halbe Stunde später war Eva bereits auf dem Weg ins Reisebüro. Sie löste ihre Hand vom Lenkrad und ertastete das Kuvert mit den zwei Fotos in der Innentasche ihrer Manteljacke. Den ganzen Morgen über hatte sie die Bilder betrachten müssen, die sich statt eines Briefes im letzten Umschlag befanden. Auf einem beigelegten Zettel stand Ludmilas Adresse in steiler, pedantischer Schrift. Er musste von demjenigen stammen, der ihrer Mutter die Fotos geschickt hatte.
Es hatte einen Moment gegeben, in dem Eva in Versuchung gewesen war, Annedore alles zu erzählen. Doch deren Flirt mit dem Kellner, der sie ihrer schmalen Ita-

lienischkenntnisse wegen mit albernen Komplimenten überhäufte, hatte Evas Mund verschlossen. Wie unter Zwang griff sie erneut nach dem Umschlag, zog mit zwei Fingern die Bilder heraus und warf einen Blick auf das glücklich in die Kamera lächelnde Gesicht der Tschechin. Sie war hübsch. Wie sie wohl heute, knapp dreißig Jahre später, aussehen mochte? Eva fädelte sich in den Kreisverkehr ein, überholte einen Lastwagen und scherte, als sie die Ausfahrt entdeckt hatte, scharf nach rechts aus. Im letzten Moment bemerkte sie den Motorradfahrer, der sich auf der Sperrfläche am Verkehr vorbeischlängelte. Mit beiden Händen riss sie das Lenkrad herum. Reifen quietschten. Wie in Zeitlupe verschwammen Linien und Farben, die Erde schien in ihrer Drehbewegung innezuhalten, dann krachte etwas. Ein lauter Schlag zerriss die gespenstische Stille, und der Wagen kam, mit der Stoßstange in der Leitplanke verhakt, zum Stehen. Eva sah den Motorradfahrer davonrasen, bevor sie ihre Stirn auf das Lenkrad sinken ließ. Ludmila Nováková lächelte ihr aus dem Fußraum entgegen.

Ben sah von seinem Computer auf und spürte irritiert der Empfindung nach, die ihn aus heiterem Himmel befallen hatte. Es war ein diffuses Gefühl der Bedrückung, nicht greifbar, ähnlich dem Nachhall eines bösen Traumes. Er strich sich die Müdigkeit aus den Augen und befahl seinem Blick, erneut die virtuellen Kameras, die er gerade in dem Bauplan eingerichtet hatte, auf ihre Standorte hin zu überprüfen. Es half nicht. Instinktiv griff er zum Telefon.

»Hast du sie fertig?« Eine warme Hand legte sich von hinten auf seine Schulter. Er roch den Duft von Parfum und ließ den Hörer sinken, ohne gewählt zu haben.

»Ich denke, ja. Sieh mal.« Auf Knopfdruck gingen die roten Linien des 3-D-Grundrisses in die Horizontale und zeigten das entworfene Museum im Querschnitt. Das Fenster der virtuellen Kamera öffnete sich und gab den Blick auf eine Wand mit drei Bildern des Künstlers frei, dem das Museum gewidmet werden sollte. Am Wochenende hatte Ben mit seiner Digitalkamera einige Bilder aus einem Katalog abfotografiert, eingescannt und sie in den Hintergrund geschoben.

»Genial«, flüsterte Herta.

»Ja, das ist wirklich gut geworden. Ohne dich hätte ich das nie geschafft.« Ben lehnte sich im Drehstuhl zurück und spürte, wie ihr Atem sein Ohr streifte.

»Danke, dass du mich so lange gepiesackt hast, bis ich die CAD-Programme intus hatte.«

Etwas geradezu Feierliches haftete seinen Worten an. Ein langer Moment verging, bevor die Architektin die Hand von seiner Schulter löste. Am Türrahmen drehte sie sich noch einmal um.

»Wenn sie es nehmen, kommst du groß raus.«
»Du meinst, wir kommen groß raus.« Auch ohne Blickkontakt wusste er, dass sie lächelte. Die nächsten Minuten konnte er sich kaum auf den Bauplan konzentrieren. Er lief um das Präsentationsmodell herum, dessen Boden aus einer alten, halbierten Tür bestand. Eine Hommage an den Künstler, der sich zeit seines Lebens für Umweltschutz und Recycling eingesetzt hatte. Eleganz, Helligkeit, die Schlichtheit der Farben und eine Nähe zur Natur waren die Grundsäulen dieser Arbeit, zudem bestand das Modell ausschließlich aus Plexiglas und Holz. In den nächsten Tagen würde er das Innere des Museums am Computer visualisieren, einen virtuellen Rundgang erstellen, auch die Kolorierung war noch nicht abgeschlossen. Herta hatte Recht – wenn er den Wettbewerb gewinnen sollte, würden sie ganz groß rauskommen.
Einmal im Leben muss jeder groß sein, dachte Ben und hörte seinen Vater in Gedanken antworten, dass man sich Größe erarbeiten müsse. Es war der Standardsatz seiner Jugend gewesen, wenn er sich wegen seines schmächtigen Körperbaus gegrämt hatte. »Die anderen ragen ein paar Zentimeter mehr in die Luft, das ist alles«, war einer dieser Sätze. Aber es war nicht alles. Der zarte Knabenkörper hatte sein Leben diktiert und auch jetzt, im Alter von fünfundvierzig Jahren, war er nicht frei von Neid, wenn er sich in der Umkleideka-

bine seines Fußballvereins mit den anderen Spielern verglich. Trotzdem hatten Frauen ihn immer attraktiv gefunden. Er wusste, dass er auch heute noch auf Frauen wirkte. Aber manchmal genügte auch dieses Wissen nicht. Einmal im Leben musste jeder groß sein. Und jetzt war etwas Großes entstanden, zum ersten Mal, ein wirklich großer Wurf. Ben setzte sich an seinen Arbeitstisch, zog den Greifarm mit der beweglichen Lupe zu sich heran und begann, die ersten Bäume aus kleinen, im Wald gesammelten Zweigen zu basteln. Als er zwei Stunden später die Miniaturbaumgruppe am Untergrund befestigen wollte, bemerkte er, dass er die Kiste mit dem Baumaterial in seiner Garage vergessen hatte.

Das Haus war leer. Auch im Atelier brannte kein Licht. Er schirmte seine Augen mit den Händen ab und spähte durch die Scheibe. Von Eva keine Spur. Enttäuscht ging er in die Garage. Er hätte nicht zu sagen vermocht, wie lange er auf die eingedrückte Motorhaube seines Roadsters starrte, auf das herausgebrochene Lichtgehäuse, bis er aus dem Zustand der Betäubung erwachte und ins Haus lief. Nichts, kein Zettel, keine Nachricht auf dem Anrufbeantworter. Er wählte die Nummer von Evas neuem Handy und fuhr zusammen, als es im Küchenschrank neben ihm klingelte. Evas Mobiltelefon lag zwischen Müslipackung und Schokolade im obersten Schubfach. Als auch Annedores Anschluss besetzt war, bestellte er kurzerhand ein Taxi. Keine Viertelstunde später stand er vor der Tür des dreistöckigen Wohnhauses, in dem Evas beste Freundin seit vielen Jahren wohnte.

Annedore trug einen sandfarbenen Hausanzug, dessen taillierter Schnitt durch einen Gürtel betont wurde. Die dunkle Hornbrille auf ihrer Nase nahm dem Gesicht das Niedliche, das ihr sonst anhaftete. Es war das erste Mal, dass Ben sie ungeschminkt sah.

»Ich störe«, begann er. »Tut mir Leid. Aber ich suche Eva. Unser Wagen …«

»Halb so schlimm«, unterbrach sie ihn. »Sie musste einem Motorrad ausweichen und ist in eine Leitplanke gefahren. Ich habe gerade mit ihr telefoniert.«

»Und wo ist sie?«

»Bis eben war sie bei einem Orthopäden. Wegen der Nackenschmerzen. Aber es ist alles okay, kein Schleudertrauma oder so etwas. Jetzt will sie noch ein paar Sachen für Prag besorgen. Ich wollte sie davon abhalten, aber du kennst sie ja.«

»Da bin ich mir nicht so sicher. Sie ist in letzter Zeit anders, so … ach, ich weiß nicht.« Er wandte sich zum Gehen, spürte eine Hand an seinem Ellbogen.

»Magst du etwas trinken?«

Bevor er ablehnen konnte, war Annedore bereits einen Schritt zur Seite getreten und bat ihn in die Wohnung.

Er hatte sie beim Korrigieren von Klassenarbeiten gestört. Die rot eingeschlagenen Hefte lagen in zwei Stapeln auf dem Schreibtisch. Unschlüssig blieb er in der Mitte des Zimmers stehen.

»Nimm Platz. Ich komme gleich«, erklang es hinter seinem Rücken. Kurz darauf kam Annedore mit Espresso und Schnaps.

»Du siehst aus, als könntest du einen gebrauchen.«

Sie musterte Ben neugierig. Schließlich huschte ein Lächeln über ihr Gesicht.

»Dir ist unbehaglich zumute, stimmt's? Zu Gast bei der Frau, die zu viel und zu laut redet.«

»Das habe ich nie gesagt«, erwiderte Ben verlegen und nahm die Espressotasse.

»Musst du auch nicht. Man sieht es dir an.« Ihr Lächeln vertiefte die Grübchen neben ihren Mundwinkeln, dann wurde ihre Miene plötzlich ernst. »Was ist denn nun mit Eva?«

»Das wollte ich dich fragen.«

»Der Unfall? Sie hat mich angerufen. Ein Motorrad hat sie beim Abbiegen auf der Sperrfläche überholt. Sie ist ihm ausgewichen, der Wagen hat sich gedreht und ist von der Leitplanke gestoppt worden. Der Motorradfahrer ist natürlich abgehauen.«

»Das meine ich nicht.«

»Was dann?«

Ben fing Annedores ruhigen Blick auf. Sie wirkte über-

haupt nicht so überdreht wie sonst. Irritiert fuhr er sich mit der Hand über seine unrasierten Wangen.
»Eva benimmt sich seltsam. Seit Tagen ist sie gar nicht richtig bei sich. Und dabei hochaggressiv. Das hat nichts mit ihrer sonstigen Launenhaftigkeit zu tun. Diesmal geht es gegen mich. Warum zum Beispiel ruft sie nicht mich, sondern dich an, wenn sie einen Unfall hat? Ich bin ihr Mann.«
»Sie hat gesagt, du stündest unter Zeitdruck.«
»Das stimmt. Aber trotzdem. Ich ...« Er rührte in seiner Tasse, bis ihm auffiel, dass er keinen Zucker hineingetan hatte. Behutsam legte er den Löffel auf den Unterteller. »Ich habe Eva beim Lügen ertappt.«
In knappen Worten schilderte er, was sich in der letzten Nacht zugetragen hatte. Von Evas konfusen Erklärungen alarmiert, war er am nächsten Morgen ihren Spuren im Internet gefolgt. »Weißt du, was sie recherchiert hat? Über diese Blumensamen, die sie bei ihrer Mutter im Schmuckkästchen gefunden hat. Das ist doch nicht normal.«
»Du hast sie kontrolliert.«
»Sie erzählt mir ja nichts mehr.«
»Vielleicht hat sie ihre Gründe.«
»Welche? Ich arbeite täglich zehn Stunden, damit die Überraschung perfekt wird ...«
»Eine Überraschung. Wie süß.« Annedore sank ins Polster zurück. Ihr Blick war freundlich. Keine Spur von

Ironie oder Misstrauen, nicht einmal Sensationsgier lag darin. Zum ersten Mal an diesem Tag zogen sich seine Lippen zu einem Lächeln auseinander.
»Kannst du etwas für dich behalten?«, fragte er.
Es war, als hätte ihr Nicken eine geheime Tür aufgestoßen. Wie von alleine liefen seine Worte los, um das Bauwerk, das er über zwei Monate hinweg am Modell, Zeichenbrett und Computer konzipiert hatte, von neuem zu erschaffen. Als er ihr die Bedeutung der Materialien auseinander setzte, hielt er plötzlich inne.
»Langweile ich dich?«
»Im Gegenteil. Es klingt sagenhaft. Kann ich das Modell mal sehen?«
»Wenn es fertig ist.«
»Was fehlt denn noch?«
»Kleinigkeiten. Die Modellmenschen, die restlichen Bäume, der Maßstab. Erst dann wirkt es richtig. Hast du Papier und Stift?«
Ben sprang auf, trat an den Schreibtisch und schob die Schulhefte zur Seite. Mit wenigen schwungvollen Strichen war das Museum aufs Papier gebracht. Als er aufsah, trafen sich ihre Blicke. Annedore glich nicht mehr der koketten, geschwätzigen Freundin Evas, die er immer in ihr gesehen hatte. Er las Neugierde in ihren Augen und einen Glanz, den er nicht zu deuten wusste.

V

Eva streifte ihre Schuhe von den Füßen und nahm sich ein Mineralwasser aus der Minibar. Die Nachttischlampe tauchte das Zimmer in einen warmen Gelbton. Schreibtisch, stummer Diener und Fernsehschränkchen, eine Topfpalme, eine Schwarzweißfotografie, die den Funkturm abbildete, mehr Ausstattung besaß der weiß gekalkte Raum nicht. Sie ließ sich der Länge nach auf das Bett fallen. Der Tag war anstrengend gewesen. Wegen einer zerfetzten Möwe im Getriebe konnte das Flugzeug erst mit dreistündiger Verspätung starten. Eingepfercht in die enge Sitzschale, war sie gezwungen gewesen, dem Streitgespräch eines tschechischen Ehepaares beizuwohnen, das sich offensichtlich über den Grad des Erträglichen hinaus enttäuscht hatte. Und dann waren sie endlich gelandet. In Prag. Der Stadt des Verrates. Der Vergeltung. Sie hatte große Gefühle erwartet, während sie den Mitreisenden durch verglaste Gänge gefolgt war. Doch wie bei jeder anderen Reise hatte das graue Niemandsland des Flughafens ihre Sinne schnell abgestumpft.

In Prag empfing sie eisiger Wind. Gleich nach ihrer Ankunft im Hotel hatte sie ihre Wanderschuhe geschnürt und sich auf den Weg in die Altstadt begeben. Sie war breiten, kopfsteingepflasterten Gehwegen gefolgt, während ihr der Wind wie mit feinen Nadeln ins Gesicht stach. Horden von Menschen schoben sich an den Souvenirläden vorbei. Prag feierte den Konsum. Das Bild der trostlosen, grauen Stadt, das ihr Vater damals in seinen Reiseerzählungen gezeichnet hatte, hatte sich ins Gegenteil verkehrt. Erst als Eva das Zentrum verlassen hatte, konnte sie den wahren Pulsschlag der Stadt wahrnehmen. Er war ruhig und aufregend zugleich. Antike Straßenlaternen säumten die Straßen, Gassen verjüngten sich zu steinernen Treppenabgängen, die in schmucklose Wohnviertel führten. Hier, zwischen Jugendstil und Moderne, ließ sich die Beklemmung von früher noch erahnen, war Prag auf seine ganz eigene Weise schwermütig. Eva hatte sich von dieser Melancholie treiben lassen, schließlich in einer einfachen Weinstube zwei Gläser mährischen Roten getrunken, um bei Dämmerung den Heimweg ins Hotel anzutreten. Dicke Schneeflocken waren aus den Wolken gefallen, als sie die Karlsbrücke durch das Altstädter Brückentor verließ. Auch jetzt schneite es noch. Vom Bett aus sah Eva den Schnee sanft und lautlos zu Boden schweben. Wenig später fiel sie in einen tiefen Schlaf.

Sie erwachte spät am Morgen. Lange betrachtete sie die friedliche weiße Landschaft vor dem Fenster, bevor sie ihre Morgentoilette erledigte und in den Frühstücksraum hinunterging. Sie trank starken Kaffee und zwang sich, ein Hörnchen zu essen. Auf dem Stadtplan kontrollierte sie noch einmal den Weg, den sie zu Hause mit rotem Filzstift markiert hatte.

»Hier ist es aber schöner.« Die Stimme erklang direkt an ihrem Ohr.

Eva zuckte zusammen. Unbemerkt war eine Angestellte des Hotels hinter sie getreten und tippte mit dem Finger auf den linken Kartenrand »Malá strana hat Parks, Villen. Schöne Gebäude. Die Menschen, die dort wohnen, haben Geld.«

»Aber ich möchte jemanden besuchen.« Eva deutete auf Vinohrady, den Stadtteil, in dem Ludmila vor dreißig Jahren gewohnt hatte.

»Natürlich. Ist auch schön.« Schulterzuckend begann die Tschechin, benutztes Geschirr von den Nebentischen zu räumen. Eine halbe Stunde später verließ Eva ihre Unterkunft. Die Briefe Ludmilas sowie ein nagelneues Diktiergerät steckten, in einen Schal gewickelt, tief in ihrem Rucksack. Nur das Plastikröhrchen mit den Blumensamen hatte sie zu Hause gelassen. Sollte ihr etwas zustoßen, würde Annedore wissen, was zu tun war.

Der Neuschnee knarrte unter ihren Sohlen, als sie den Hügel der Kleinseite Prags hinablief. Im Zentrum wälzten ihn Autoreifen und Abgase zu grauem Matsch. Sie hatte eine Stunde zu laufen – falls die Frau, die wahrscheinlich ihren Vater ermordet hatte, dort überhaupt noch wohnte. Eines war sicher: Sie würde die Stadt nicht eher verlassen, bis sie Ludmila Nováková aufgespürt hatte. Im Vorbeilaufen betrachtete sie vorweihnachtliche Schaufensterdekorationen. In zwei Wochen war Weihnachten, das Fest der Liebe. Ihre Stiefel traten auf einen unberührten Flecken Schnee und Eva registrierte mit Genugtuung den schmutzigen Abdruck, den das Profil ihrer Sohlen hinterließ. Weihnachten konnte ihr gestohlen bleiben. In Gedanken ging sie noch einmal ihre sorgfältig vorbereiteten Sätze durch. Nur der breite Strom der Moldau vermochte es, sie für einen Moment aus ihrer Gedankenwelt zu holen. Das Gesicht im eisigen Wind, nahm sie den weiten, majestätischen Anblick des Flusses in sich auf. Dann lief sie mit eiligen Schritten nach Vinohrady, zu jener Adresse, die sie längst auswendig wusste. Ein wenig atemlos kam sie vor der Hausnummer 38 zum Stehen. Sie starrte auf das Klingelgehäuse. »Nováková« war tatsächlich auf dem untersten Schild zu lesen. Eva lehnte sich an die Hausmauer. Ihre Knie zitterten, das Herz schlug ihr bis zum Hals. Hundertmal hatte sich diese Szene in ihrem Kopf abgespielt, doch nie so. Aufgeregt und verletzlich fühlte sie sich jetzt, zugleich auf eine unbestimmte Art taub. Ihre Wut war wie weggeblasen. Aber wie sollte sie eine solche Begegnung ohne Wut meistern? Bevor sie einen klaren Gedanken fassen konnte, öffnete sich das Fens-

ter im Hochparterre. Der junge Mann, dessen Kopf erschien, sprach sie auf Tschechisch an.
»Ich verstehe Sie nicht«, rief Eva mit hilflosem Schulterzucken hinauf.
»Oh, Deutsche. Kann ich helfen?«
Eva musterte das Gesicht. Es kam ihr bekannt vor. Tiefe Schatten lagen unter den Augen.
»Ich wollte zu Frau Nováková.«
»Das ist meine Mutter.« Lächelnd schob der Mann eine Haarsträhne aus der Stirn. »Sie wohnt nicht weit von hier. Soll ich Ihnen den Weg beschreiben?«
Eva nickte dankbar. Eine Minute später trat der junge Mann aus der Haustür und reichte ihr die Hand. Er stellte sich als Georg vor.
»Ihr Deutsch ist aber sehr gut.« Eva suchte nach einer glaubwürdigen Erklärung für ihren Besuch, während ihre Augen neugierig über Georg glitten. Er war wirklich das Ebenbild ihres Vaters. Sie versuchte, die Fassung zu bewahren, während er wieder lächelte.
»Meine Mutter ist Sudetendeutsche. Sie hat früher hier gewohnt. Danach lebte eine Freundin von ihr hier. Sie ist jetzt in Amerika und ich habe die Wohnung übernommen.«
»Könnten Sie mir einzeichnen, wo Ihre Mutter jetzt lebt?«
»Klar.« Er griff nach dem Stadtplan, den sie ihm reichte. »Was möchten Sie von ihr?«

»Sie ist eine ehemalige Bekannte meiner Mutter«, antwortete Eva hastig und verfolgte, wie er etwas in den Stadtplan einzeichnete. »Ich soll sie grüßen und ihr ein kleines Geschenk überbringen.«

»Aha.« Georg sah auf und gab ihr den Stadtplan zurück. »Kommen Sie doch heute Mittag gegen zwei Uhr auf die Karlsbrücke. Ich mache Musik mit meiner Band. Jeden Mittag, in der Mitte der Brücke.«

»Vielleicht.« Beflissen übersah sie sein Augenzwinkern. »Sie sehen jemandem, den ich einmal kannte, sehr ähnlich«, sagte sie leise.

»Jemand Nettes?«

»Ich bin mir nicht mehr sicher.« Eva wandte sich ab und lief die Straße hinunter, ohne sich noch einmal nach Georg umzusehen. Erst in der nächsten Querstraße verlangsamte sie ihre Schritte. Ob er von ihr wusste? Nein. Auch er lebte mit einer Geschichte im Kopf, von der er annahm, sie sei wahr. Besser, sie würden sich nie mehr begegnen. Die Karte rutschte aus ihren klammen Fingern, als sie nach seiner Markierung suchte. Ihr Ziel lag nicht weit entfernt, am Rande von malá strana, dem Viertel der Reichen.

Einige Straßenzüge weiter stand sie vor einem prächtigen, dreistöckigen Jugendstilgebäude. Ludmilas Name sprang ihr sofort ins Auge, als sie die Klingelschilder überflog. Den zweiten, der daneben stand, hatte sie ebenfalls schon einmal gehört. Sie beruhigte sich damit,

dass dies nichts zu bedeuten hatte. Halb Tschechien hieß Havlak. Dass Ludmila nicht alleine wohnte, machte die Sache jedoch komplizierter. Eva klingelte und blickte auf die Gegensprechanlage. Ihre Mundhöhle war trocken, die Atemzüge gingen schneller, je länger sie auf das erlösende, das gefürchtete Knacken des Türöffners wartete. Als es ausblieb, kletterte ihr Blick die Häuserfassade hinauf. Niemand sah aus dem Fenster. Eva ließ ihre Augen den spitz zulaufenden Erker hinabgleiten, um noch einige Minuten zu warten. Dann wandte sie sich enttäuscht ab.
Im Café gegenüber setzte sie sich an einen Fensterplatz und bestellte Espresso. Kronleuchter hingen an der hohen, mit Stuck verzierten Decke und gaben dem Kaffeehaus einen festlichen Anstrich. Die Mehrzahl der Besucher waren Touristen. Stadtrucksäcke lehnten an Stuhlbeinen, Jacken knäuelten sich auf den Sitzflächen der Stühle. Verdutzt bemerkte Eva, dass sie den gleichen Anblick bot. Plötzlich kam ihr diese Reise absurd vor. Zum ersten Mal seit Tagen löste der Gedanke an Bens warme, tiefe Stimme Sehnsucht in ihr aus. Die ganze Geschichte ging über ihre Kräfte. Sie war schon genauso überspannt wie Sherlock. Kein Wunder, dass sich Ben ihr nicht mehr anvertraute. Nach ihrer Rückkehr würde sie ihn direkt auf Herta Miro ansprechen. Er konnte nicht lügen, ohne dass er einen zittrigen Zug um die Mundwinkel bekam und seine Stimme belegt klang.

Sie trank gerade ihren vierten Espresso, als zwei Frauen vor dem Eingang des Jugendstilhauses ihre Einkaufstaschen abstellten. Eva sprang auf und riss dabei ihren Stuhl zu Boden. Bevor eine der Bedienungen zu Hilfe eilen konnte, warf sie einen Geldschein auf den Tisch und verließ das Café. Es war plötzlich so still in ihr, dass sie das Blut in den Ohren rauschen hörte. Nicht einmal das Auto, das ihr mit einem jähen Schlenker auswich, konnte die Taubheit in ihrem Innern durchdringen. Instinktiv wandten ihr die immer noch vor der Tür stehenden Frauen die Köpfe zu. Noch fünf Meter. Eva hielt den Blick starr geradeaus gerichtet. Zwei Meter. Sie war es! Vor ihr, in einen dunkelblauen Mantel gehüllt, die Wollmütze in die Stirn gezogen, stand die Frau, deren Briefe sie nach Prag geführt hatten.

»Entschuldigung. Sind Sie Ludmila Nováková?«

»Ja. Wieso?«

»Mein Name ist Eva Stetter.« Eva spürte den Impuls, ihre Hand auszustrecken, ballte sie aber in ihrer Manteltasche zu einer Faust. Das erstarrte Gesicht ihr gegenüber machte jede Erklärung überflüssig. »Mein Vater war Kurt Stetter«, fügte sie dennoch an.

Ludmila nickte. Der Schrecken war ihr deutlich anzusehen, auch wenn sie ihren Oberkörper aufrichtete, als ließe sich dadurch das Gespenst der Vergangenheit vertreiben. Gebannt verfolgte ihre Begleiterin das Blickduell zwischen ihnen.

»Das ist eine Überraschung«, sagte Ludmila schließlich, während sie ihrer Bekannten etwas auf Tschechisch erklärte.
»Georg hat mir Ihre Adresse gegeben.« Eva bemerkte das Zucken, das um Ludmilas Mundwinkel spielte.
»Weiß Ursel, dass Sie hier sind?«
»Meine Mutter ist vor zwei Monaten gestorben.«
Wieder verging eine Weile, bis Ludmila sich regte und ihr Beileid bezeugte. Als sie den Schlüsselbund aus ihrer Tasche zog, stellte Eva sich ihr in den Weg.
»Ich möchte mit Ihnen reden … über …«, begann sie.
»Gut. Auf einen Kaffee«, entgegnete Ludmila hastig und deutete auf die gegenüberliegende Straßenseite. »Vielleicht dort? Ich bringe nur die Sachen hinauf.« Ludmila verabschiedete ihre Bekannte, während Eva zum zweiten Mal an diesem Tag auf das Café zusteuerte.

Fünf Minuten später trat eine vollkommen veränderte Ludmila Nováková durch die Glastür des Cafés. Sie lächelte. Die Mütze hatte sie abgestreift, den Mantel geöffnet. Über dem Rollkragenpullover trug sie eine lange Kette aus Glasperlen. Als sie Evas Blick auffing, ließ sie die aufgereihten Perlen durch ihre Finger gleiten.
»Sie ist aus dem Glasgeschäft, in dem ich gearbeitet habe. Glashaus Moser«, sagte sie und nahm auf dem Stuhl gegenüber Eva Platz. »Da habe ich Ihren Vater auch kennen gelernt. Aber das wissen Sie vermutlich.«

Eva nickte zögernd. Im Augenblick wusste sie gar nichts mehr. Alles, was sie wahrnahm, war die zierliche Frau an ihrem Tisch, die ein klares, wenn auch nicht ganz akzentfreies Deutsch sprach. In ihrer Fantasie war Ludmila Nováková eine junge Geliebte oder Hausfrau gewesen. Diese Vorstellungen waren albern gewesen.

»Hat Ursel Ihnen von mir erzählt?« Ludmila bestellte Tee, als die Bedienung an ihren Tisch kam. Sie gab sich Mühe, gelassen zu wirken, während sie Eva angestrengt ansah.

Eva schüttelte den Kopf. »Kurz vor ihrem Tod wollte sie mit mir reden. Aber ihre Zeit hat nicht mehr gereicht. Ich habe die Fotos im Nachlass gefunden.«

»Die Fotos!« Ludmila schnaubte. Zum ersten Mal kam Bewegung in ihre Mimik. »Und jetzt denken Sie, ich hätte Ihre Familie zerstört.«

»Das müssen Sie mit sich selbst abmachen. Ich bin hier, um die Wahrheit zu erfahren.«

»Die Wahrheit worüber?« Ludmila nahm den Tee, der ihr gebracht wurde, entgegen und begann, unruhig in ihrer Tasse zu rühren.

»Über den Tod meines Vaters. Wie er gestorben ist. Und warum«, antwortete Eva betont ruhig. Ludmilas Gesicht hatte Farbe angenommen.

»Woher soll ich das wissen? Niemand hat mir damals Bescheid gegeben. Kurt kam eines Tages einfach nicht mehr. Ich erfuhr erst nach Wochen von seinem Tod.«

»Sie waren nicht auf seiner Beerdigung?«

»Nein.« Ludmilas Oberkörper straffte sich. Es war die gleiche Geste, die Eva vor der Haustür schon einmal an ihr beobachtet hatte.

»Wir waren ja nur ein Anhängsel für ihn. Sein kleines Prager Geheimnis.« Ludmilas volle Lippen verzogen sich zu einem Strich. Plötzlich konnte man sich vorstellen, dass diese Frau Jahre der Entbehrung durchlitten hatte.

»Hören Sie.« Ludmilas Stimme klang leise und beherrscht. »Sie haben etwas erfahren, von dem Sie besser nichts gewusst hätten. Das tut mir Leid. Aber es ist dreißig Jahre her.« Beschwichtigend legte sie Eva eine Hand auf den Unterarm, zog sie jedoch rasch wieder zurück. Ein tschechischer Fluch entfuhr ihr. Gleich darauf erschien eine junge Frau an ihrem Tisch und begrüßte Ludmila, die aufstand und sich bemühte, mit ihrem Körper den Tisch abzuschirmen. Ein knapper Dialog folgte, dem Eva nicht folgen konnte. Sie registrierte jedoch Ludmilas ungeduldigen Tonfall und die abwehrenden Gesten. Schließlich trat Ludmila widerwillig zur Seite.

»Das ist die Nichte meines jetzigen Mannes«, stellte sie die junge Frau vor. »Ihr Deutsch ist sehr holprig.« Sie tippte an Evas Schulter. »Und das ist eine Freundin von Marie. Ich habe versprochen, ihr die Stadt zu zeigen, während sie in Prag ist.« Ein kräftiger Händedruck zwischen Ludmilas Nichte und Eva besiegelte die Lüge, dann erlosch das Interesse der Jüngeren und sie verabschiedete sich. Eva kreuzte die Arme vor der Brust.

»Die Fotos waren übrigens nicht das Einzige, was ich im Nachlass meiner Mutter gefunden habe.«

»Was soll die Geheimnistuerei?«, fragte Ludmila mit belegter Stimme.

»Ich habe Ihre Briefe gelesen. Manches habe ich nicht begriffen, aber eines schon. Sie haben meinen Vater gehasst.«

Ludmila schaute sie entgeistert an. »Ich habe ihn geliebt!«, entfuhr es ihr in ungewohnter Lautstärke. Sie schlug mit der Hand auf den Tisch. Die Kellnerin, die einen Schritt auf sie zugegangen war, wandte sich abrupt ab.

»Wissen Sie überhaupt, was es damals bedeutete, eine Affäre mit einem Deutschen anzufangen? Nein, natürlich nicht. Ich sage es Ihnen: Es war wie Spießrutenlaufen.«

»Es hat aber sehr viele Ost-West-Beziehungen gegeben«, warf Eva trotzig ein.

»Ja, das stimmt. Gut informiert. Aber was waren das für Beziehungen? Alles Prostitution. Vor den großen Hotels liefen junge Mädchen herum, die bereit waren, für die Freiheit jeden Preis zu zahlen. Aber ich nicht. Ich war nie käuflich. Kurt war es, der mich angesprochen hat. Dreimal am selben Tag ist er in den Laden gekommen und am Abend hat er mich zum Essen ausgeführt.« Sie schluckte den nächsten Satz hinunter, räusperte sich und sah Eva direkt in die Augen. »Ihr Vater sah gut aus, er war charmant und er besaß nicht diese überhebliche Art, mit der sich viele Westdeutsche durch unser Land bewegten. Ich verliebte mich. Und er war ebenfalls verliebt. Als ich schwanger wurde und er mir zu einer Abtreibung riet, kamen mir Zweifel an der Ernsthaftigkeit seiner Gefühle. Ich hatte Angst, dass ich doch nur eine Affäre für ihn wäre. Aber dann hat er sich über das Kind gefreut und wir waren glücklich. Er kam oft. Wir waren eine richtige Familie.« Ludmila stockte, bevor sie weitersprach. »Ich habe nicht gewusst, dass er bereits eine Familie hatte, bis dieser Brief von Ihrer Mutter kam.«

»Sie hat Ihnen Geld angeboten, nicht?«

»Sie hat das gedacht, was alle dachten. Meine eigenen Freundinnen haben mir lange nicht geglaubt.« Ludmila verstummte. Die Erinnerung grub eine tiefe Furche zwischen ihre Augenbrauen. Sie war noch immer eine schöne Frau, auch wenn Enttäuschung und Melancholie ihre Spuren hinterlassen hatten. Eine Weile sahen die beiden Frauen schweigend aneinander vorbei. Am Nachbartisch wurden Stühle gerückt.

»Warum haben Sie nie darauf gedrängt, dass er sie heiratet?«

»Warum?« Ludmila lehnte sich im Stuhl zurück und

spielte mit ihrer Kette. »Ganz einfach. Kurt hat mir gesagt, seine Mutter würde ihn enterben, wenn sie von uns erführe. Er sprach von Familienstreitigkeiten. Und dass sie sehr krank sei und nicht mehr lange zu leben habe. Also habe ich gewartet.«

Eva sah sie ungläubig an. Ludmila entwarf ein Bild von ihrem Vater, das sie bis vor kurzem nicht für möglich gehalten hätte.

Sie war sich sicher gewesen, eine Mörderin vor sich zu haben. Eine, die während ihres kurzen Treffens schon gelogen hatte. Mühelos hatte Ludmila ihre Nichte vor wenigen Minuten getäuscht. Und doch hatte Eva das Gefühl, dass Ludmilas letzte Worte der Wahrheit entsprachen.

»Ihr Vater war nicht so kaltblütig, wie es jetzt aussieht. Er hatte für mich und Georg vorgesorgt, ohne dass ich davon wusste. Ein Bekannter von ihm überbrachte mir plötzlich eine große Menge Geld. Kurt hatte sie für den Notfall bei ihm deponiert.«

Ein gequälter Ausdruck verzerrte Ludmilas Gesicht. »Lassen Sie die Vergangenheit doch endlich ruhen«, bat sie.

»Ich habe diese Reise nach Prag angetreten, um sie zum Leben zu erwecken«, erwiderte Eva leise, aber bestimmt. »Rufen Sie mich an, falls Ihnen noch etwas zum Tod meines Vaters einfällt.« Eva schob die Visitenkarte ihres Hotels über den Tisch. Für heute reichten ihr die Informationen, die Ludmila ihr gegeben hatte. Sie war sich sicher, die Tschechin nicht zum letzten Mal gesehen zu haben.

»Ich denke, Sie schulden mir Ihre Hilfe.«

»Wieso?«, entfuhr es Ludmila.

»Mir sind beim Auflösen des Hausstandes interessante Dinge in die Hände gefallen. Blumensamen für den Adonis zum Beispiel.«

Eva legte dreihundert Kronen neben ihre Tasse und erhob sich. »Ich kenne die Wirkung des Adonisröschens. Und ich frage mich, was wirklich mit meinem Vater passiert ist.« Sie hielt inne und blickte noch einmal auf die am Tisch Sitzende. »Wir wissen beide, dass Sie mir nicht alles erzählt haben.«

Unter Ludmila Novákovás fassungslosem Blick warf sich Eva ihren Mantel über und verließ das Kaffeehaus.

Erst am Ufer der Moldau verlangsamte sie ihre Schritte. Ihre Knie zitterten, im Magen ballte sich eine Faust. Sie betrachtete den breiten Fluss, der an geschichtsträchtigen Gebäuden vorüberzog. Am grauen Himmel kreisten Möwen. Als sich ihr ein Paar mit Kinderwagen näherte, wandte sie den Kopf. Die Frau schob den Wagen, während ihr Begleiter einen vielleicht fünfjährigen Jungen an der Hand spazieren führte. Licht und Schatten, Illusion und Realität, fuhr es ihr durch den Kopf. Wünsche, Ängste, kleine Verschwiegenheiten. Jeder hat eine dunkle Seite in sich und eine helle. Dreimal war ihr Vater an einem Tag wie diesem zum Wenzelplatz gepilgert, um eine hübsche, junge Tschechin für sich zu gewinnen. Sein Hotel lag nicht weit vom Glashaus Moser entfernt. Eva überlegte, ob sie seine Spuren verfolgen sollte, verwarf den Gedanken aber wieder. Es gab kein Geheimnis zu entdecken, keine verborgene Magie. Ihr Vater hatte sich nach Abwechslung gesehnt und dabei sein Herz verloren. Seine Feigheit hatte ihn nicht nur in ein Doppelleben gezogen, sondern Menschen, die ihn liebten, in Verzweiflung gestürzt. Er hatte sicher nie damit gerechnet, dass auch Ludmila eine Grenze überschreiten könnte. Eine Grenze ganz anderer Art.

Eva musste plötzlich an Sherlock, den Kunsthändler, denken, der neben seiner betulichen Art immer auch etwas Zwielichtiges an sich hatte. Mehr als einmal hatte er sie zu überreden versucht, provokative Kunst zu wagen, Kunst, die jede Norm sprengte, um die Aufmerksamkeit der Presse zu erregen. Eva hatte stets abgelehnt. Das Überschreiten von Grenzen nur um eines Effektes willen widerte sie an. Sie wollte die Gefühle anderer nicht verletzen, nur um zu einer zweifelhaften Avantgarde zu gehören. Abgesehen davon, dass es ihren Ruf als Künstlerin gefährdet hätte. Aber jetzt war es an der Zeit, etwas zu wagen. Und dabei behutsam vorzugehen. Der Schlüssel dazu lag in dem, was Elsie Gruber über

ihre Mutter gesagt hatte. Nichts war so wichtig wie Strategie und ein kühler Kopf. Hier, alleine in einem fremden Land, begriff sie mit einem Mal: Ihre Mutter hatte Recht gehabt.
Sie folgte der Promenade, bis sie über eine der zahlreichen Brücken in die Altstadt gelangte. Dass Ludmila Nováková sich bei ihr melden würde, daran hegte sie keinen Zweifel. In der Zwischenzeit sollte sie versuchen, sich ein wenig zu entspannen. Prag hatte allerlei Sehenswürdigkeiten zu bieten. Sie zog den Fotoapparat aus ihrem Rucksack, bereit, Ben ihre Kulturreise mit Bildern zu belegen. Vielleicht würde sie schon in wenigen Tagen mit ihm auf der Couch sitzen und ihm die ganze Geschichte erzählen.

Blautöne durchsetzten das Tageslicht und kündigten die Dämmerung an. Eva stieg erschöpft die Stufen zur Weinstube hinab, die sich in der Altstadt befand. Die abgenutzte Vitrine, in der gestern noch von Zellophan umwickelter Käse und Würste gelegen hatten, war dunkel. Auf jedem Tisch stand ein Glas mit Kümmelstangen. Die Kulisse glich der des Vortages. Männer saßen um einen länglichen Tisch, den statt einer Decke altes Zeitungspapier bedeckte. Zwei kleinere Tische gegenüber waren frei. Eva gab bei dem Mädchen hinter dem Tresen ihre Bestellung auf. Niemand nahm Notiz von ihr. Den Blick auf die kahle Wand gerichtet, trank sie

ihren Wein in kleinen Schlucken. Er wärmte ihren Magen und nahm die Schwere aus ihrem Kopf. Allmählich entspannte sie sich. Bilder der Stadt drängten sich in ihr Bewusstsein. Gebäude, Fassaden, Menschen. Sie verlor sich in Erinnerungen. Als sie nach einer Weile vor die Tür trat, empfing sie eisige Abendluft. In den entlaubten Bäumen hingen Netze aus Lichterketten. Eva war zum Weinen zumute.
Noch immer floss der Strom der Touristen durch die Altstadt. Sie ließ sich mit ihm treiben, bis sie von einem hell erleuchteten Schaufenster angezogen wurde. Kristallkaraffen und Sektkelche glänzten neben Gläsern verschiedenster Art. Auf schwarzem Samt lagen Colliers und Schmuckstücke aus Glas. Unter dem Rundbogen des Gemäuers prangte der Name »Moser«. Hier also. An diesem Ort hatte das Abenteuer ihres Vaters begonnen. Eva drückte ihr Gesicht an die Scheibe. Ihr Blick verlor sich, die Einzelheiten des vornehmen Geschäftsraumes verschwammen vor ihren Augen. Sie konnte noch so lange auf die gläserne Welt vor sich schauen – sie würde niemals Zugang erhalten. Die Welt ihres Vaters würde ihr immer verschlossen bleiben. Abrupt wandte sie sich ab und eilte ins Hotel zurück.
In ihrem Zimmer wählte sie Bens Nummer, ohne ihren Mantel abgelegt zu haben. Ihre eigene, etwas schnarrende Stimme teilte ihr mit, dass niemand zu Hause war.

Ludmila rief am frühen Vormittag an und schlug ein Treffen in Evas Hotel vor. Eisregen klatschte gegen die Scheiben, als Eva sich zur verabredeten Zeit in den Teeraum ihres Hotels begab. Sie wählte den Ecktisch, an den eine Regalleiste mit Büchern anschloss. Gerade versteckte sie das Diktiergerät hinter einem Buchrücken, als ein Rascheln sie herumfahren ließ. Ludmila stand mit vor Kälte geröteten Wangen im Türbogen.

»Ein schönes Hotel«, sagte sie, während sie den Mantel abstreifte und Eva gegenüber Platz nahm.

Sie waren allein in dem weiß gekalkten Raum, der die schlichte Eleganz der anderen Zimmer besaß. Außer dem Knarren des Parketts drang kein Geräusch zu ihnen vor. Es war Ludmila, die das Schweigen brach.

»Eva«, begann sie sanft, »was wissen Sie?«

Evas Herz begann zu pochen. »Genug«, zischte sie heftiger als beabsichtigt.

Auf dem Gesicht der Tschechin erschien ein erstauntes Lächeln, dann schüttelte sie den Kopf.

»Ich verstehe Ihre Wut, aber Sie ziehen die falschen Schlüsse.«

»Ich weiß, dass das Gift des Adonisröschens tödlich sein kann, wenn jemand unter Hypokaliämie leidet. Mein Vater hatte Symptome, die darauf hindeuten. Er hatte einen schlechten Magen und Verstopfungen, dann wieder Durchfall. Ideale Vorraussetzungen, nicht wahr?«

»Unsinn«, fuhr Ludmila dazwischen. »Ursel hat doch

dafür gesorgt, dass er fett aß. Es war Teil des Planes. Was meinen Sie wohl, warum sie mit ihrem magenkranken Mann nach Spanien gefahren ist?« Ihr Blick huschte zur Tür, bevor sie mit gesenkter Stimme fortfuhr. »Eine Wanderung in der Sierra Nevada, wo es Stunden dauert, bis ärztliche Hilfe kommt. Und Sie glauben an Zufall?«

»Meine Mutter konnte doch gar nichts vom Adonisröschen wissen«, warf Eva mit spröder Stimme ein.

»Ich dachte, Sie hätten die Briefe aufmerksam studiert. Habe ich darin nicht von einem kleinen Geschenk gesprochen, das ich ihr schicke? Meinen Sie, das waren Pralinen?« Ein bedrohlicher Funke blitzte in Ludmilas Augen auf. »Die Blumensamen, die ich Ursel sandte, waren zum Säen nicht zu gebrauchen. Adonisröschen geht in normalen Gärten nicht an, seine Wurzeln reichen über einen Meter in die Tiefe. Also habe ich die ganze Pflanze gepflückt und ihr die getrockneten Teile geschickt.«

»Sie haben meinen Vater das Gift, das ihn tötete, selbst über die Grenze schmuggeln lassen?«

»In einem der gebrauchten Socken, die Kurt immer ins Seitenfach seines Koffers drückte. Ja. Der Socken war sogar Ursels Idee.«

Der Raum begann sich zu drehen. Eva fixierte einen festen Punkt an der Wand, während sie wie von fern Ludmilas Stimme vernahm.

»Ihre Mutter war keine schlechte Frau, Eva. Sie war nur

verzweifelt, genau wie ich. Kurt hat ihr einfach zu oft wehgetan.«

»Ich glaube Ihnen nicht.«

»Möchten Sie ihre Briefe lesen?« Ludmila zog ein Bündel Kuverts aus der Tasche und legte sie auf den Tisch. Lange starrte Eva auf den weißen Packen, der unverkennbar die Handschrift ihrer Mutter trug. Nach schier endlosen Sekunden zog Ludmila das Bündel wieder behutsam zu sich heran. »Tu es nicht. Es würde dir nicht helfen, deine Mutter besser zu verstehen.«

»Vielleicht will ich sie gar nicht verstehen. Ich will überhaupt niemanden verstehen. Alles, was ich sehe, sind Lügen und ein Mord.« Das Wort hing schwer im Raum. Für einen Moment herrschte Totenstille, dann erhob sich Ludmila und kam mit zwei Gläsern Wasser zurück. »Ich habe deinen Vater nicht aus Berechnung kennen gelernt«, begann sie übergangslos, »aber als wir dann zusammen waren, kam ich ins Träumen. Es war nicht schön hier, weißt du. Liberaler Kommunismus nannte sich das System. Aber das Misstrauen saß tief, in jedem von uns. Es war die Wurzel unserer Existenz. Ohne Misstrauen warst du ständig in Gefahr, denunziert zu werden. Die meisten öffentlichen Plätze waren voll von Wanzen. Hotels sowieso. Wahrscheinlich gab es Spitzel in jedem Viertel. Ohne die richtigen Kontakte warst du ein Nichts. Du brauchtest schon ein Netz von Beziehungen, um die elementarsten Dinge zu erhalten. Ständig fehlte etwas: Klopapier, Gemüse, Obst, Reis – was du willst. Und für Fleisch musstest du Schlange stehen. Als Kurt begann, Pakete für mich über die Grenze zu schmuggeln, war das der Himmel auf Erden. Endlich ein bisschen Luxus, das Privileg, die Zeit nicht mit der Organisation alltäglicher Dinge verbringen zu müssen! Und dann seine Erzählungen von drüben. Stunden verbrachten wir damit, uns unsere gemeinsame Zukunft in Westdeutschland auszumalen.« Ludmila stockte. »Ich wusste damals nichts von euch. Kurt hatte mir erzählt, er sei ledig. Ich konnte mich ja nicht von der Wahrheit überzeugen. Reisen war damals äußerst schwierig. Man brauchte eine Einladung aus dem Ausland und dann durfte nie die ganze Familie ausreisen. Kurt wollte damals nicht, dass unser Verhältnis offiziell wurde, bevor er mich heiraten und zu sich holen konnte. Das hat er zumindest gesagt.« Ein bitterer Zug schlich sich in ihr Gesicht. »Was sollte ich machen? Flüchten hieß, illegal zu sein und nicht wieder zurückkommen zu dürfen. Meine ganze Familie wohnt doch hier. Also wartete ich und versuchte, mit Kurt ein gemeinsames Leben zu führen. Und es gleichzeitig zu verstecken, damit man uns nicht entdeckte.«

»Und wie ging das vor sich?« Eva stellte das Glas, das sie in einem Zug geleert hatte, auf den Tisch zurück. Das Dröhnen in ihrem Kopf ließ die Worte in einem merkwürdigen Echo nachhallen.

»Wenn wir etwas Wichtiges zu besprechen hatten, schlug ich einen Spaziergang vor. Auf Umwegen habe ich ihn in meine Wohnung gebracht. Er behielt sein Zimmer im Hotel Alcron bis zu unserer letzten Begegnung, auch wenn er längst bei mir wohnte. Mit dem, was er mir mitbrachte, habe ich die Spitzel der Umgegend bestochen. Aber ich hatte ja alles. Naturalien, Verhütungsmittel, Westtabak, Devisen. Mit Kurts Geschenken habe ich uns ein Stück Freiheit erkauft.«

»Und Sie haben ihn nicht in diese Dinge eingeweiht?«, hörte sich Eva fragen und fing Ludmilas resignierten Blick auf. Die Antwort stand ihr ins Gesicht geschrieben.

»Kurt war ja so naiv. Er kannte sich hier einfach nicht aus. Natürlich wusste der Geheimdienst irgendwann Bescheid. Alle Westler, die öfter in die Tschechoslowakei kamen, wurden bespitzelt. Sie boten mir eine Zusammenarbeit an. Schau nicht so. Ich habe nur zum Schein angenommen. Anders wäre unser Verhältnis nie geduldet worden. Es war eben nicht so bequem, wie sich Kurt das vorstellte. Selbstverständlich gab ich auch Informationen weiter. Aber eben nicht alle, nicht die wichtigen. Nur ein bisschen, was ich über seine Geschäfte erfuhr und Allgemeines im Westen. Kein Wort über die Bestechungsgelder an der Grenze, über seinen Schmuggel in den Lieferwagen. Das wussten sie doch ohnehin. Sie haben ja kräftig mitverdient. Oder glaubst du, es gab irgendein Problem, das man mit Westgeld nicht lösen konnte?« Ludmila lachte bitter. »Nur meine Probleme lösten sich nicht. Kurts Vaterschaft musste ich geheim halten. Es hätte die ganze Sache noch komplizierter gemacht. Meine Eltern und die besten Freundinnen wussten davon, sonst niemand. Es wurde schwieriger, je länger unser Verhältnis ging. Georg begann, seinen Vater zu vermissen. Meine Freundinnen waren neidisch auf mich und meine scheinbaren Privilegien, auch wenn sie es nicht zugaben. Und ich, ich fühlte mich zwischen Missgunst, Hoffnung und Loyalität Kurt gegenüber hin- und hergerissen. Meine ganze Existenz habe ich für ihn aufs Spiel gesetzt. Und dann kam plötzlich der Brief deiner Mutter.«

Ludmila kniff die Augen zusammen. Mit ihrem Gesicht ging eine unheimliche Veränderung vor sich. Falten, die nur im Ansatz erkennbar gewesen waren, gruben sich jetzt tief in ihre Haut, als zeichne die bloße Erinnerung an Vergangenes ein Mal hinein.

»Es war entwürdigend, von seiner Ehefrau zu erfahren. Von seiner Familie, von dir, seinem Leben im Westen, das so ganz anders war, als er es mir vorgemacht hatte. Aber zunächst zweifelte ich noch, dass das alles der Wahrheit entsprach. Als ich deine Mutter einlud, in die Tschechoslowakei zu kommen, war ich mir sicher, nie wieder etwas von ihr zu hören. Ja, ich hoffte, dass sich alles als Lügengespinst herausstellen würde, das sich einfach wieder in Luft auflöste. Aber sie kam. Gleich beim ersten Treffen wurde mir klar, dass sie nicht gelogen hatte. Und dass sie Kurt liebte, begriff ich auch sofort. Ab dem Moment, als sie Georg zum ersten Mal in den Armen hielt, war uns beiden klar, dass es kein Zurück in unser altes Leben geben konnte. Wir verglichen Daten. Fingen an, die Wahrheit hinter Kurts Worten zu finden. Eine erlogene Familienfeier hier, eine erfundene Glasmanufaktur dort. Sobald Ungereimtheiten auftraten, benachrichtigten wir uns. Nach und nach entlarvten wir das Netz aus Lügen, das er um uns gewoben hatte. Aber wir zappelten nicht mehr getrennt voneinander in den Fäden. Wir hielten Kontakt. Und ohne dass er es bemerkte, begannen wir, auch um ihn ein Netz zu spinnen.«

»Hatten Sie denn keine Angst, dass meine Mutter Sie hintergehen könnte?«, warf Eva ein.

Ludmila lachte schrill.

»Die Verzweiflung schweißte uns zusammen! Wir waren zornig und wollten uns beide rächen. Die einzige Art der Befriedigung, die einzige Möglichkeit, die uns vergessen ließ, was er uns antat, war, die Fakten aufzudecken und eigene Pläne zu schmieden. Ja, Rache. Obwohl dein Vater nicht immer so gewissenlos war. Als deine Großmutter im Sterben lag, hielt er sich in Prag auf. Sein schlechtes Gewissen trieb ihn täglich ans Telefon. Er machte sich Sorgen um Ursel und dich. Das alles machte es nur noch schlimmer. Ich liebte ihn für sein Verantwortungsgefühl und hasste ihn auch dafür. Wenn mir alles zu viel wurde und ich beschloss, mich endgültig aus dieser unglücklichen Dreiecksbeziehung zurückzuziehen, war es deine Mutter, die mich mit einer seiner neuen Lügen wieder gegen ihn aufwiegelte. Ertrug sie die Situation nicht mehr, genügte eine kleine Erinnerung an ihr ruiniertes Leben, um sie wieder für das zu gewinnen, was wir uns beide geschworen hatten.«

»Was?«, hörte Eva sich tonlos fragen.

»Wir wollten seine Herzleistung verbessern. Schließlich musste sie ja für uns beide reichen.« Ein diabolischer Zug saß plötzlich in Ludmilas Augen. »Ursel schrieb eines Tages, wir sollten ihm einen Denkzettel verpassen. Ich antwortete mit dem Auszug aus einem alten Pflanzenbuch meiner Eltern, in dem das Adonisröschen beschrieben ist. So fing es an. Wir dachten damals nicht an seinen Tod. Nur an ein bisschen Rache. Für skrupellose Lügen oder wenn eine von uns das Elend überkam, gab es eine kleine Dosis getrocknetes Gift ins Essen. So erbrach er seine Unaufrichtigkeit. Aber Kurt wollte daraus nicht lernen. Im Gegenteil. Durch seine Magenprobleme wurde er unleidlich. Sein Unwohlsein verwandelte den charmanten Liebhaber von einst in einen launischen Pascha.«

Ludmila hatte nun jede Zurückhaltung vor Eva verloren. Hass sprühte aus ihren Augen, als sie fortfuhr.

»Und dann kam er plötzlich nicht mehr so oft nach Prag. Mir erzählte er, sein Hauptgeschäftspartner in Mähren habe seine Stelle gewechselt. Er sei nun beruflich bedingt mehr in Westdeutschland. Doch ich wusste es besser. Kurt blieb immer häufiger drüben und ließ sich von Ursel die Beschwerden kurieren. Plötzlich hatte ich das Gefühl, dass er mich um mein Leben betrog. Er hatte mit mir zusammengelebt, mir Hoffnungen gemacht – nun brachte er mich um meine Träume, um meine Rache, ja selbst um meine außergewöhnliche Freundschaft mit Ursel. Denn es war tatsächlich Freundschaft, die zwischen uns entstanden war. Noch am selben Abend rief ich deine Mutter an und erzählte ihr, ich würde ein zweites Baby von Kurt erwarten. Diese Nachricht traf sie tiefer, als ich es hätte vorhersehen können. Danach ließ sich nichts mehr aufhalten. Von uns beiden nicht. Kurt musste beseitigt werden. Aus unser beider Leben verschwinden. Er musste so weit weg, dass keine von uns jemals wieder der Versuchung erliegen konnte, ihm zu verzeihen. Eine Idee jagte die nächste. Von da an versetzten wir die Medikamente, die er wegen seiner Beschwerden einnahm, mit immer größeren Dosen. Adonisröschen für den Adonis – der Spruch wurde zu unserer Parole. Eines Tages rief deine Mutter mich an. Sie war sehr aufgeregt. Ihrer verworrenen Rede entnahm ich, dass Kurt beschlossen hatte, für einige Zeit nach München zu gehen. Er sprach davon, die Filiale dort umzustrukturieren. Wir spürten, dass er sich uns entziehen wollte. Ab da nahm alles seinen Lauf. Ursel überredete ihn zu der Spanienreise, ich tat mein Möglichstes, seine Gesundheit zu schwächen, wenn er bei mir in Prag war. Als Abschiedsgeschenk legte ich ihm heimlich noch einmal ein großes Tütchen mit zerstoßenem Adonisröschen in seinen Koffer. Das fette Essen Spaniens sorgte dafür, dass die Wirkung des Giftes sich voll entfalten konnte. Vor der Wanderung, so war es abgesprochen, mischte Ursel ihm eine gigantische Dosis in seine Medizin. Eine Stunde später war er tot. Herzkammerflimmern, Herzstillstand. Natürlich hat der Arzt einen Kreislaufzusammenbruch diagnostiziert. Hitze, Überanstrengung, dazu die Aussage der Ehefrau, er sei schon seit längerem kränklich gewesen. Eine Obduktion wurde nie angeordnet.«

Die einsetzende Stille hatte fast etwas Sakrales. Stumm betrachtete Eva die aufgewühlten Gesichtszüge der Tschechin, die das Bündel Briefe wieder in ihrer Tasche verstaute.

»Warum hast du sie aufgehoben?« Ohne es zu merken, war Eva ebenfalls zum »Du« übergegangen. »Wenn sie jemand findet, wirst du erpressbar.«

Ludmila hob den Kopf. »Die Briefe sind ein Teil meines Lebens. Das letzte Lebenszeichen, das ich von Ursel besitze. Nach Kurts Tod habe ich nie wieder etwas von ihr gehört. Es war vorbei. Unser gemeinsamer Weg war beendet. Und noch etwas kam hinzu ...«

Sie unterbrach sich, nahm einen Schluck Wasser und stellte ihre Tasche auf den Schoß. »Der Tod gab allem eine neue Dimension. Er zeichnete uns. Wir hätten uns nicht mehr begegnen können, ohne das Mörderinnenmal zu sehen.«

»Du meinst Reue?« Eva suchte in dem traurigen Lächeln Ludmilas eine Spur von Bestätigung. Doch Ludmila schüttelte den Kopf.

»Reue war es nicht. Es war die Gegenwart des Todes. Plötzlich hatten wir etwas mit ihm zu tun. Es war, als hätte uns seine Hand durch Kurts Sterben berührt.«

Eva spürte eiskalte Finger auf ihren. Willenlos überließ sie sich der Berührung Ludmilas, die erneut das Wort ergriff.

»Als Tage später ein Fremder vor meiner Tür stand und das Geld brachte, das Kurt für den Notfall für mich zurückgelegt hatte, verstand ich die Welt nicht mehr. Tagelang saß ich vor dem Devisenkoffer, nicht fähig, auch nur einen Geldschein anzurühren. Ich hatte ihn unterschätzt. Beide hatten wir sein Verantwortungsgefühl unterschätzt. Vielleicht auch seine Liebe. Aber für eine Wiedergutmachung war es zu spät. Uns blieb nichts anderes übrig, als mit der Schuld zu leben. Jede für sich. Ich habe bezahlt für meine Tat. Und ich zahle noch immer.«

Ludmila zog ihre Hand zurück.
»Wer hat diese beiden Fotos eigentlich gemacht?«, fragte Eva schnell.
»Ich. Mit Selbstauslöser. Kurt hatte sich eine neue Kamera gekauft. Ich habe sie damals einfach ausprobiert. Irgendjemand muss ihm die Bilder aus seinem Portemonnaie geklaut haben.«
»Und Sie haben keine Idee?« Eva registrierte, wie sich die Nähe zwischen ihnen auflöste. Ludmilas Stimme bekam einen ungeduldigen Klang.
»Eine Weile hatte ich eine bestimmte Freundin im Verdacht. Seit der Schulzeit war sie neidisch auf mich gewesen. Aber ich verwarf diesen Gedanken wieder. Ich habe aufgehört, darüber nachzudenken.«
»Noch eine Frage. Hat denn dieser Bekannte meines Vaters außer dem Geld überhaupt keine Nachricht überbracht? Keinen Brief, keine Erklärung?«
In Ludmilas Gesicht spiegelte sich ein Kampf wider, bevor sie zögernd antwortete.
»Antonin Havlak ist jetzt mein Mann. Damals, als er mir das Geld brachte und sah, wie schlecht es mir ging, kam er häufiger zu Besuch. Er kümmerte sich rührend um Georg. Mit der Zeit sind wir uns näher gekommen, und nach zwei Jahren haben wir geheiratet. Georg denkt, sein Vater sei Tscheche und bei einem Autounfall gestorben. Bitte lass ihn in diesem Glauben.«
Eva nickte. Das Gespräch war beendet. Sie hatte ver-

gessen, das Diktaphon anzustellen. Aber das spielte nun keine Rolle mehr. Keiner war unschuldig. Benommen registrierte sie, wie Ludmila aufstand und ihre Jacke nahm. An der Tür drehte sie sich noch einmal um und nickte Eva zu. Ein kalter Luftzug streifte Eva, dann war Ludmila verschwunden.

Keine zehn Minuten später verließ auch Eva das Hotel. Die Sonne brach durch die aufgerissene Wolkendecke. Ihre Strahlen schillerten in öligen Pfützen, die der Eisregen hinterlassen hatte. Eva wich einer auf sie zumarschierenden Reisegruppe aus und beschleunigte ihre Schritte, bis die Prager Burg hinter ihr lag. Zum ersten Mal verfluchte sie ihre Aversion gegen Mobiltelefone. Hätte sie doch das Handy mitgenommen, das Ben ihr geschenkt hatte. Im Laufe des Tages würde sie sicher irgendwo einen Münzsprecher ausfindig machen. Ben war bisher weder im Büro noch über sein Handy erreichbar gewesen. Das Geschäftsessen in Freiburg kam ihr in den Sinn. Dann die neue Baustelle, bei der es angeblich irgendwelche Probleme gab. Seit Wochen wusste sie nichts Konkretes mehr über seine Arbeit. Geschweige denn, wo er sich gerade aufhielt. Aber was hätte sie ihm am Telefon sagen sollen? Dass sie gerade einem Mordgeständnis beigewohnt hatte? Dass ihr die Nerven durchgingen, weil Opfer und Täter nicht zu trennen waren, dass das Gehörte ihre Erinnerungen vergiftete?

Ziellos lief sie durch enge Gassen, in die kein Sonnenstrahl drang, treppauf, treppab gesäumt von mittelalterlichen Gebäuden. Rundbögen, Fenstergitter, abgebröckeltes Mauerwerk war um sie, düstere Hinterhöfe, deren Stimmung sie unweigerlich auf die eigene zurückwarf. Tristesse. Nichts blieb übrig von der unbeschwerten Zeit, für die sie ihre Kindheit bislang im Großen und Ganzen gehalten hatte. Ihre Eltern waren in das Geflecht einer Welt verfangen gewesen, das sich fernab von ihrer eigenen befunden hatte. Beide hatten ihr Geheimnis mit ins Grab genommen. Die Hinterlassenschaft: eine Mischung aus Enttäuschung, Rache und Gewalt. Eva bog um die Ecke. Ein großer Platz erstreckte sich vor ihr. In der Mitte stand ein imposantes Denkmal, um das der Verkehr kreiste. Der Wind trieb Wolken über den Himmel, nur hin und wieder gab er blaue Fleckchen frei. Eva atmete ein Gemisch aus Abgasen und Zuckerwatte, die es am Kiosk gegenüber zu kaufen gab. Hier war Leben. Ihr Leben. Parallel zum Abgrund ihrer Geschichte. Licht und Schatten.

Sie lächelte Passanten an und erntete freundliche Blicke. Vor der jüdischen Synagoge kaufte sie Lederbänder, für Annedore einen Armreif aus Messing. Was sie Ben mitbringen sollte, wusste sie nicht. Er war Minimalist und gewann den Dingen nur Freude ab, wenn sie sich benutzen ließen. Benutzen. Erneut schnürte die Erinnerung an Ludmilas Geständnis ihre Kehle zu. Sie ließ sich durch die Straßen der Altstadt treiben, vorbei an weihnachtlich geschmückten Schaufenstern. Ganz Prag war käuflich, dachte sie. Erst auf den breiteren Gehwegen der Neustadt wurde sie ruhiger. Sie folgte der Beschilderung zum Nationalmuseum, entschlossen, sich von der Kunst trösten zu lassen. Das Gebäude im Stil der Neurenaissance stand breit und monumental vor ihr. Sie stieg die Stufen hinauf und betrat das Museum. Büsten bedeutender Tschechen säumten die Wände. Von ihren fein gemeißelten Gesichtszügen ging eine strenge Kühle aus. Sie genoss die würdevolle Ausstrahlung der hohen Räume, während sie an den Säulen entlangstreifte. Als sie das Pantheon betrat, spürte sie, wie die Kraft aus ihrem Körper wich. Fluchtartig verließ sie das Museum, aß einen Hotdog im Gehen und passierte auf dem Weg zum Hotel erneut die Karlsbrücke.

Das Erste, was Eva von ihm wahrnahm, war sein virtuoses Klarinettenspiel. Charlie Parker und der eisige Wind inspirierten das Trio an der Brüstung der Brücke zu einer schnellen Version von »Now is the time«. Erst als sie näher kam, erkannte sie in dem Klarinettenspieler mit der bunten Zopfstrickmütze Ludmilas Sohn. Fuß und Schultern wippten im Takt, das Instrument zeigte bei jedem höheren Ton gegen den Himmel. Die nach außen gedrehte Stellung der Füße hatte er eindeutig von ihrem Vater geerbt. Auch seine Gesichtszüge glichen denen Kurts auf frappante Weise. Als er sie erkannte, huschte ein Lächeln über sein Gesicht. Seine bittenden Augen hielten sie an ihrem Platz auf der Brücke fest, von wo aus sie dem Spiel lauschte. Nach dem Stück winkte er sie zu sich, während seine Kollegen heißen Tee aus der Thermoskanne tranken.

»Warst du bei meiner Mutter?« Georg hatte sich mit seiner Klarinette zu ihr gestellt.

Eva nickte. »Sie ist eine alte Bekannte meiner Mutter. Schon ewig her. Ich dachte, sie arbeitet noch in dem Glasgeschäft.«

»Ach so«, erwiderte Georg und sah Eva ratlos an. Mit zwei Fingern schob er seine Mütze aus der Stirn. »Und jetzt, was machen wir? Noch ein Lied, dann gibt es eine Pause. Ich lade dich auf einen Kaffee ein.«

»Nein«, erwiderte Eva schnell.

»Warum nicht?« Er entlockte seiner Klarinette einen weinerlichen Ton. Eva musste lachen. Als ihr klar wurde, dass Georg auch den Charme ihres Vaters geerbt hatte, blieb ihr das Lachen jedoch im Hals stecken.

»Mein Flugzeug geht in drei Stunden. Ich muss noch packen«, sagte sie so freundlich wie möglich.

»Schade.«

»Ja. Schade.« Eva warf einen letzten Blick in das vor Kälte angespannte Gesicht ihres Halbbruders, drückte ihn an sich und eilte im Laufschritt davon. Den überraschten und verlegenen Gesichtsausdruck Georgs würde sie nie vergessen.

Sie befand sich auf einer hellen, belebten Chaussee, als ihr schlagartig einfiel, woher sie den Namen Antonin Havlak kannte. Er war der leitende Angestellte der Import-Export-Behörde in Prag gewesen, mit dem ihr Vater eng zusammengearbeitet hatte. Die Verlängerungen der Visa und jede Menge Geschäftsverbindungen ihres Vaters waren durch ihn zustande gekommen. Zwei-, dreimal war Havlak sogar mit einer Sondergenehmigung in den Westen gereist. Ein vages Bild erschien vor ihren Augen. Dann tauchte die Erinnerung an den stämmigen Mann, der bei ihnen zu Hause am Tisch gesessen hatte, aus den Tiefen ihres Gedächtnisses auf. Es waren lustige Abende gewesen. Bis weit in die Nacht war das Gelächter der Erwachsenen in ihr Kinderzimmer gedrungen und am nächsten Morgen hatte ihre Mutter vergeblich versucht, eine ganze Batterie leerer Bierflaschen vor dem Frühstück verschwinden zu lassen. Antonin Havlak war für ihren Vater das Bindeglied zum Osten gewesen. Aber nicht nur das. Eva wurde klar, dass dieser Mann auch Hüter sämtlicher Geheimnisse ihres Vaters gewesen war – seiner Schmuggeleien, seiner Geschäftsmethoden und seiner zweiten Familie. Der Altruismus, mit dem er sich um Kurt Stetters Belange gekümmert hatte, war unglaublich, geradezu –

Eva drehte sich auf dem Absatz herum und winkte einem Taxi. Während die festlich geschmückte Altstadt im Fensterausschnitt an ihr vorüberglitt, durchwühlte sie ihren Rucksack. Das Kuvert mit den Fotos lag ganz unten. Sie nahm den handgeschriebenen Zettel mit Ludmilas Adresse, der den Fotos beigelegt war, heraus und betrachtete die steile, pedantische Schrift. Wenige Augenblicke später stand sie erneut vor der verzierten Tür des Jugendstilgebäudes, in dem Ludmila Nováková wohnte.

Der Türöffner summte und gewährte Einlass ins Treppenhaus, in dem ihr der Geruch nach Kohl und Putzmitteln entgegenschlug. Mit jedem Schritt wuchs ihre Beklemmung. Sie lief an Topfpflanzen vorbei und an verstaubten Blumengebinden, die auf der Höhe jedes Zwischenstockwerkes von der Wand herabhingen. Es gab kein Richtig, kein Falsch, nur die Kette der Zusammenhänge, deren Schnur sie weiter entwirren musste, bis auch die letzte Verknüpfung gelöst war. Ludmila stand in der Tür, als sie den Treppenabsatz erreichte. Ihre Körperhaltung verriet Ablehnung.

»Was soll das?«, zischte sie, während sie die Tür hinter ihrem Rücken heranzog.

Eva hielt ihr den beschriebenen Zettel vor die Nase. »Kennst du diese Schrift?«

Lange sah die Tschechin auf das Papier, ohne sich zu regen. Ihr Gesichtsausdruck zeigte Überraschung und Ungläubigkeit.

»Woher hast du das?«, flüsterte sie schließlich und trat einen Schritt auf Eva zu.

»Es lag bei den Fotos, die meiner Mutter damals geschickt wurden.«
Ludmilas Gesicht gefror.
»Nein«, stammelte sie und entriss Eva den Zettel.
Eva las Verzweiflung und Ohnmacht in den Augen der Tschechin. Entsetzen. Schmerz. Den Verlust einer ganzen Welt. Ja, der letzte Funken Glaube erlosch in Ludmilas Augen, und Eva spürte, wie etwas in ihrem Innern kalt wurde. Diese Frau hatte ihren Vater umgebracht. Ihre Schicksale waren nicht mehr voneinander zu trennen. Hart fasste sie Ludmila beim Arm.
»Falls Antonin Havlak etwas zustoßen sollte – ich weiß von nichts. Morgen früh reise ich ab und habe dich nie gesehen«, stieß Eva hervor. Dann lief sie die Treppe hinunter, ohne sich noch einmal umzudrehen.
Die Kälte hatte nun völlig von ihr Besitz ergriffen. Eva spürte sie kaum. In Gedanken war sie bei Ludmila, deren fassungsloser Blick sie begleitete. Vielleicht würde ein weiterer Mord geschehen. Eva lächelte bei diesem Gedanken. Ludmila hatte schon einmal gemordet. Und Eva hatte die Saat ausgesät, von der sie sicher war, dass sie schon in diesem Augenblick zu keimen begonnen hatte.
Windböen fingen sich in Häuserecken, plusterten ihre Hosenbeine auf. Die eisige Luft schnitt in ihre Haut. Sie suchte Schutz im Windfang einer Galerie. Überall war Glas, wohin sie auch sah. Helles, transparentes Glas.

Die Leidenschaft ihres Vaters für das Durchsichtige. Eva lachte laut auf. Es klang klirrend. Zwei Männer blieben neugierig neben ihr stehen. Eva stellte den Kragen ihres Mantels hoch. Erst als die Männer weitergingen, löste sie ihre Augen von der Glaslampe über ihr und betrachtete ihr Spiegelbild im Schaufenster. Eine tiefe Furche hatte sich über ihrer Nasenwurzel gebildet. Ihr Mund war zu einem schmalen Strich gepresst.

Sie hatte Havlaks Schicksal in die Hände Ludmila Novákovás gelegt. Nun war es an Ludmila, über ihn zu richten.

VI

Ihre Maschine landete am Abend. Eva bahnte sich einen Weg durch die Menge Wartender, die sich vor der Absperrung postiert hatte. Weltenbummler wurden in elterliche Arme geschlossen, Urlauber in Empfang genommen. Das Familienfest trieb sie alle in die Heimat zurück. Bens Eltern liebten Weihnachten. Auch dieses Jahr würden sie es sich nicht nehmen lassen, ihnen über die Feiertage einen Besuch abzustatten. In Gedanken vollzog Eva das ewig gleiche Begrüßungsritual – zwei Küsschen auf jede Wange, Komplimente über ihr Äußeres und die Frage, ob sie noch immer Kunst betreibe –, während sie die Ankunftshalle verließ und in ein Taxi stieg.

Vor ihrem Haus erfasste sie eine merkwürdige Unruhe. Die dunklen Fenster schienen ins Nichts zu starren. Sie nahm sich vor, an einem der nächsten Tage Gardinen anzubringen, während sie die Haustür aufschloss und eintrat. Alles wirkte wie immer. Und doch lag etwas Seltsames in der Luft. Eva schnupperte irritiert. Es roch anders. Angespannt durchquerte sie die Diele. Der würzig süßliche Duft kam aus dem Wohnzimmer. Während sie mit angehaltenem Atem fremde Schwingungen zu erspüren versuchte, zerriss plötzlich ein markerschütternder Schrei die Stille. Sie stürzte ins Wohnzimmer und knipste das Licht an. Etwas Spitzes stach sie an der Schläfe. Als sie herumfuhr, sah sie sich einer überlebensgroßen Blautanne gegenüber.

»Oh Gott, Ben.« Eva musste gegen ihren Willen lachen, während ein erneuter Schrei aus der Küche drang. Es war der Beo. Ungeduldig begann er, nach den Gitterstäben zu hacken. Eva befreite ihn aus seinem Käfig und betrachtete den mit Lametta und roten Kugeln geschmückten Nadelbaum. Bens Dekoration wurde jedes Jahr kitschiger. So nachgiebig er sich auch sonst ihren Vorlieben beugte, beim Thema Weihnachtsbaum blieb er unerbittlich. Er liebte das Traditionelle. Das Familiäre. Das alljährliche Ritual, bei dem seine Eltern das Fehlen von Enkeln beklagten, hatte in den letzten Jahren zwischen Ben und Eva immer wieder unschöne Diskussionen darüber ausgelöst, warum sie sich weigerte, ihm ein Kind zu schenken. Seit ihrem vierzigsten Geburtstag schien das Thema endlich erledigt zu sein.

Eva machte sich einen Espresso, den sie im Stehen trank. Dann trug sie ihre Reisetasche nach oben und ließ sich ein Bad ein. Während sie sich entkleidete, hörte sie das Telefon klingeln. Fluchend lief sie die Treppe hinab und meldete sich wie gewöhnlich mit einem knappen »Ja«. Jemand atmete in die Leitung. Als sie gerade auflegen wollte, hauchte Annedore ein künstliches »Hi« in den

Hörer. »Du bist ja schon wieder zurück«, fügte sie nach einer Pause hinzu.

»Ja«, antwortete Eva. »Ich bin gerade zur Tür rein. Kannst du hellsehen?«

»Ich habe auf gut Glück angerufen.« Annedore schluckte. »Gott sei Dank, du lebst noch. Deine mysteriösen Andeutungen haben mich echt fertig gemacht. Ich will alles wissen. Haarklein.«

»Aber nicht am Telefon. Gibt's bei dir was Neues?«

Eva klemmte den Hörer zwischen Kinn und Schulter und lauschte dem üblichen Redefluss ihrer Freundin, während sie die Unterlagen, die sie mit dem Knie vom Telefonschränkchen gestoßen hatte, auflas. Aus dem Stapel Papiere löste sich ein bedruckter Bogen. Es dauerte eine Weile, bis ihr klar wurde, dass es sich um eine Hotelrechnung handelte. Zwei Einzelzimmer mit Frühstück in einem Hotel namens »Le Sevre«. In Paris!

»Eva – bist du noch dran?«

»Ich höre dir zu.« Sie breitete die Schriftstücke vor sich aus. Neben den Flugtickets, die beide auf den gleichen Tag datiert waren, fanden sich Baupläne, Blätter mit Aufzeichnungen, Restaurantquittungen, ein Exposé, dazu Skizzen eines Museums. Auf der Klarsichthülle, in der Entwürfe desselben Projektes gesammelt waren, klebte ein Zettel mit der handschriftlichen Notiz »Wir schaffen das schon!«. Es handelte sich eindeutig um die schiefen, unleserlichen Schriftzüge Herta Miros.

Noch immer drang Annedores helle Stimme in ihr Ohr. Sie erzählte von ihrem Mann Carsten, der jeden Tag dieser Woche mit einer Führung im Planetarium beschäftigt war.

»Ich weiß bald nicht mehr, wie er aussieht«, schimpfte sie.

»Einsneunzig, schlank, Wuschelkopf, lange Nase«, erwiderte Eva und ließ den erwarteten Protest ihrer Freundin unbeeindruckt über sich ergehen. Sie schob die Unterlagen nebeneinander, verglich die Daten. Schlagartig nahm ein sehr klarer Gedanke Form an. Ben plante eine zweite Existenz in ihrer Lieblingsstadt Paris. Seite an Seite mit Herta Miro traf er Vorkehrungen für ein Projekt. Ein Projekt unter seiner Bauleitung, wie die Broschüre über die Anmietung von Baucontainern unzweifelhaft erkennen ließ. Das also steckte hinter seiner angeblichen Reise nach Freiburg!

»Sag mal, Annedore, können wir morgen weiterreden? Ich muss noch mal weg.« Eva bemühte sich, ungezwungen zu klingen. Ihre Stimme kam ihr fremd vor. Doch Annedore schien nichts davon zu bemerken.

»Alles klar. Ruf du mich an.«

Dem Abschiedsgruß folgte ein Klicken. Sorgfältig legte Eva die Unterlagen an ihren Platz zurück. Die digitale Zeitanzeige des Telefons sprang auf zwanzig Uhr dreißig. Bens Fußballtraining hatte vor einer halben Stunde begonnen.

Halb neun. Ben zog den Ärmel seines Trikots über die Armbanduhr und rückte die Kniebeinschützer zurecht. Das Flutlicht ließ sein aufgeschürftes Knie gräulich erscheinen. Er hatte den Elfmeter, den das Foul an ihm eingebracht hatte, in ein Tor verwandelt. Genug Einsatz für ein Freundschaftsspiel, abgesehen davon, dass sie nur ein Amateurclub waren. Er gab Bremer, dem Trainer, ein Zeichen, bevor er zum Spielfeldrand humpelte.

»Wechsel mich aus. Ich bin angeschlagen.«

Bremer sah ihm unbeeindruckt ins Gesicht. »Geht's nach Hause oder ins Büro?«

Er wusste von Paris. Grinsend zuckte Ben mit den Schultern und hinkte über den Kiesweg zum Umkleideraum. Er zog sich das verschwitzte Trikot über den Kopf, schlüpfte aus der Trainingshose. Im Duschraum ließ er heißes Wasser auf seinen Rücken prasseln, während er sich vorzustellen versuchte, wo sich Eva gerade befand. Sie würde Augen machen.

Genau in dem Moment, als er den Ball auf den Elfmeterpunkt gelegt und den Torwart angesehen hatte, war ihm ein genialer Einfall gekommen. Das Glanzstück seiner Ideen, das I-Tüpfelchen. Er trocknete sich ab und schlang ein Badetuch um seine Hüften. Noch unbekleidet nahm er sein Mobiltelefon aus dem Spind und wählte Herta Miros Privatnummer.

»Es gibt Neuigkeiten«, vertraute er ihrem Band an. »Wenn du mehr wissen willst – ich bin im Büro.« Gut gelaunt schaltete er das Handy ab. Als er aufblickte, dauerte es einen Augenblick, bis sein Gehirn ihm übersetzte, was seine Augen im Wandspiegel gegenüber erfasst hatten.

Eva löste sich vom Türrahmen des Umkleideraums. Eine innere Stimme überschlug sich vor Zorn, während eine andere ihr in eiskaltem Ton befahl, ihren Mann zu begrüßen. Irgendwo tief in ihrem Innern loderte ein Funken Freude über das Wiedersehen auf und erlosch sogleich.

»Hey, du bist ja schon zurück. Ich habe erst am Wochenende mit dir gerechnet.« Ben durchquerte die Kabine und zog sie an seinen halb nackten Körper. Als sie spürte, dass ihr kein Lächeln gelang, vergrub sie ihr Gesicht an seinem Hals. Er roch nach warmer Haut und Duschgel.

»Was ist los?«, fragte er. »Irgendwas passiert?«

»Nichts. Hab mich nur alleine gefühlt in Prag.«

Ben löste sich aus der Umarmung. »Ich bin neugierig, wie es dir gefallen hat«, sagte er, während er zu seinem Spind lief, um sich anzukleiden. »Wenn du kurz wartest, komme ich mit.«

»Ich denke, du wolltest noch ins Büro.«

»Woher – «, er stockte. »Ich habe Herta nur wegen Freiburg Bescheid gegeben. Du weißt doch, dass ich vorgestern Abend bei einem Termin gewesen bin. Dieser

Bauherr hat einen Auftrag für uns. Nichts Bewegendes, aber eilig. Wie immer.«
Eva beobachtete, wie er seine Bluejeans über die Beine streifte und den Gürtel festzog.
»Dein Trainer hat mir gesagt, du wolltest ins Büro, an deiner Karriere basteln.«
Ben unterbrach das Schnüren seines Schuhes. »Bremer redet immer so geschwollen. Ich glaube, er hat Komplexe. Ist ja auch egal. Lass uns nach Hause fahren.«
»Nein, fahren wir ins Büro. Ich warte dort auf dich. Es wird ja nicht ewig dauern.«
»Eva, das Ganze ist wirklich nicht wichtig.«
»Sei nicht immer so bescheiden.« Sie quittierte seine perplexe Miene mit einem zuckersüßen Lächeln und nahm ihm den Autoschlüssel aus der Hand. »Ich fahre. Hab schon Entzug.«
Kurz darauf reihte sich der Roadster in den Abendverkehr ein.
»Wie war es eigentlich in Freiburg?«, fragte Eva, als sie eine warme Hand auf ihrem Oberschenkel spürte.
»Wie erwartet. Tolles Essen, jede Menge Hochstapler. Und zu wenig schöne Frauen.« Er lächelte und verstärkte den Druck seiner Hand, die Eva wegschob.
»Lass das beim Fahren«, sagte sie. Für eine Sekunde begegneten sich ihre Blicke. Den Rest der Fahrt sah er stumm aus dem Fenster.

Im Büro kam plötzlich Leben in ihn. Kaum hatte er sein Zimmer betreten, stellte er den Anrufbeantworter aus und begab sich hinter den Schreibtisch.
»Dauert nicht lange«, sagte er, während er unter die Tischplatte tauchte und den Stecker des Druckers aus dem Kabelsalat entwirrte. »Machst du uns einen Tee?«
Nur widerwillig verließ Eva den Raum. Sie suchte so leise wie möglich nach Teedose und Sieb. Immer wieder hielt sie inne und horchte, ob Ben telefonierte. Als sie den Tee zubereitet hatte, war noch immer kein Laut aus seinem Arbeitszimmer gedrungen. Sie durchquerte auf Zehenspitzen den schmalen Flur. Ben kniete wie zuvor am Boden hinter seiner Arbeitsplatte. Statt des Kabels hielt er einen Packen ungeordneter Papiere in der Hand, die er hastig durchblätterte. Mehrere Schubladen des Rollschrankes waren aufgezogen.
»Findest du es nicht?«
»Was?« Sein Kopf erschien über der Arbeitsfläche.
»Die Unterlagen«, antwortete er sich selbst. »Nein. Das heißt, ich weiß gar nicht, ob ich sie nicht zu Hause habe liegen lassen. Wenigstens ist ein Teil meiner Notizen hier.« Er zog zwei Blätter aus dem Schubfach, legte sie neben den Monitor und fuhr seinen Rechner hoch.
Als Eva sich abwandte, wurde ihr Blick von dem Zeichenbrett in der Ecke gefangen genommen. Eine Kohlezeichnung war mit Magnetstreifen auf die Resopalplat-

te gespannt. Neugierig betrachtete sie das schwungvoll skizzierte Museum aus der Nähe.
»Das ist schön. Ist das von dir?«
Ben nickte. Von den Modellen, die Eva neulich noch am Metallfuß des Zeichenbrettes gesehen hatte, war nichts zu sehen. Vermutlich standen sie bei Herta Miro. Dass die Tür zu ihrem Raum verschlossen war, kam Eva verdächtig vor. Sie goss den Tee ein und setzte sich auf den Schaukelstuhl am Fenster, den sie Ben zur Einweihung seines Büros geschenkt hatte.
Die Zeit schien langsamer zu fließen, während sie sich dem sanften Schaukeln des Stuhles überließ. Bilder von Prag schoben sich vor ihr inneres Auge. Graublauer Himmel, im Hintergrund Häusersilhouetten, davor Georgs wippender Körper, der Schrei seiner Klarinette, einer Möwe ähnlich. Dann Prag bei Nacht. Ludmila. Immer wieder ihr verletztes Gesicht, als sie endlich begriff. Eva sah zu Ben hinüber. Ben, der konzentriert auf den Monitor starrte und vermutlich gerade eine Lüge hinter seiner Geschäftigkeit kaschierte. Für wen spielten sie dieses Theater? Und wie lange spielten sie es schon? Sie hatte die Intuition ihrer Mutter unterschätzt. Ihr Misstrauen. Es tat weh, ihr Recht geben zu müssen.
Sie schloss die Augen und lauschte dem gleichmäßigen Klackern der Tastatur. Erst als sich ein Schlüssel im Schloss der Eingangstür drehte, fiel die Starre von ihr ab.

»Hallo, Herta«, rief sie und registrierte eine hysterische Nuance in ihrer Stimme.
Ben warf seiner Kollegin einen überraschten Blick zu. »Hey, was machst du denn hier?«, rief er.
Die Architektin sah ihn verständnislos an. Ihr gegeltes Haar stand in alle Richtungen, Mund und Augen waren geschminkt. Der Lederrock, den sie über kniehohen Stiefeln trug, war für Evas Geschmack eine Nummer zu kurz. Seit sie den Raum betreten hatte, lag ein Hauch von Limone in der Luft.
»Eva ist gerade aus Prag zurückgekommen«, erklärte Ben aufgeräumt.
»Der Tapetenwechsel.« Eva lächelte und bremste die Schaukelbewegung mit den Schuhspitzen ab. »Hatten Sie mir doch bei unserem letzten Zusammentreffen empfohlen.«
»Ach, ja. Wie war es denn?«, fragte Herta und löste ihren Schal.
»Es war sehr aufschlussreich. Jeder Tag eine Offenbarung.«
»Du hast wahrscheinlich alle vorhandenen Museen abgeklappert.« Ben erhob sich vom Stuhl und fuhr den Rechner herunter, bevor er sich seiner Kollegin zuwandte. »Wir haben das Okay für den Auftrag aus Freiburg erhalten. Aber deswegen hättest du doch nicht extra kommen müssen.«
»Ich war ohnehin auf dem Weg zu Hannah.«

»Was ist eigentlich mit den Waranen?«, fragte Eva.
»Warane?«
»Sie wollten doch auf die Galapagosinseln, wenn ich mich recht entsinne. In dieser Woche.« Eva verkniff sich eine weitere Bemerkung. Strategie und ein kühler Kopf, ermahnte sie sich schweigend.
»Hannah hat keinen Urlaub bekommen«, war die lapidare Antwort. Das Futteral des Lederrocks raschelte, als die Architektin einen Schritt zurücktrat. »Ich gehe dann wieder. Ben, mach mal Schluss. Übertreib es nicht.«
»Ja, übertreib es nicht«, echote Eva, während sie überlegte, ob den Worten Herta Miros eine verschlüsselte Botschaft innewohnte.

Noch auf der Heimfahrt beschäftigte Eva das hilflose Schulterzucken der Architektin, das sie aus den Augenwinkeln erhascht hatte.
»Wenn du mich fragst, existiert diese Hannah überhaupt nicht. Du arbeitest seit zwei Jahren mit Herta. Hast du ihre Freundin jemals zu Gesicht bekommen?«
Ben schüttelte den Kopf. »Sie trennt eben Privates von ihrem Berufsleben. Warum sollte sie lügen?«
Er sah seine Frau von der Seite an. Stundenlang konnte er das, sie mit seinen braunen, ruhigen Augen einfangen, bis sich ihre Anspannung löste. Aber heute erreichte er damit nur das Gegenteil.

Die Hand, die er auf ihren Nacken gelegt hatte, schüttelte sie mit einer heftigen Bewegung ab. Ben schielte auf die nach oben kletternde Tachonadel.
»Sag mal, bist zu eifersüchtig?«, fragte er.
»Muss ich?«
»Nein, musst du nicht. Ich arbeite eng mit Herta zusammen. Ich habe ihr auch einiges zu verdanken. Das ist alles.«
»Gut.«
Eva nahm den Fuß vom Gaspedal. Der Tacho sank auf sechzig Stundenkilometer. Als der Mercedes, den sie vor wenigen Sekunden überholt hatte, aufschloss, warf sie der fuchtelnden Gestalt hinter der Scheibe eine Kusshand zu. Ben lehnte sich zurück und sah aus dem Fenster.
»Hat dir die Kohleskizze wirklich gefallen?«, fragte er nach einer Weile.
Eva krallte ihre Hände um das Lenkrad. Eine solche Frage war untypisch für Ben. Er verbarg etwas und wenn sie seine Anspannung richtig deutete, stand der Moment der Offenbarung bevor. Das Museum am Zeichenbrett war eindeutig das Museum in Paris. Sie hatte es an der ungewöhnlichen Kuppel wieder erkannt. Sobald Ben es aussprechen würde, wäre der Spuk vorbei. Er würde nach Paris gehen, um sein Museum zu bauen, dann würde er wieder zu ihr zurückkehren. Er war nicht ihr Vater, der ein Doppelleben führte, es gab

keine Ludmila, keinen Georg, noch weniger eine verminte Landesgrenze, die einen regelmäßigen Kontakt erschwerte.

»Die Skizze ist sehr gelungen«, antwortete sie.

»Auch unter künstlerischen Gesichtspunkten?«

»Wie meinst du das?«

»In letzter Zeit zeichne ich wieder öfter frei. Ich habe etwas Neues ausprobiert. Und bei diesem Entwurf ist es mir, glaube ich, gelungen. Der Gegenstand war unwichtig. Was mich interessiert hat, war, einem Gebäude mit wenigen Linien Leben einzuhauchen. Findest du nicht, dass die Halle atmet?«

»Nein.« Eva bog rasant in die Einfahrt, kam vor dem Garagentor zum Stehen und zog die Handbremse. »Es sind gut gesetzte Linien. Sie vermitteln einen realen Eindruck von dem –« Sie stockte. »Von der Halle. Die Formen sind harmonisch. Was willst du mehr? Du bist Architekt, kein Künstler.«

Ohne seine Reaktion abzuwarten, öffnete sie die Tür und stieg aus.

»Du hast die Kunst wohl gepachtet, was?«, erwiderte Ben wütend, bevor er an ihr vorbei ins Haus lief. Dass er keine Anstalten gemacht hatte, ihre schwere Reisetasche zu tragen, übersah sie mit der gleichen Selbstverständlichkeit, mit der sie kurze Zeit später belegte Brote und eine Flasche Wein auf den Tisch vor den Kamin stellte.

Das Gespräch lief nur stockend an. Eva schilderte erdachte Eindrücke, erfand Skurrilitäten über ihre fiktive Reisegruppe und gab Dialoge wieder, denen Ben unbewegt folgte. In regelmäßigen Abständen legte er Holz im Kamin nach. Gierig leckten die Flammen an den trockenen Scheiten. Es knackte und prasselte, Wärme erfüllte den Raum. Nach dem zweiten Glas Rotwein sprang der Funke auch auf Eva über.

»Die intakten Münzsprecher in Prag sind so zahlreich wie die vegetarischen Gerichte auf der Speisekarte. Kannst du vergessen«, sagte sie heiter.

»Ich habe dich jeden Tag angerufen«, entgegnete Ben hölzern, »aber du hattest dein Handy ausgestellt.«

»Ich habe es hier gelassen. Ich wollte frei sein.«

»Und – warst du frei?«

Das Lächeln auf ihrem Gesicht gefror. Einen Moment lang rang sie um Fassung, dann schüttelte sie langsam den Kopf.

»Ach, Eva.« Ben zog sie an sich. Sie spürte das gleichmäßige Heben und Senken seines Brustkorbes und schob ihre Hände unter seinen Rollkragenpullover. Wie auf Befehl blieben sie auf Höhe seines Herzens liegen.

»Ich spüre deinen Herzschlag«, flüsterte sie, während sie die Erinnerung an Ludmilas diabolischen Blick überfiel. »Ich hoffe, es schlägt nur für mich.«

Statt einer Antwort verpasste Ben ihr einen Kuss. Wenig später wechselten sie ins Schlafzimmer. Ben gab sich fordernder als sonst. Evas Flanellbluse, deren obere Knöpfe er auf der Couch geöffnet hatte, zog er mit einer ungestümen Bewegung über ihren Kopf. Er küsste sich ihren Hals hinunter, die Hände auf ihre Oberarme gepresst, als gälte es ein wildes Tier zu zähmen. Nach einer Weile entwand sie sich seinem Griff. Den Mund in seiner Armbeuge versenkt, schmeckte sie Salz und Schweiß und etwas Metallisches, bevor sein Aufschrei sie wieder zur Besinnung brachte. Erschrocken rollte sie zur Seite. Ein Stück von Bens Unterarm war leicht angeschwollen. Über den sich rötlich verfärbenden Abdruck, den ihr Gebiss hinterlassen hatte, rann ein Faden Blut.

»Bist du verrückt geworden?« Ben rieb sich die schmerzende Stelle.

»Vielleicht«, murmelte sie und strich vorsichtig über die Vertiefungen, die ihre Zähne in seiner Haut hinterlassen hatten. Sie kühlte die Wunde mit Eis, bemüht, ihre Verwirrung zu verbergen. Etwas hatte ihre Zähne in Bens Fleisch getrieben, etwas in ihr, von dessen Existenz sie bis heute nichts geahnt hatte.

Am Frühstückstisch wurde der Zwischenfall mit keiner Silbe erwähnt. Ben gab sich unbefangen, während er wie üblich die Tageszeitung überflog. Sie leerten ihre Kaffeetassen und trennten sich für den Rest des Tages. Das Jahr ging unaufhaltsam seinem Ende entgegen. Bauanträge mussten fristgerecht eingereicht, Gutachten geprüft werden. Das Weihnachtsgeschäft forderte seinen üblichen Tribut von Eva. Sherlock hatte ihr Atelier geplündert. Gerade die kleinen, günstigen Objekte waren jetzt gefragt. Sie produzierte Türschilder, Blechfigürchen, Teelichte, Becher und Dekoratives wie am Fließband. Abends trafen Ben und Eva überarbeitet aufeinander. Gemeinsam sahen sie fern, bis sie erschöpft ins Bett fielen, um mit dem Klingeln des Weckers den nächsten Arbeitstag anzutreten.

Und dann war endlich Heiligabend. Auf den Straßen wehte ein milder Wind, während drinnen, in den gemütlich beleuchteten Stuben, die Menschheit um Familienfrieden rang. Bereits am Mittag kamen Bens Eltern. Wie jedes Jahr wartete seine Mutter, eine quirlige Endsechzigerin, mit Körben selbst gemachter Backwaren auf, mischte sich in Evas Haushaltsführung ein und gab Anekdoten zum Besten. Ihr schweigsamer Gatte zog sich währenddessen zum Lesen in die Kaminecke zurück. Eva mochte ihn. Mehr noch. Sie sah in dem ruhigen, schmächtigen Mann mit den silbergrauen Haaren das gealterte Ebenbild Bens. Zusammen mit ihm besuchte sie das Grab ihrer Mutter und, zum ersten Mal seit langer Zeit, auch das ihres Vaters. Sie liegen nicht beieinander, bemerkte ihr Schwiegervater erstaunt. Evas Antwort, das unterschiedliche Naturell ihrer Eltern habe sie schon zu Lebzeiten entzweit, kommentierte er

mit einem bedeutsamen Nicken. Weihnachten selbst verlief harmonischer, als Eva es erwartet hatte. Das Thema »Kinder« wurde auch dieses Mal nicht angeschnitten. Nach der Abreise ihrer Schwiegereltern wurde es seltsam still im Haus. Ben verhielt sich rücksichtsvoll und zärtlich. Am Silvestermorgen legte er ihr zwei Einladungskarten für ein Galadinner auf den Frühstückstisch. Er hatte sie besorgt, ohne Eva zu fragen. Ihr war es Recht. Ein besinnliches Sylvester, bei dem sie und Ben gemeinsam auf das Jahr zurückblickten, war das Letzte, was sie gebrauchen konnte. Noch immer lag das Geheimnis ihrer Eltern dunkel und unberührt in ihrem Herzen. Mehrmals war sie kurz davor gewesen, Ben einzuweihen. Doch dann dachte sie an seine Feigheit und eine seltsame Kühle durchströmte ihren Körper.
Der Jahreswechsel brachte keine Entspannung. Im Gegenteil. Die vertraute Welt von einst entzog sich ihr, sobald Eva eine Hand danach ausstreckte. Auch die Eindrücke von Prag verblassten allmählich. Sie erschienen ihr mit jedem Tag unwirklicher. Gelegentlich verfolgten sie absurde Ideen. Sie stellte sich vor, Georg eine Karte zu schreiben oder ein Telefonat mit Ludmila zu führen. Dann verwarf sie diese Gedanken wieder. Sie überließ sich dem Nichtstun, während der Januar grau und unbedeutend an ihr vorüberzog.
Es war an einem sonnigen Februarmorgen, als sie zum ersten Mal seit Wochen ihr Atelier betrat. Ein Streit hat-

te sie schlagartig in die Wirklichkeit katapultiert. Vor wenigen Minuten hatte Ben die Haustür hinter sich zugeschlagen. Davor hatte sie ihn angeschrien, wüste Beschimpfungen, denen er einen Faustschlag auf den Küchentisch entgegengesetzt hatte. Sie spürte noch immer seinen eiskalten Blick über die Anrichte hinweg, bevor er die Küche und das Haus verlassen hatte.
Eva setzte sich und fegte mit dem Ärmel Materialien von der Arbeitsplatte. Es schepperte. Blechdosen schlugen auf den Steinboden, das ohrenbetäubende Klingeln einer Metallschelle ließ Dr. Alfons wild umherflattern, bis er schließlich auf dem Schirm ihrer Stehlampe landete. Alles hatte ganz harmlos begonnen. Sie hatte nicht schlafen können. In der Nacht hatte sie die Vorstellung gequält, wie Ludmila und ihre Mutter ihren Vater langsam vergifteten, bis er schließlich qualvoll starb. Was wäre geschehen, wenn sie sich ihm offenbart hätten? Ihm gesagt hätten, wie viel eine jede wusste, wie sehr dieses Wissen schmerzte und welche Konsequenzen es haben würde, sollte er sich nicht ändern? Hätte er sich ändern können? Über der Frage, ob er eine solche Chance überhaupt verdient hatte, war sie im Morgengrauen eingedöst.
Und dann, als sie nach einem unruhigen Halbschlaf gerädert die Augen aufschlug, war der Duft von geröstetem Kaffee in ihre Nase gekrochen. Eine frisch gebrühte Tasse stand auf ihrem Nachttisch, als Beigabe ein Notiz-

zettel mit einer skizzierten Rose darauf. Ben hatte sie umarmt, als sie im Nachthemd die Marmortreppe hinunterkam. Das ganze Frühstück über bedachte er sie mit einer Zärtlichkeit, die sie an die Anfangszeit ihrer Beziehung erinnerte. Eine Zärtlichkeit, die sie dazu bewog, die Zeitung zu senken und das zu tun, was ihre Mutter vor dreißig Jahren hätte tun sollen. Sie begann zu reden. Über Herta Miro. Über ihre Eifersucht, ihre Befürchtungen. Stück für Stück legte sie Ben, der schweigend zuhörte, die Veränderungen dar, die sie seit geraumer Zeit an ihm wahrnahm. Ihre Vermutung, die exaltierte Architektin wolle etwas aus ihm machen, was er gar nicht sei, hatte seine Miene abrupt verfinstern lassen. Bevor Eva die Sache mit Paris ansprechen konnte, war Ben vom Stuhl aufgesprungen und hatte sie mit frostiger Stimme gebeten, nicht von Dingen zu reden, von denen sie nichts verstehe. Er lobte ausführlich Hertas kluge und bescheidene Art. Die hämischen Bemerkungen, die Eva spontan zur Architektin abgab, fielen nicht nur bösartiger, sondern auch weit lauter als üblich aus. Erst das Zuschlagen der Haustür hatte es vermocht, ihrem Wutausbruch ein Ende zu setzen.
Eva durchquerte das Atelier und streichelte Dr. Alfons' Gefieder. Der Beo beäugte sie seit ihrem Wutanfall misstrauisch. Schließlich ließ Eva von ihm ab und setzte sich auf das schmale Fensterbrett. Sie sah in den Raum, ohne wirklich etwas wahrzunehmen. Und dann begriff sie. Es

gab keine Fortsetzung, kein Anknüpfen an ihr altes Leben. Seit Wochen nahm sie sich vor, die halb fertigen Objekte endlich in Angriff zu nehmen. Doch alleine der Gedanke daran lähmte sie. Die Sachen erschienen ihr tot, die Zeit, in der sie hätten vollendet werden können, längst verstrichen. Selbst die Plattenserie über das Sterben schien vorzeitig ihren Atem ausgehaucht zu haben. Sie näherte sich noch einmal dem Beo und strich ihm über das Köpfchen, bevor sie ihn in den Käfig setzte und in einer der Ecken abstellte.

»Tut mir Leid, Dr. Alfons, aber es muss sein«, murmelte sie.

Dann begann sie mit ihrem Werk. Nacheinander riss sie alte Entwürfe von der Wand. Reiszwecken fielen in den Papierhaufen am Boden, eine Blechtonne kippte unter ihrem Fußtritt rasselnd um. Verzückt betrachtete Eva das Chaos, bevor sie sämtliche Glasbehälter aus den Regalen räumte und ausleerte. Eine halbe Stunde später befand sich die gesamte Materialsammlung ihres Ateliers auf dem Steinboden der Gartenlaube. Nur die Werkzeuge lagen in den geleerten Regalen. Eva summte leise vor sich hin, als sie Papier und Metallteile mit dem Besen an die Stirnseite ihres Ateliers fegte. Tatsächlich glich der kleine Berg seinem Herkunftsort – einer Schrotthalde – ziemlich genau. Sie begrub ihn unter zwei Decken, die sie aus der Garage geholt hatte, öffnete die Fensterflügel und ließ Winterluft ins Atelier.

Befreit atmete sie auf. Sie brauchte Platz. Wenn sie den Arbeitstisch an die Seite schob, konnte sie sich auf zwanzig Quadratmetern ausbreiten. Ab jetzt würde großflächiger gearbeitet werden. Gröber. Mit mehr – sie suchte nach einem Ausdruck, während sich ihr Körper unmerklich angespannt hatte. Mit mehr Kraft, mehr Emphase. Ein Objekt, das pures, unverfälschtes Gefühl wiedergab, ohne Schnörkel, ohne dekorative Applikationen. Keinen Nippes zum Hinstellen mehr. Mein Gott, wie sie den satt hatte. Zur Bekräftigung ihres Vorhabens trat sie noch einmal gegen den Berg unter der Decke, der sich knirschend verformte. Dann fiel ihr der Beo ein. Mucksmäuschenstill verharrte er hinter den Gitterstäben seines Gefängnisses. Zum zweiten Mal an diesem Tag öffnete Eva die Käfigtür, doch Dr. Alfons blieb sitzen, als hätte das Leben an ihrer Seite ihn so manche Erfahrung gelehrt.

Am Mittag pochte es an der Ateliertür. Schon an der Art des Klopfens erkannte Eva Sherlock, ihren Kunsthändler. Es war zwecklos, sich abwesend zu stellen. In der letzten Woche hatte er so lange auf das Band ihres Anrufbeantworters gesprochen, dass Ben vom Esstisch aufgestanden war und den Stecker herausgezogen hatte. Diesmal trug er zu seiner Lederkleidung einen auf alt getrimmten Cowboyhut, den er beim Betreten des Raumes absetzte.

»Oho.« Sein Blick kletterte über die kahlen Wände, glitt zum Deckenberg und blieb neugierig auf den großen Papierbögen zu seinen Füßen liegen.

»Du hast umgeräumt«, sagte er süffisant und folgte Evas Einladung, auf dem Boden Platz zu nehmen. Sie warf ihm ein Kissen zu und ließ sich ihm gegenüber an der Heizung nieder. Die Arme um ihre Knie geschlungen, wartete sie auf seinen Kommentar zu ihrer Veränderung. Es war das erste Mal, dass sie ihn sprachlos erlebte.

»Momentan nehme ich keine Aufträge an«, sagte sie, als die Stille unangenehm wurde. »Ich probiere neue Sachen aus. Nur für mich.«

»Hat das einen Grund?«, fragte Sherlock.

»Ich will wissen, was in mir steckt. Was passiert, wenn Vorlagen und Fluchtpunkte fehlen. Wenn ich an die Grenzen meiner Fantasie stoße. Habe ich Grenzen?« Eva stockte. Wie kam sie dazu, Sherlock ihr Inneres preiszugeben? »Konkret gesagt: Nichts Rundes mehr, nichts Gefälliges. Funktionslos muss es sein, das auf jeden Fall.« Sie lächelte knapp. »Und es darf ruhig wehtun. Ich meine symbolisch.«

Sherlock starrte sie an. Er nahm eine Skizze zur Hand und betrachtete die spitz zulaufenden Strahlen, die einer Kugel entsprangen.

»Keine Ahnung, was es bedeutet«, sagte Eva hastig. »Ein Feuerball?«

»Sieht eher aus wie eine neunschwänzige Katze.« Sein hysterisches Auflachen erlosch sofort, als er ihre Miene sah. »Spaß beiseite. Es hat was. Es strotzt vor Kraft, konstruktiver wie destruktiver, je nachdem.«
»Nach was?«
»Was es in dir anspricht. Ich jedenfalls mag animalische Kunst.« Er ließ den Worten Zeit, ihre volle Bedeutung zu entfalten, bevor sich ein listiges Lächeln in sein Gesicht stahl.
»Hatte ich dir eigentlich schon mal von den Aktionskünstlern erzählt, die jeden Monat …«
»Sherlock, bitte«, unterbrach sie ihn. »Das ist nichts für mich.«
»Ich bin mir nicht sicher. Du gehst einen neuen Weg. Du brauchst Inspiration. Ich könnte dich einführen.«
Die nächsten Minuten lauschte Eva seinen Schilderungen von diesen Partys der besonderen Art. Langsam begann sie zu verstehen, warum Sherlock so viel verkaufte wie kaum ein anderer Händler. Er belebte die Dinge. Aus seinem Mund wurden die Szenerien, in denen sich Erotik, Gewalt und Ästhetik mischten, anregende Appetithäppchen. Die künstlerische Inszenierung, durch die sich diese Performances von gewöhnlichen, sadomasochistischen Feiern abhoben, verlieh ihnen nach Sherlocks Darstellung nicht nur Exotik, sondern auch ein besonderes Niveau.
»Die dunklen Seiten sind von den hellen durchaus nicht

immer zu unterscheiden«, sagte Sherlock. Er hatte seine manierierte Handstellung aufgegeben und verzichtete auf die üblichen Effekt heischenden Pausen hinter jedem zweiten Satz. Eva musste plötzlich lachen. Sherlock im Schneidersitz in ihrem Atelier! Er sah überhaupt nicht mehr aus wie die Diva, deren gekünsteltes Lachen auf jeder Vernissage zu hören war. Sein schwammiges Gesicht wirkte konturierter als sonst, die leuchtenden Augen lenkten von dem immer in Bewegung befindlichen Mund ab. Den Rücken an der warmen Heizung, ließ Eva ihn reden. Wie lange schon hatte sie das entbehrt – einem Menschen zuzuhören, ohne den Worten eine doppelte Bedeutung zu geben. Es tat gut. Mehr noch. Es belebte. Das Wesen, das unbemerkt aus der oberflächlichen Kunsthändlerhülle geschlüpft war, besaß eine Faszination, der sie sich nur schwer entziehen konnte.
Eine halbe Stunde später stießen sie im ›Movado‹ auf Evas neue Kunst an. Sherlock unterließ es, zwei befreundete Agenten an den Tisch zu bitten. Er nickte ihnen lediglich zu, während er Eva weiterhin den Einblick in die Kunstszene der anderen Art schmackhaft machte. Nach zwei Gläsern Sekt willigte sie ein, ihn zur nächsten Party zu begleiten.

Nachdem sie sich am späten Nachmittag getrennt hatten, unternahm Eva einen Abstecher zum Baumarkt.

Beschwingt vom Sekt leistete sie sich einen großen Winkelschleifer, den sie schon lange hatte kaufen wollen. Zu Hause angekommen, stellte sie erschöpft den schweren Karton an der Hauswand ab. Schon von der Tür aus hörte sie Dr. Alfons aufgeregt in seinem Käfig umherflattern. Sie lief in die Küche, hielt den Finger an die Gitterstäbe und wartete darauf, dass er seinen Schnabel daran rieb. Die volle Tasse, in der ein Teebeutel hing, fiel ihr erst auf, als sie sich zum Gehen wandte. Sie war noch handwarm. Also war es doch Bens Wagen gewesen, den sie von der Straßenbahn aus gesehen hatte. Sie belegte sich ein Brot, nahm es zwischen die Zähne und fasste das Paket mit beiden Händen, bevor sie mit dem Fuß die Haustür hinter sich zumachte.

Gleich beim Betreten merkte sie, dass Ben in ihrem Atelier gewesen war. In Phasen intensiver Arbeit war sie so empfindsam, dass ihre Sensoren wie ein Seismograph jede neue Schwingung aufnahmen. Sie suchte nach Spuren von ihm. Die lange Eisenstange klemmte noch immer zwischen den Backen des Schraubstockes. Handschuh, Schutzbrille und Gehörschutz lagen auf dem Tisch. Das Kabel des Schweißgerätes war verrutscht. Aha. Er hatte ihr neues Werkzeug begutachtet. Eine Sekunde später sah sie es. Ungläubig betrachtete sie ihr Kunstwerk auf dem Tisch. Es war der Feuerball, die neunschwänzige Katze. Ein tennisballgroßer Metallkorpus, dem spitz zulaufende Dornen entwuchsen. An der

Spitze des längsten hatte sie ein Stofftier aufgespießt. Aber jetzt war es nicht mehr da. Nackt ragte der Metallstachel in die Luft. Als sie den durchbohrten Stoffkörper auf dem Fensterbrett entdeckte, krampfte sich ihr Herz zusammen. Sie betrachtete das Loch in der Brust des Teddys, der einmal ihre Kindertage versüßt hatte, und strich zärtlich mit dem Finger darüber. Dann lief sie ins Haus. Ihre Hand zitterte, als sie die Nummer von Bens Mobiltelefon wählte. Die Mailbox meldete sich und bat monoton um eine Nachricht. Natürlich, Ben telefonierte niemals am Steuer. Er war der einzige Architekt, der nicht erreichbar war, wenn seine Freisprechanlage defekt war. Eva spürte Wut in sich aufsteigen. Ben war so vernünftig, dass es schon an Provokation grenzte. Aber dass er ihr Kunstwerk korrigiert hatte, war unvernünftig. Sehr unvernünftig.

Sie ließ den Hörer auf die Feststation krachen und lief ins Atelier zurück. Was, wenn sie einen seiner Baupläne verändern würde, weil ihr ästhetisches Gefühl eine Linie als zu starr empfand! In Gedanken sah sie sein Museum unter gigantischem Getöse einstürzen. Kurz flammte die Vision einer Trümmerlandschaft vor ihr auf, dann verwarf sie den Gedanken, das Szenario künstlerisch umzusetzen. Im Moment gab es nichts Dringlicheres, als die neue Reihe fortzuführen. Das nächste Objekt würde dem Feuerball gleichen, nur dass es viel größer werden würde. Ein gigantischer Stachelplanet, der mit spitzen Lanzen die Luft zerschoss. Der dritte und letzte Feuerball der Serie würde die Synthese der beiden vorherigen bilden. Sie hatte nur eine vage Vorstellung davon, welche Deformationen er tragen würde. Der Titel der Serie hingegen stand fest. Dreizack. Ein einfaches Wort, kühl, klar und unermesslich in den Möglichkeiten seiner Deutung. Dreifaltigkeit. Dreiklang. Dreiecksbeziehung. Eva ließ ihre Finger über die scharfe Kante einer Metallspitze fahren. Sherlock hatte Recht. Das Material entfaltete seine dunklen Seiten. Diese neue Objektreihe würde das genaue Gegenteil ihrer letzten Arbeit werden, die bereits das Schaufenster seiner Ladengalerie zierte. Der Kunsthändler hatte ihr versprechen müssen, sie nicht zu veräußern. Es handelte sich um die »Grenzgängerin«, eine in Gips gegossene Figur, die nicht größer als ihr Handteller war, den Körper in defensiver Haltung, die Arme nach oben geworfen. Ein Stacheldraht umwickelte in einer sich aufwärts verengenden Spirale die Figur. Vor zwei Tagen hatte Sherlock ihr die Einladung zur Performance jener Aktionskünstler gebracht und während sie skeptisch das Faltblatt durchlas, waren seine Augen Millimeter für Millimeter an der Skulptur entlanggekrochen. Sherlock besaß die Fähigkeit, sich auch noch für das kleinste Detail zu begeistern, und dieser Begeisterung hatte er es zu verdanken, dass sie ihm das persönlichste Werk anvertraute, das sie je angefertigt hatte.

Eva schlüpfte in ihre Stahlkappenschuhe, befreite den großen Winkelschleifer aus der Verpackung und betrachtete ihn ehrfürchtig. Das Gerät ließ sich nur mit zwei Händen bedienen. Mit seiner großen Trennscheibe glitt es selbst durch die dicksten Metallrohre wie durch Butter. Sie musste es sofort ausprobieren. Funken stoben in hohem Bogen über sie hinweg, als sie kurze Zeit später in Lederschurz und Schutzbrille das in den Schraubstock gespannte Eisen zerschnitt. Der Gehörschutz lag unberührt neben den Handschuhen. Heute musste sie das ohrenbetäubende Kreischen des durchtrennten Metalls in voller Lautstärke hören. Es gab ihr ein Gefühl tiefer Befriedigung.

Sie beendete ihre Arbeit, als ihre Armmuskeln von der ungewohnten Kraftanstrengung zu zittern begannen. Feine Späne bedeckten den Boden. Vorsichtig legte sie sich hinein und streckte ihre Arme aus. Eine angenehme Schwere lähmte ihre Glieder. Während sie den Atemzügen nachspürte, die ihren Brustkorb gleichmäßig hoben und senkten, breitete sich ein Gefühl von Frieden in ihr aus. Ein Frieden, der die Aggressionen in ihr besänftigte und nur ein leichtes Gefühl von Ärger hinterließ. Jene Art von Ärger, die sich schlichten ließ – gemeinsam mit Ben.

Er kam am frühen Abend nach Hause. Der Strauß heller Konien in seinen Armen hatte ein Vermögen gekostet. Er konnte Streit zwischen ihnen einfach nicht aushalten, nicht länger als einen halben Tag.

»Ich habe heute Morgen überreagiert«, begann er und betrachtete vom Türbogen aus den Rücken seiner Frau, die unbeirrt Gemüse schnitt.

»Du hast überreagiert und ich habe gebrüllt wie ein Affe. Wir sind quitt.« Einen Moment war nur das Klacken zu hören, mit dem die Schneide des Messers auf das Brettchen schlug. Dann verstummte auch dieses Geräusch.

»Aber warum warst du plötzlich so wütend?« Eva drehte sich um. »Und warum, verdammt, fingerst du an meiner Kunst herum?«

»Kunst?«, echote Ben. »Du baust waffenartige Objekte und spießt ein Stofftier auf. Mein Gott, Eva, ich … vielleicht war es nicht richtig …«

»Es war ein Sakrileg«, fuhr sie schneidend dazwischen. »Du hättest mich fragen können, was es zu bedeuten hat.«

»Und – was hat es zu bedeuten?«

Eva hob ihren Arm. Als ihr bewusst wurde, dass die Messerspitze in ihrer Hand auf ihren Mann zeigte, ließ sie ihn wieder sinken.

»Das lässt sich nicht zwischen Tür und Angel erklären«, sagte sie.

Ben trat in die Küche und legte die Blumen auf den Herd.

»Dann eben nach dem Abendessen. Bei einem Glas Wein.«

Er nahm eine Vase aus dem Schrank. Als ihm bewusst wurde, dass er Eva den Rücken zugekehrt hatte, beschlich ihn ein ungutes Gefühl. Und wirklich war sie auf ihn zugekommen und stand nun so dicht hinter ihm, dass er ihren Atem an seinem Hinterkopf spürte. Wieder einmal verfluchte er seine Körpergröße. Es war nicht fair, dass sie ihn um einen halben Kopf überragte.

»Ich glaube, ich bin nicht die Einzige, die eine Erklärung abzugeben hat«, sagte sie in einer Stimmlage, die ihn frösteln ließ. Er trat einen Schritt zur Seite.

»Wenn du Herta meinst …«

»Ich meine gar nichts. Ich dachte, wir sprechen uns einfach aus.« Die Kälte war nicht aus ihrer Stimme gewichen.

»Immer das letzte Wort. Du bist wie deine Mutter«, entfuhr es ihm.

»Sei froh, dass das nicht stimmt!«

Zur Kälte in Evas Stimme hatte sich eine Nuance gesellt, die Ben nicht kannte. Als er sich umdrehte, gefror ihm das Blut in den Adern. Noch nie hatte er einen derart stechenden Blick an ihr wahrgenommen. Sie spießte ihn damit förmlich auf. Seine Frau weiterhin im Visier, begann Ben, sich langsam rückwärts aus der Küche zu bewegen. Verwirrt setzte er sich auf die Couch im

Wohnzimmer und starrte in den Kamin. Noch vor weniger als einer Stunde hatte er sich vorgenommen, endlich sein Geheimnis zu lüften. Er hatte alles dafür vorbereitet. Sämtliche Entwürfe, Zeichnungen und vor allem der virtuelle Rundgang durch das Museum mit seiner Liebeserklärung befanden sich auf dem Laptop. Langsam begann er sich zu fragen, ob die Idee, Eva mit nach Paris zu nehmen, wirklich gut war.

»Willst du mich verlassen?« Sie sah ihn an. Er hatte nicht bemerkt, dass sie ins Wohnzimmer getreten war. Ihre Gemütslage schien sich verändert zu haben. Wie ein verwundetes Tier stand sie im Raum und wartete darauf, dass er zu ihr ging und sie in die Arme nahm. Doch etwas hielt ihn davon ab.

»Bist du verrückt?« Er probierte ein Lächeln, das verunglückte. Kommentarlos ging Eva hinaus. Als er wieder allein war, kam ihm in den Sinn, dass er ihr die gleiche Frage schon einmal gestellt hatte. Damals hatte sie ihm die Armbeuge blutig gebissen.

Er stand auf, stieg die Marmortreppe in den ersten Stock hinauf und schlüpfte in sein Arbeitszimmer. Leise zog er die Tür bis auf einen Spalt heran und begann, seinen Aktenschrank auszuräumen. Das in Geschenkpapier eingeschlagene Französischwörterbuch lag schwer in seiner Hand. Übermut hatte ihn damals eine Buchhandlung betreten und dieses Sprachlexikon kaufen lassen. Es hatte ein symbolisches Geschenk werden sollen.

Jetzt wusste er nicht mehr, ob er es ihr noch überreichen wollte. Vor wenigen Minuten hatte sie im Affekt ein Messer gegen ihn gerichtet. Natürlich war sie kein Engel, da hatte Herta Recht. Aber er liebte sie. Seine eigenwillige, raubeinige, liebenswerte Eva. Ben legte alles an seinen Platz zurück und schloss den Schrank.

Auf der Treppe empfing ihn ein beißender Geruch. Er eilte hinunter. Als er in die Küche kam, sah er Eva reglos am Herd stehen. Sie starrte durch den Qualm aus dem Fenster. Selbst als er die Pfanne von der Gasplatte zog und die Flamme kleiner stellte, zeigte sie keine Reaktion.

»Was ist nur los mit dir?«, rief er beunruhigt aus. Der nächste Satz blieb ihm im Hals stecken. Das tränennasse, verzweifelte Gesicht, das sich ihm zuwandte, hatte mit dem vertrauten Antlitz seiner Frau nur noch wenig gemein.

»Mensch, Eva, was ist denn nur los?«

»Ich muss mit dir reden«, erwiderte sie und lehnte sich an die Küchenspüle. Noch während Ben sie am Arm fasste und zur Wohnzimmercouch führte, sprudelte es aus Eva heraus. Sie erzählte von dem Doppelleben ihres Vaters, von Ludmila und Georg, schließlich von ihrer Reise nach Prag, die sie angetreten hatte, um die beiden kennen zu lernen. Ausführlich schilderte sie die Begegnung mit ihrem Halbbruder auf der Brücke und die Gespräche mit Ludmila. Erst im letzten Moment besann sie sich und unterschlug die Tatsache, dass ihre Mutter und Ludmila Kontakt aufgenommen hatten. Auch den gemeinsamen Mord sparte sie aus. Es war unnützes, belastendes Wissen. Zudem erschien es ihr wie Verrat an der eigenen Mutter. Eine halbe Stunde später schloss sie ihre Erzählung, bei der Ben sie kein einziges Mal unterbrochen hatte.

»Warum hast du Georg nicht gesagt, wer du bist?«, fragte er schließlich mit belegter Stimme.

»Ludmila hat mich darum gebeten. Außerdem – warum sollte ich ihm nachträglich die Bilder seiner Kindheit nehmen? Es reicht, wenn ich meine verloren habe.« Eva sah zu Boden.

»Du hättest mir eher davon erzählen sollen«, sagte Ben sanft. »Diese ganze Heimlichtuerei. Traust du mir nicht mehr?«

»Als ich die Wahrheit erfuhr, war ich wie abgeschnitten von meinen Gefühlen. Ich musste erst Mal wieder mit mir selbst klarkommen.« Eva hob ihren Blick. »Außerdem hast du mir in letzter Zeit sowieso nichts mehr geglaubt«, fügte sie leise an.

Ben nickte. Tiefe Sorgenfalten zeichneten seine Stirn, seine Haut wirkte wächsern. Die Strapazen der letzten Wochen hatten auch bei ihm Spuren hinterlassen.

»Woher hattest du eigentlich Ludmilas Adresse?«, fragte er plötzlich.

Eva erstarrte. Die Briefe, natürlich. Wenn man nichts

von ihrer Existenz wusste, gab es einige Ungereimtheiten in ihrer Erzählung. Sie hätte wissen müssen, dass Ben den Dingen auf den Grund gehen würde. Das Sirren des Kühlschrankes untermalte ihr verlegenes Schweigen.

»Rate mal«, sagte sie und zwang ein Lächeln auf ihr Gesicht. Es dauerte nur wenige Sekunden, bis Ben von selbst die Lücke schloss.

»Elsie Gruber! Die alte Dame mit den Geheimnissen.«

Eva nickte erleichtert. Eine Weile hing jeder seinen Gedanken nach.

»Dein Vater hat euch trotzdem geliebt«, sagte Ben übergangslos. »Sonst hätte er sich scheiden lassen und Ludmila und Georg nach Deutschland geholt.«

»So einfach ist das nicht.«

»Ich weiß.« Ben legte seine Hände um ihr Gesicht. Das Einzige, was er im Moment für sie tun konnte, war, sich vorsichtig an den Kern ihrer Verletztheit heranzutasten, ohne ihn zu berühren. Die Erkenntnis, dass ihrem Halbbruder Georg ein Teil des Erbes zustand, hatte er vorsorglich für sich behalten. Eva vibrierte förmlich vor Anspannung.

»Was hältst du davon, wenn wir am Wochenende aufs Land fahren?«, fragte er mit einer aufmunternden Stimme. »Wir waren schon ewig nicht mehr wandern.«

»Am Freitagabend habe ich mich mit Annedore verabredet. Schon letzte Woche«, antwortete Eva schnell.

Ben sah sie überrascht an. »Ist das denn jetzt so wichtig?«
Sie zuckte mit den Schultern.
»Und Samstag? Eva! Es wird Zeit, dass auch wir wieder miteinander reden.« Er suchte ihren Blick, doch Eva wich ihm aus. Als er mit dem Daumen zärtlich ihre Lippen nachfuhr, zuckte sie zusammen.
»Wochenende. In Ordnung«, stimmte sie schließlich zu. Erschöpft lehnte sie ihre heiße Stirn gegen seine.
»Hast du Fieber, Eva? Du kochst ja.«
»Kochen«, murmelte sie, »ich wollte kochen.« Sie stand auf und ging in die Küche zurück. Als Ben ihr nach wenigen Augenblicken folgte, beobachtete er, wie sie gedankenverloren am Herd stand und mit einem Plastikwender das verbrannte Gemüse aus der Pfanne kratzte. Er sah ihr ratlos zu. An den folgenden Abenden vermied er es, das Gespräch auf Prag zu lenken. Auch Eva sprach das Thema nicht mehr an. Bis zum Wochenende würde sich entscheiden, ob Bens Museumsprojekt in die engere Auswahl kam. Vermutlich fand die erste Vorentscheidung der Jury am Samstag statt. Herta würde morgen in aller Frühe nach Frankreich fahren, um Modell und Unterlagen persönlich einzureichen. Der Gedanke an ihr frisches, unkompliziertes Wesen erfüllte Ben mit einer Freude, die ihn noch bis in den späten Abend hinein begleitete.

VII

Eva vergrub ihre Hände in der Lederjacke. Ihr Atem bildete kleine Wölkchen, die sich in der Nachtluft verloren. Die Zehen waren in den engen Stiefeln steif gefroren. Dieser Grufti-Look steht dir gar nicht schlecht, war Bens Kommentar zu ihrer schwarzen Verkleidung gewesen. Sie sah auf die Standuhr in der Mitte der Verkehrsinsel. Immer noch kurz nach halb zehn. Endlos schob sich die Schlange stadteinwärts fahrender Autos an ihr vorbei. Sie fühlte sich elend bei dem Gedanken an die bevorstehende Undergroundparty. Warum hatte sie Sherlock ihr Kommen bloß zugesichert? Und warum ließ er so lange auf sich warten? Sie lief ein Stück den Bürgersteig entlang. Vor den angestrahlten Schaufenstern eines Kinocenters blieb sie stehen, um die großformatigen Ankündigungen zu betrachten. Das Leben in diesen Filmen glich einer Aneinanderreihung grotesker Situationen, die sich wie von Zauberhand in Wohlgefallen auflösten. Eva verspürte Lust, ihre Faust in den Schaukasten zu schlagen. Annedores theatralische Verabschiedung stand ihr noch vor Augen. »Du weißt, ich gebe ein geduldiges Alibi ab«, hatte ihr die Freundin vor wenigen Minuten nach dem gemeinsamen Essen beim

Inder versichert. Gleich darauf fügte sie jedoch an, dass sie Evas Heimlichkeiten nicht gutheiße. Als Eva zur Erklärung die Einladung der Aktionskünstler über den Tisch geschoben hatte, war ihr einziger Kommentar gewesen, dass Ben ihr Leid täte. Seit wann tat Ben Annedore Leid? Und seit wann kümmerte es Annedore, dass sie ihn nicht an allem teilhaben ließ?
Merkwürdig fand Eva auch, dass das Gespräch beim Essen gar nicht mehr auf Prag gekommen war. Der knappe Reisebericht, den sie ihrer Freundin am Telefon offeriert hatte, war offenbar ausreichend gewesen. Auch den Brief, den sie ihr vor der Reise anvertraut hatte, schien Annedore vergessen zu haben. Vielleicht steckte die Freundin in Schwierigkeiten oder sie war mit anderen Dingen beschäftigt. Ein lautes Hupen unterbrach Evas Gedankenfluss. Vor ihr setzte ein schwarzer Porsche in halsbrecherischem Manöver auf den Bordstein. Die Beifahrertür öffnete sich. Aus dem Innern des Fahrzeugs vernahm Eva ein ungeduldiges »Mach schon, steig ein«. Kaum hatte sie sich in den niedrigen Sitzraum gequetscht, raste Sherlock über die gelbe Ampel.
»Du kommst tatsächlich mit. Fein«, stellte er zufrieden fest und musterte ihre Kleidung mit einem Seitenblick. »Nettes Outfit.«
»Fand Ben auch«, erwiderte Eva, während sie überrascht wahrnahm, dass der Kunsthändler geschminkt war. Dunkler Kajalstift war unter seinen Augenlidern

aufgetragen. Statt der üblichen Wildlederkleidung trug er schwarze Lederhosen und ein Satinhemd, darüber einen offenen, dunklen Mantel.

»Ich habe eine Überraschung für dich«, begann Sherlock mit einschmeichelnder Stimme.

»Ich mag keine Überraschungen«, erwiderte Eva gereizt. »Du wirst mich auf keinen Fall in irgendetwas hineinziehen, hörst du?«

»Eva, Kind«, flötete Sherlock, »ich habe nichts im Sinn außer deiner Inspiration. Du kennst mich doch.«

»Ebendrum.« Sie streckte ihre Beine in den Fußraum und betrachtete die spitzen Stiefel, die sie vor Jahren für eine ihrer Vernissagen gekauft, aber nie getragen hatte.

»Musik?«, fragte Sherlock versöhnlich.

Eva nickte. Gleich darauf ertönte Vivaldi aus den Lautsprechern. Sie kannte das Stück, mochte es. Dennoch gelang es ihr nur für kurze Zeit, die Augenlider zu schließen und sich dem Violinenspiel zu überlassen. Als sie die Augen wieder öffnete, lag eine unbeleuchtete Straße vor ihnen. Eva starrte auf die Leuchtkegel der Scheinwerfer, die sich durch die Dunkelheit fraßen.

»Wo zum Teufel sind wir?«, entfuhr es ihr.

»Gleich da.«

Der ehemalige Containerhafen war längst außer Betrieb. Auf dem abgelegenen Gebiet am Fluss verfielen Fabrikhallen und Speichergebäude. Ein Stacheldraht umzäunte das Gelände, das dunkel und verlassen vor ihnen lag. Nur eine Lampe warf fahles Licht auf den Parkplatz, auf dem Sherlock den Porsche abgestellt hatte. Zielstrebig lief er auf ein Schiebetor zu, schob es ein Stück beiseite und ließ Eva den Vortritt. Rollsplitt knirschte unter ihren Sohlen, als sie das ehemalige Industriegelände überquerten. Eva betrachtete die langen Kranhälse, die sich zum Himmel reckten. Wie einsame Tiere, dachte sie und drehte sich um. Dann wandte sie sich fragend an Sherlock.

»Wo stehen eigentlich die anderen Autos?«

»Ich nehme an, am Seiteneingang. Da kann ich wegen dem Schotter nicht parken. Mein Auto hat eine Sonderlackierung.«

Eva blieb stehen. Auf dem verlassenen Hafenparkplatz war weit und breit keine Spur von Leben.

»Sind wir für eine solche Veranstaltung nicht zu früh?«, fragte sie unsicher.

»Eva, Schätzchen, das sind alles Leute, die einer ganz normalen Arbeit nachgehen«, beruhigte sie Sherlock. »Die haben eine Zweiundvierzigstundenwoche hinter sich. Wir sind bestimmt nicht die Ersten.«

»Hier wird doch hoffentlich keiner deiner Galeriebesitzer auftauchen?«

Ein Blick in sein Gesicht ließ sie verstummen. Zögernd folgte sie ihm zur Fabrikhalle, die aus der Nähe nicht mehr ganz so unbewohnt wirkte. Zerschlagene Fensterscheiben waren durch Plastikplanen ersetzt worden. Auf den Mauervorsprüngen des Gebäudes saßen Tauben. Ihre weißen, ringförmigen Exkremente übersäten den Boden vor dem Eingang.

»Kommst du endlich?« Sherlock öffnete ungeduldig die Eisentür. Eine gespenstisch erleuchtete Steintreppe führte in ein Gewölbe hinunter. Dumpfe Basstöne hallten von den Mauern wider. Am Ende der Stahltreppe erwartete sie eine zweite Tür. Sherlock drehte sich um und warf Eva einen vielsagenden Blick zu, bevor er die Klinke hinunterdrückte. Sofort schlug ihnen laute Musik und Zigarettenrauch entgegen. Eva hatte eine Halle erwartet, doch der Raum war nicht höher als ein gewöhnliches Kellergewölbe. Seine Größe ließ sich schwer abschätzen, da er sich weit nach hinten erstreckte. Rote und grüne Glühbirnen hingen von der Decke und tauchten alles in ein bizarres Licht. An unverputzten Wänden hingen Bilder. Menschen standen in Grüppchen zusammen, redeten und tranken. Die Szenerie glich einer Vernissage, nur dass die meisten Besucher verkleidet wirkten. Leder und Lack bestimmten das Bild. Dazwischen gab es Frauen in Seidengewändern, in offenen Capes, aus denen Dessous herausschauten, und erotischen Fantasiekostümen. Einige waren auch einfach wie sie in Schwarz gekleidet. Eva schätzte die Zahl der Besucher auf fünfzig. Sie tippte Sherlock, der zielstrebig die Bar ansteuerte, auf die Schulter.

»Sind das etwa alles Aktionskünstler?«
»Nein«, rief er nach hinten, »kaum einer. Das sind Gäste. Die Live-Acts kommen später.«
Im Vorbeigehen registrierte Eva Nischen, die durch schwarze Stellwände voneinander getrennt waren. In einer saßen zwei uniformierte Frauen in einer Lederschaukel und küssten sich. Benommen kletterte Eva auf einen Barhocker. Die Theke bestand aus einem alten Gaststättentresen, hinter dem ein Kaffeeautomat, Gläser und Batterien von Alkohol aufgebaut waren. Mit verschränkten Armen lehnte der Barkeeper dahinter und sah sie gelangweilt an.
»Es gibt Espresso, Wasser, Sekt, Wodka, Absinth und Whisky. Was man eben so braucht, um in Fahrt zu kommen«, erklärte Sherlock mit einem Grinsen. »Ich bin zu alt für diesen Kram«, fügte er hinzu und orderte Wasser für sich, für Eva einen doppelten Espresso und Whisky.
»Und jetzt?«, fragte sie und nippte an dem scharfen Getränk, während ihr von der Seite eine Nebelmaschine milchigen Dampf ins Gesicht blies. Glitzerpartikel flitterten darin, um dann schwerelos durch den Raum zu schweben.
»Ich lass dich mal kurz alleine.«
Sherlock rutschte vom Hocker und steuerte auf zwei Frauen zu, die er offensichtlich kannte. Eine von ihnen trug ein schwarzes Cape und einen Hut. Die Frau war

Eva beim Betreten des Kellers bereits aufgefallen. Ihr braunes Haar lag wie drapiert über dem seidigen Umhang. Die Maskerade wirkte albern, und doch … Eva suchte nach Worten, während sie beobachtete, wie Sherlock und die Fremde sich ihr kurz zuwandten, um anschließend in einem der Separées zu verschwinden. Sollte sie ihnen folgen? Sie trank den Espresso und ließ ihre Blicke durch den Raum schweifen. Was immer die beiden auch miteinander anstellten – sie wollte auf gar keinen Fall Zeugin werden. Technorhythmen peitschten durch das Gewölbe, gaben der rot angestrahlten Szenerie etwas Diabolisches. Als sich ein Mann in Tanga und Lederkorsage neben sie setzte, verließ sie abrupt ihren Platz und betrachtete die Bilder an den Wänden. Es waren ausschließlich Großformate. Wilde Malerei in grellen Farben wechselte sich mit pornografischen Kohlezeichnungen ab. Vor einem hatte sich ein kleiner Pulk gebildet. Eva trat hinzu. Ein Verschlag neben dem Bild war mit Kunstrasen ausgelegt, bunte Plastikblumen steckten darin. Auf dem Boden wälzte sich ein nacktes Paar, das man zuvor in durchsichtiges Zellophanpapier gewickelt hatte. Sieg der Natur, lautete der Titel dieser Performance. Als Eva näher trat, sah sie, wie die beiden Personen sich in ihren Ausscheidungen wälzten, die die Folie an ihre Körper presste. Angewidert wandte sie sich ab. Der Whisky brannte noch immer in ihrer Kehle. Wenn sie alle Installationen betrachtet hatte, würde sie ein Taxi bestellen und diesen Ort der Perversionen verlassen. Sie tastete nach dem Handy in ihrer Tasche und ließ die Hand beruhigt sinken, als sie seine Umrisse erfühlte. Der Gedanke, dass Bens Geschenk nun doch zu etwas nützlich war, erheiterte sie. Sie stellte sich seinen schmächtigen Körper in einem Ledertanga vor und musste grinsen. In der Nische, an der sie gerade vorbeikam, hatten die beiden Frauen sich ihrer Uniformen weitestgehend entledigt. Mütze, Jackett und Schnürstiefel bedeckten nur noch spärlich ihre Körper. Noch immer räkelten sie sich auf der Schaukel, die ihren Schwung von sich darum gruppierenden Männern erhielt. Plötzlich löste sich ein Mann aus der Gruppe und rückte eine Stellwand dichter an diese Live-Performance. Jetzt erst bemerkte Eva, dass die Wand mit schwarzen Nägeln gespickt war. Die Nagelfläche hatte die Form eines gigantischen Fragezeichens. Nur haarscharf verfehlte ein nackter Arm der Blondine dessen untere, geschwungene Linie. Eva entfuhr ein erschrockener Aufschrei. Der Blickwechsel zwischen den beiden Frauen vereitelte ihren Impuls, dazwischenzugehen. Eine von ihnen begann zu lächeln, während sie ihr Jackett abstreifte, um der Nagelwand ihre entblößten Brüste entgegenzustrecken. Dann machte sie Eva ein Zeichen, näher zu treten und eigenhändig die Schaukel anzuschubsen. Einen Moment verharrte Eva in dieser bizarren Szenerie, dann wandte sie sich ab und prallte gegen Sherlock.

»Alles in Ordnung?« Er musterte sie. Tatsächlich hatte sein Tonfall etwas Mütterliches bekommen.
»Was soll denn nicht in Ordnung sein«, gab Eva scharf zurück.
Sherlock berührte sie beschwichtigend am Arm. »Ich möchte dir etwas zeigen«, sagte er. Seine Augen glänzten, als er sie durch das mittlerweile gut besuchte Gewölbe führte. Vor der Nische, in der er wenige Minuten zuvor mit der brünetten Frau verschwunden war, blieben sie stehen. Die Glühbirne brannte nicht. Dutzende Teelichte, zwischen Scherben auf dem Boden verteilt, verliehen dieser Inszenierung eine sakrale Atmosphäre. Eva betrachtete die Silhouette, die der flackernde Schein einer Fackel an die Wand warf. Sie erkannte eine Frau in defensiver Haltung, die Arme nach oben geworfen. Ein Stacheldraht umwickelte in einer sich aufwärts verengenden Spirale ihren Körper. Ehe Eva etwas sagen konnte, entdeckte sie ihre »Grenzgängerin«. Jemand hatte die Skulptur auf einen Sockel gestellt und indirekt beleuchtet, damit ihr Schatten an die Wand geworfen wurde. Jemand! Sie drehte sich zu Sherlock, der unbeteiligt geradeaus sah. Hinter ihnen hatte sich eine kleine Traube Neugieriger gebildet. Dann trat die Brünette in den Raum. Umhang und Hut hatte sie abgestreift. Sie trug jetzt einen eng anliegenden Latexanzug, der ihren Körper wie eine zweite Haut konturierte. Vorsichtig schob sie mit den Zehen die Scherben beiseite,

um auf eine kleine Steinplatte neben dem Sockel zu steigen. Im selben Moment trat ein Mann aus den Reihen, in den behandschuhten Händen eine Rolle Stacheldraht. Langsam, unendlich langsam, den Blick herausfordernd auf Eva gerichtet, nahm die Frau die Position der »Grenzgängerin« ein und verharrte.
Eva trat einen Schritt vor. »Nein«, rief sie und setzte an, in das inszenierte Bild zu laufen.
»Warte.« Sherlock hielt sie fest. »Das ist wichtig. Sieh hin – es ist deine Inszenierung.«
Und während der Mann begann, die zur Skulptur erstarrte Frau langsam in den Draht zu wickeln, spürte Eva Panik in sich aufsteigen. Der Stacheldraht schmiegte sich an die Latexhaut der Brünetten. Er durfte nicht abrutschen. Nicht ein einziges Mal konnte sich der Mann eine Unaufmerksamkeit erlauben. Und sie durfte sich nicht bewegen. Jede Bewegung bedeutete Schmerz, einen Riss in ihrer Haut. Die Frau, das Objekt, sie selbst. Gefangen! Ausbrechen schien undenkbar. Eva war, als spürte sie den Draht tief in ihr eigenes Fleisch schneiden. Die Grenzen zwischen Körper und Seele. Der Schmerz trieb sie an eine Grenze, an das Äußerste ihres Körperempfindens. Sie hatte nur eine vage Vorstellung von dem, was dahinter liegen könnte. Bestürzt starrte Eva in das Gesicht der jungen Frau, der die Anstrengung anzusehen war. Bei der kleinsten Bewegung folgte die Strafe auf dem Fuß. Strafe. Eva spürte einen

Tropfen Schweiß über ihre Stirn rinnen, fühlte ihren Körper schwer werden. Sie schüttelte sich. Unbewusst hatte die Aktionskünstlerin ihre Bewegung aufgenommen. Ihr Hals stieß an die Drahtspirale. Eva begegnete dem Blick der anderen. Plötzlich war es klar – es waren ihre eigenen Schmerzen. Sie selbst war die Grenzgängerin. Eva würgte die Panik hinunter und hielt den Blick starr auf die Frau, deren erhobene Arme vor Anstrengung zitterten. Als der Stacheldraht über ihrem Kopf zusammengebunden wurde, wandten sich die ersten Zuschauer ab. Jemand klatschte. Eva betrachtete die Erscheinung der nun vollständig im Stacheldraht Gefangenen. Gewaltsam riss sie sich von dem Anblick los und fasste Sherlock am Arm.

»Fahr mich nach Hause«, sagte sie, bemüht, das Zittern in ihrer Stimme zu unterdrücken.

»Das war atemberaubend, Eva, wirklich. Es hatte Substanz im Vergleich zu …«

»Du sollst mich nach Hause fahren«, schrie sie außer sich.

»Schon gut.« Sherlock sah sie entgeistert an.

Draußen schlug ihnen die frische Nachtluft ins Gesicht. Ohne ein Wort miteinander zu wechseln, überquerten sie das Schottergelände des Industriegebietes. Erst als sie im Wagen saßen, fand Eva ihre Sprache wieder.

»Du bist zu weit gegangen«, sagte sie zu Sherlock, ohne ihn anzusehen.

»Spüren, wo die Grenzen sind. Ob es überhaupt welche gibt. Und dass die Erfahrung ruhig wehtun darf«, antwortete der Kunsthändler trotzig. »Waren das nicht deine Worte neulich im Atelier?«
»Ja, aber es sind meine Grenzen«, zischte sie. »Es ist meine Grenzgängerin. Wer hat dir überhaupt gestattet, sie für so etwas zu missbrauchen?«
Schlagartig wurde ihr bewusst, dass ihre Skulptur noch immer auf dem Sockel stand. Jenes Kunstwerk, das den innersten Ausdruck ihrer Seele darstellte. Inmitten einer Menge enthemmter Ignoranten. Eva klammerte sich an ihren Sitz, als Sherlock mit überhöhter Geschwindigkeit um eine Kurve bog. Den Rest der Fahrt schwiegen sie sich an.
»Tut mir Leid«, sagte Sherlock kühl, als er den Porsche vor ihrem Haus zum Stehen brachte. Eva antwortete mit dem Zuschlagen der Wagentür.

Sie fand Ben zusammengerollt auf der Couch. Er schien zu schlafen. Der Fernseher warf bläulich flimmernde Schatten in sein Gesicht. Noch während sie sich auf die Kante des Polsters setzte, öffnete er die Augen.
»Na, was war jetzt mit Annedore? Ehekrise?«, fragte er.
»Ach, die hat wieder ihre Phase. Du weißt schon – diesen Ehebruchzwang.«
»Du bist zynisch«, sagte Ben, rollte auf den Rücken und blieb ausgestreckt auf der Couch liegen.

»Und wenn schon.« Eva presste ihre Hände gegen die Schläfen. Die Bilder der letzten Stunden überschlugen sich in ihrem Kopf. Sie fühlte sich unendlich müde.

»Du riechst nach feuchtem Keller. Wo seid ihr denn gewesen?«, fragte Ben, während er aufstand und den Fernseher ausschaltete.

»Im Gasthaus zur Hölle. Lauter Leichen im Keller, und zum Dessert gab es ein Geständnis von Annedore.«

»Ein Geständnis?«, fragte Ben hastig.

»Ein Geheimnis zwischen Frauen ist dicker als Blut.« Evas Lächeln verlor sich eine Spur zu rasch. Aus dem Vitrinenglas gegenüber sah ihr eine erschöpfte Frau entgegen. Sie stand auf, warf eine Kusshand in Bens Richtung und verschwand ins Bad, um sich abzuschminken. Als er ihr kurze Zeit später ins Schlafzimmer folgte, stellte sie sich schlafend.

Früh am Morgen erwachte er aus einem unruhigen Schlaf. Sonnenlicht drang durch die Gardinen. Ben blieb im Bett liegen und versuchte, Traumfetzen in eine sinnvolle Abfolge zu bringen. Er war auf einem Motorrad gefahren, in einer fremden Stadt, die ihm bekannt vorkam. Eine Frau hatte von hinten ihre Arme um seinen Bauch gelegt. Sie waren durch die Lüfte geflogen. Er konnte noch immer in seiner Hand spüren, wie er Gas gegeben hatte, das Aufdrehen, ein betörendes

Gefühl von Macht, von Freiheit. Dann befand er sich plötzlich allein in einem Keller. Um ihn herum lagerten alte Weinfässer, Kerzen waren an den Wänden und er hörte von fern Gespräche. Eine Frau war zwischen zwei Bottichen hervorgetreten. Sie stach mit Hammer und Schraubenzieher ein Fass an. Rotwein spritzte aus der Öffnung. Die Frau lachte. Es war Herta Miro. Sie nahm ihn bei der Hand und zog ihn tiefer in den Keller, der nun einer Höhle glich. Sorgfältig breitete sie einen Faltplan aus und ließ sich darauf nieder. Als er sie küssen wollte, lösten sich ihre Gesichtszüge auf. Annedores Lippen lagen auf seinem Mund. Dann Evas. Sie streckte ihm die Zunge heraus und sagte: Willkommen in der Hölle.

Von ihrem unheimlichen Lachen war er aufgewacht. Ben drehte den Kopf zur Seite und betrachtete Evas geschlossene Liddeckel, hinter denen die Augäpfel zuckten. Im Schlaf sah sie sanftmütig aus. Er dachte daran, wie sie ihm die Zunge herausgestreckt und dabei teuflisch gefeixt hatte. Ein Traum, beruhigte er sich. Er sollte sie wecken, jetzt gleich. Sie hatte noch keine Anstalten gemacht zu packen. Sie hatte nicht einmal nach dem Landgasthof gefragt, zu dem er sie für das Wochenende überredet hatte. Organisieren, packen – wie immer waren das seine Aufgaben. So wie es auch sein Part war, tanken zu fahren, die Karte zu lesen und die Wanderwege auszusuchen. Du bist der Boss, waren ihre

Worte, wenn es um Organisatorisches ging. Künstler wie sie konnten so etwas natürlich nicht. Für einen Moment verweilte sein Blick auf ihrem offenen Mund, an dem ein Speichelfädchen hing, dann schlüpfte er aus dem Bett. Nachdem er sich ausgiebig geduscht und angezogen hatte, stieg er die Treppe ins Erdgeschoss hinunter. Zu seinem Erstaunen saß Eva bereits am Esstisch des Wohnraums. Sie hatte sich einen Bademantel übergeworfen.

»Wann geht's los?«, fragte sie und nippte an ihrem Kaffee.

»Sobald du fertig bist.« Pfeifend verschwand Ben in der Küche. Das, was seinen gespitzten Lippen entwich, hatte mit herkömmlicher Musik nichts zu tun. Es war eine schräge Tonabfolge, die er seit dem Duschen unablässig wiederholte.

»Muss ich mich beeilen?«, hörte er Eva fragen.

»Du musst gar nichts«, rief er lauter als nötig, während er den Käfig des Beo abdeckte. Als er mit einem Kaffee an den Tisch zurückkam, war Eva nicht mehr da. Das Wasserrauschen aus dem ersten Stock hob seine Stimmung. Er deckte den Frühstückstisch, packte Kleidung und Schuhe für das Wochenende in eine Reisetasche und beschloss, seine Fotoausrüstung mitzunehmen. Der Wohnzimmerschrank sah aus, als hätte eine Bombe eingeschlagen. Fluchend löste Ben seine Kamera aus dem rutschenden Haufen Prospekte, die Eva achtlos hinein-

gestopft hatte. Er zog an dem Knauf des kleinen Innenfachs, in dem er Batterien und leere Filmrollen aufbewahrte. Das Fach war abgeschlossen. Verwundert rüttelte Ben daran. Seit fünf Jahren wohnte er mit Eva in diesem Haus, das er selbst entworfen und gebaut hatte. Noch nie war eine Schublade zugesperrt gewesen. Er hatte nicht einmal in Erinnerung, dass ein Schlüssel dafür existierte. Eva saß auf dem Toilettenrand und pedikürte ihre Fußnägel, als er das Bad betrat.
»Weißt du, wo der Schlüssel für das Fach im Wohnzimmerschrank liegt?«, fragte Ben.
»Welches Fach?«
»Das Innenfach.«
»Keine Ahnung. Ich suche ihn, wenn wir zurückkommen.« Eva wandte sich wieder ihren Fußnägeln zu.
»Die Batterien für den Fotoapparat sind aber drin.«
»Dann kaufen wir auf dem Weg eben andere«, antwortete sie mit einem Achselzucken.
»Nein, das machen wir nicht«, brauste Ben auf und ließ seine sprachlose Frau im Bad zurück. Wütend lief er die Treppe hinunter.
Die Ordnung in der Garage beruhigte ihn wieder. Er nahm Werkzeug aus dem Kasten, ging ins Haus zurück und machte sich an die Arbeit. Als der Schraubenschlüssel abglitt und eine Schramme ins Furnier des Schrankes stieß, stand Eva hinter ihm.
»Was machst du da?«

»Nach was, meinst du, sieht es aus?« Ben zog die Schultern hoch und versteifte, als sich eine Hand um seinen Nacken legte.
»Hör mal.« Wie warmes Öl rann ihre Stimme in sein Ohr, sanft und flüssig, »Der Schrank ist von meiner Mutter. Es ist eines der wenigen Stücke, die sie mir schon zu Lebzeiten geschenkt hat. Tu mir einen Gefallen und mach ihn nicht kaputt. Ich suche den Schlüssel gleich nach dem Frühstück.«
Ben starrte auf den Schraubenzieher, während ein plötzlicher Geistesblitz ihn durchfuhr. Sein nächtlicher Traum! Das Weinfass, Hertas irrer Blick, als sie mit dem Schraubenzieher den Rotwein zum Fließen brachte. Mit dem Schraubenzieher!
»Pack doch schon mal die Sachen in den Wagen, ich mache uns derweil Frühstück«, hörte er Eva in seinem Rücken sagen. Kurz darauf vernahm er das Klappen der Kühlschranktür, dann, wie seine Frau zärtlich mit Dr. Alfons sprach. Als er statt des Schraubenziehers ein Brecheisen ansetzte, kam sie aus der Küche zurück. Ihr Gesicht war blass vor Zorn.
»Und was, wenn ich mal etwas wegschließen wollte«, fragte sie herausfordernd.
Er sah überrascht auf. »Willst du?«
»Ich frage ja nur. Und stelle fest: Ich habe hier überhaupt keine Privatsphäre mehr. Kein bisschen.«
Ben sah sie entgeistert an. »Seit wann brauchst du ver-

schließbare Fächer für deine Privatsphäre? Du hast ein Atelier …«

»In dem du rumstiefelst, wie es dir passt«, ergänzte Eva.

»… bist den ganzen Tag alleine«, fuhr er unbeirrt fort. »Du könntest dir jederzeit woanders einen Kick holen. Woher weiß ich, dass du alleine in Prag warst?«

»Ben«, sagte sie und ließ seinen Namen wie einen verdorbenen Bissen aus ihrem Mund fallen, »dein Misstrauen erinnert mich verdammt an etwas, das ich mir nie antun wollte. Was sollen diese albernen Verdächtigungen?«

Langsam trat er auf sie zu. Er hatte diese Situation in Filmen gesehen, das sture, vorwärts gerichtete Verfolgen eines Zieles, ohne sich aufhalten zu lassen. Tatsächlich wich Eva einen Schritt zurück, als er dicht vor ihr stand.

»Und jetzt?«, fragte sie.

»Jetzt sagst du mir, was in der Schublade ist. Sonst breche ich sie auf.«

»Probier es doch.« Ein bedrohliches Funkeln lag in ihren Augen. Für Sekunden maßen sich ihre Blicke, der eiskalte, entschlossene von Eva mit dem seinen, der stählern zu sein vorgab, während er sich elend dabei fühlte. Ben wandte sich ab und ging in die Küche.

»Ich verstehe dich nicht mehr«, sagte Eva hinter seinem Rücken.

»Das kann ich zurückgeben.« Er zerquetschte ein Brot, das sie auf der Anrichte für ihn bestrichen hatte, und musste sich beherrschen, es ihr nicht an den Kopf zu schleudern. Wortlos verließ Eva die Wohnung. Er sah sie am Küchenfenster vorbei durch den Garten laufen. Noch während er den Brotbrei von seiner Hand wischte, kochte erneut Wut in ihm hoch. Wut über das verschlossene Fach, über Evas Flucht, über dieses verdammte Atelier und über ihre Art, sein Handeln zu bestimmen. Er ließ seinen Kaffee unberührt stehen, zog seine Sportschuhe an und trat auf die Straße hinaus. Eine warme Vormittagssonne beschien die Vorgärten, in denen die Natur langsam aus dem Winterschlaf erwachte. Hier und da krochen bereits Krokusse aus der Erde. Die alte Dame von gegenüber kreuzte mit ihrem Pudel seinen Weg. Er trat zur Seite und begann, wieder vor sich hin zu pfeifen. Eine kurze, schräge Melodie, die sich mit jeder Wiederholung tiefer in sein Hirn einbrannte.

Eva sah der jungenhaften, pfeifenden Gestalt ihres Mannes nach, bis er um die Ecke gebogen war. Erst dann ging sie ins Haus zurück. Der Schlüssel des Innenfachs klebte unter dem Schrankboden. Sie löste den Klebestreifen, nahm den Schlüssel und öffnete es. Das Bündel Briefe war unversehrt. Ihre Finger strichen über die weiche, gebogene Handschrift Ludmila Novákovás, dann wanderten die verräterischen Dokumente in ihre Tasche. Annedore war ihre engste Freundin. Wenn die Zeit reif war, würde sie sie einweihen. Im Moment jedoch musste ihr die Beteuerung, dass sie nichts Illegales verwahren sollte, genügen. Eva ließ die Schublade geöffnet, damit Ben keinen Grund hatte, seine Wut an ihrem Erinnerungsstück auszulassen. Der Schlüssel habe im Kästchen an der Tür gehängt, würde sie ihm sagen. Wieder eine dieser Notlügen. Die wievielte? Auf dem Weg zu Annedore zog sie Bens Maskottchen, einen Stoffpapagei, vom Armaturenbrett und legte ihn auf den Beifahrersitz. Sie wollte das Stofftier nicht sehen. Demnächst würde sie sich einen eigenen Wagen zulegen, einfach, um unabhängiger zu sein. Sie parkte Bens Roadster direkt hinter dem rosafarbenen Mini ihrer Freundin, deren unwirsche Stimme erst nach mehrmaligem Klingeln in der Gegensprechanlage ertönte. Zwei Stufen auf einmal nehmend, hastete Eva das Treppenhaus hinauf.

Annedore trug eine Strickjacke über ihrem Schlafanzug. Ihr blasses Gesicht sah nach einer durchfeierten Nacht aus. Nur halbherzig deutete sie zwei Küsschen auf Evas Wange an, bevor sie ins Wohnzimmer zurücklief. Eva folgte ihr. In der Wohnung roch es nach Fencheltee.

»Willst du auch ein Glas?«, fragte Annedore.

»Nein, danke.« Eva ließ sich in einen Sessel sinken und

musterte ihre Freundin, die, auf der Couch kauernd, an ihrem Tee nippte. »Bist du krank?«

»Nur eine Magenverstimmung. Wenigstens geht Carsten jetzt endlich mal einkaufen und ich komme zum Lesen.« Annedore zog ein Buch unter der Decke hervor, dann runzelte sie die Stirn.

»Wolltet ihr nicht auf einen Wochenendtrip?«

»Ben ist heute Morgen übergeschnappt. Er hat versucht, ein Fach im Wohnzimmerschrank meiner Mutter aufzubrechen.«

»Was war denn so Wichtiges drin?«, fragte Annedore neugierig.

Eva musterte ihre Freundin, die mit den Fingern kleine Verflechtungen aus ihren Locken entwirrte. Sie kannten sich seit der fünften Klasse, seit ihre Gymnasiallehrerin die kleine Klatschbase und sie, den ungestümen Wildfang, direkt an den Tisch vor ihrem Pult nebeneinander gesetzt hatte. Bis vor kurzem hatten sie sich alles erzählt. Aber in den vergangenen Wochen streiften ihre Gespräche oft nur die Oberfläche. Eva spürte Sehnsucht nach der alten Vertrautheit. Erst im letzten Moment verkniff sie es sich, die Wahrheit zu sagen.

»Darum geht es doch gar nicht. Es geht um Bens unglaubliches Misstrauen. Dabei ist er es, der Heimlichkeiten hat.« Eva stand auf und öffnete ein Fenster.

»Ben hat ein Verhältnis mit Herta Miro«, sagte sie und sah auf die Straße.

»Ich denke, die steht auf Frauen.«
»Behauptet sie. Und Ben auch. Eine gute Tarnung, oder?« Eva drehte sich zu Annedore um und sah ihr ins Gesicht. Die hereinflutende Sonne ließ die Haut der Freundin gräulich erscheinen. Annedore schirmte ihre Augen mit der Hand ab.
»Bist du dir sicher?«
»Als ich aus Prag kam, habe ich zufällig Unterlagen entdeckt. Auf dem Telefontisch im Wohnzimmer. Er war in Paris, mit Herta. Mir hat er erzählt, er fährt alleine nach Freiburg. Ich habe Flugtickets und eine Hotelrechnung über zwei Einzelzimmer gefunden.«
»Zwei Einzelzimmer, kein Doppel«, stellte Annedore sachlich fest.
»Es waren auch Bauzeichnungen dabei«, erwiderte Eva kühl, »für ein Museum, an dem er schon die ganze Zeit herumbastelt, ohne mir davon zu erzählen.«
»Ben bastelt nicht.«
»Aha«. Eva schnappte nach Luft. »Jedenfalls ist mir eine Broschüre zur Anmietung von Baucontainern in die Hände gefallen. Ein Baubüro in Paris. Weißt du, was das heißt? Er ist dabei, sich dort ein zweites Standbein zu schaffen. Dann kann er einfach hin- und herpendeln. Von mir zu Herta, von Herta zu mir, immer so im Wechsel.«
Eva fing Annedores befremdeten Blick auf und verstummte. Schließlich erschöpfte sich ihre Geduld.

»Sag schon, was du denkst.«
»Vielleicht soll es eine Überraschung werden und Ben weiht dich erst ein, wenn alles geregelt ist.«
»Sag mal, wessen Freundin bist du eigentlich?«, fragte Eva empört.
»Deine. Aber ich finde, du bist so … so hart. Stell dir vor, du irrst dich.«
Eva stieß sich vom Fensterbrett ab und lief in Richtung Tür. »So was brauche ich mir nicht anzuhören.«
»Warte.« Annedore war aufgesprungen und verstellte ihr den Weg. »Sei doch nicht gleich so biestig. Gehen wir spazieren. Wir können frische Luft gebrauchen.« Mit einem gequälten Lächeln schob sie sich an Eva vorbei und verschwand im Bad. Als die Tür hinter ihr schloss, zog Eva ihr Bündel Briefe aus der Tasche und kehrte ins Wohnzimmer zurück. Vorsichtig zwängte sie Ludmilas Briefe in die kniehohe Vase, die seit Ewigkeiten unbenutzt auf dem Boden vor der Vitrine stand. Sie war ein Erbstück der Tante, wie Eva wusste, von dem ihre Freundin sich nicht trennen konnte, obwohl sie die Vase scheußlich fand und noch niemals benutzt hatte. Kurz darauf erschien Annedore in Straßenkleidung. Schminke und eine rote Steppjacke verliehen ihrem Äußeren Farbe.
Sie nahmen den Gehweg in Richtung Fluss, ohne das Gespräch fortzusetzen. Die schlanken Stahlträger einer Fußgängerbrücke gerieten in ihr Sichtfeld. Eva hatte

früher oft in den Sommermonaten mit einem Skizzenblock auf dem Grünstreifen gesessen, um Spaziergänger, den Flusslauf oder die geschwungenen Brückenbögen zu skizzieren. Sie überließ sich ihren Erinnerungen, bis sie die Promenade erreichten. Unvermittelt fiel ihr der Spaziergang an der Moldau ein.

»Du findest es nicht merkwürdig, dass Ben sein Fußballspiel unterbricht, um ins Büro zu fahren? Und dass Herta Miro kurz darauf dort erscheint, um sich etwas über einen angeblich unbedeutenden Auftrag anzuhören? Abends um neun!«

»Vielleicht war das ein Zufall«, erwiderte Annedore stur. »So unwiderstehlich ist sie nun auch wieder nicht.« Bei dem Wort ›unwiderstehlich‹ schüttelte sie ihre Locken. Eva hörte sich in giftigem Ton fragen, ob Annedore schon einmal aufgefallen war, wie sehr Ben sich verändert hatte, seit diese exzentrische Architektin in seinem Büro arbeitete. Dass er von Visionen sprach statt von Ideen und seine Bauten nun Kompositionen nannte. Dass er sich als Künstler zu verstehen schien, nicht als Architekt. Vor ihnen glitt ein Lastschiff durchs Wasser und warf Wellen auf. Das Tuckern des Motors drang zu ihnen herüber und füllte die Pause, die auf Evas letzte Bemerkung gefolgt war. Quietschend straffte sich die Vertäuung eines Schiffes am Anleger. Annedore sah zwei jungen Frauen mit Kinderwagen hinterher, bevor sie sich wieder ihrer Freundin zuwandte.

»Wie sollte mir all das auffallen?«, fragte sie nüchtern. »Ich sehe Ben so gut wie nie. Aber weißt du, was mir auffällt?« Sie strich ihre Haare zurück. Ohne die Lockenmähne im Gesicht wirkte sie streng.
»Du scheinst Probleme zu haben, dass Ben auch mal im Mittelpunkt stehen will. Lass ihn doch einfach neue Erfahrungen machen, auch wenn es dir nicht in den Kram passt. Vielleicht ist er kreativer, als du denkst.«
»Ich lass ihn doch.«
»Nein, du machst dich lustig über ihn. Hast du Angst vor Konkurrenz?« Annedore sah Eva von der Seite an.
»Unsere Arbeiten lassen sich nicht vergleichen. Ich habe kein Problem, wenn auch Ben Kunst macht.« Eva zögerte einen Moment, bevor sie fortfuhr. »Im Augenblick besteht mein Problem eher darin, dass er meine Kunst zu gewalttätig findet.« Sie hob einen Stein vom Boden und schleuderte ihn ins Wasser.
»Wie kommt er denn darauf?«, fragte Annedore erstaunt.
»Es ist schon so, dass ich mich verändert habe.« Eva hatte die Stimme gesenkt. »Am besten, du überzeugst dich selbst. Hast du am Montag nach der Schule Zeit? Ich bräuchte Hilfe beim Abfotografieren.«
»Ich habe einen Arzttermin. Vielleicht Dienstag oder Mittwoch.«
Eva musterte das bleiche Gesicht ihrer Freundin, die missgelaunt aufs Wasser sah. Plötzlich erfasste sie eine

dunkle Ahnung. Sie legte Annedore die Hand auf die Schulter.

»Was für ein Arzt?«, fragte sie sanft.

Annedore streifte ihre Hand ab und wandte sich abrupt um, doch Eva verstellte ihr den Weg.

»Frauenarzt?«, fragte sie und wusste die Antwort bereits, bevor Annedore stumm nickte.

»Herzlichen Glückwunsch, Mensch! Und du lässt uns die ganze Zeit über Ben reden. Warum hast du mir denn nichts gesagt?« Sie drückte ihre Freundin an sich, bis ihr auffiel, dass der zierliche Körper reglos in ihren Armen hing. »Was sagt denn Carsten?«, fragte sie vorsichtig.

»Er weiß es nicht.« Annedore löste sich aus der Umarmung und setzte ihren Weg fort. »Ehrlich gesagt, ich bin nicht ganz sicher ...« Sie brach den Satz ab.

»Was? Wer der Vater ist? Das gibt's doch nicht. Heißt das, du bist endlich fremdgegangen?«

»Nein. Ich bin mir nur einfach nicht sicher.« Annedore sah zu Boden.

»Meine Liebe, die Zeichen sind doch eindeutig. Du bist blass, gereizt und außerdem – nimm mir das nicht übel – siehst du aus wie eine wandelnde Leiche.«

»Ich meine, ich bin mir nicht sicher, ob ich es überhaupt bekommen will.« Annedore wich einem Rollerbladefahrer aus und stapfte, die Hände in den Jackentaschen, ungelenk weiter. Ihr Anblick wirkte so jämmerlich, dass es Eva rührte. Schweigend liefen die beiden Frauen nebeneinander die Promenade entlang. Hinter dem Brückenbogen ließ Annedore sich auf eine Bank fallen und streckte ihr Gesicht in die Sonne.

»Doro.« Eva setzte sich neben ihre Freundin und strich ihr eine Haarsträhne aus dem Gesicht. Schon lange hatte sie nicht mehr deren Kosenamen gebraucht. »Warum willst du das Kind denn nicht?«

»Wieso hast *du* dich immer gegen ein Kind gewehrt, obwohl Ben dich jahrelang bekniet hat?«, fragte Annedore zurück.

»Ich will unabhängig bleiben«, war Evas trotzige Antwort.

Ein vielsagender Blick traf sie, dann erhob Annedore sich. Eva tat es ihr gleich und schloss sich dem Tempo der Freundin an. Sie empfand plötzlich Mitleid. Während sie schweigend zurückgingen, beschlich Eva mehrmals das Gefühl, Annedore setze zum Reden an. Doch wenn Eva zu ihr hinübersah, blickte sie auf ein stur nach vorn gerichtetes Gesicht.

»Hatte dein Besuch einen bestimmten Grund?«, fragte Annedore, als sie wieder vor ihrem Haus standen.

Eva dachte schuldbewusst an Ludmilas Briefe, die sich in der Vase befanden, dann schüttelte sie den Kopf.

»Ich wollte nur mal mit dir reden«, sagte sie, nahm die Freundin kurz in den Arm und stieg in den Roadster. Im Rückspiegel sah sie die Haustür ins Schloss fallen und lehnte sich in den Sportsitz zurück. Die Sonne sandte warme Strahlen durch die Scheibe und gewährte einen Vorgeschmack auf bevorstehende Frühlingstage. Es schien Ewigkeiten her zu sein, dass sie von hier aus den Weg ins städtische Krankenhaus genommen hatte, um ihre Mutter zu besuchen. Ihr Tod lag erst vier Monate zurück und doch gehörte er schon einer anderen Zeit an, einer, in der ihr Leben überschaubar gewesen war. Sie hatte Ungeheuerliches aufgedeckt, das seine Spuren hinterlassen hatte. Aber auch Bens Nerven lagen blank. Sie konnte sich nicht erinnern, ihn jemals so unbeherrscht erlebt zu haben. Seit ihrer Rückkehr aus Prag nahmen die Dinge einen merkwürdigen Lauf. Auch ohne das Adonisröschen schien das Gift ihrer Eltern in ihre Ehe zu sickern. Misstrauen, Heimlichkeiten, Lügen und Streit. Vielleicht hatte Annedore Recht mit ihrer Bemerkung, sie sei Ben gegenüber unfair. Einen Moment lang genoss sie die warme Sonne auf ihrem Gesicht, dann drehte sie den Zündschlüssel. Wenn sie sich nicht täuschte, wusste sie, wo sie ihn finden würde.

Die Gardine des ebenerdigen Fensters war zurückgezogen. Eva sah das bläuliche Flimmern des Monitors bereits von der Straßenecke aus. In der Fußgängerzone hinter ihr drängten sich Wochenendeinkäufer. Die ersten Frischluftfanatiker saßen bereits auf Caféstühlen im Freien, ihre Hände um eine Tasse heißen Kaffee geklammert. Vielleicht konnte sie Ben überreden, es ih-

nen gleichzutun. Sein Kopf erschien erst im Fenster, nachdem sie dreimal hintereinander geklingelt hatte, dann ging der Türsummer.
Eva betrat das Büro. Die Tür zu Bens Zimmer war angelehnt. Er saß schon wieder vor seinem Computer.
»Was willst du?«, fragte er, ohne den Blick vom Monitor zu wenden. »Wenn du Herta und mich in flagranti ertappen wolltest, hast du leider Pech gehabt. Sie ist nicht hier.«
Er drehte sich um und starrte sie feindselig an.
»Lass den Blödsinn«, fuhr Eva ihn an. »Ich bin gekommen, um mit dir über Paris zu reden.«
»Über Paris«, echote er, während sein Gesicht sich zu einer Grimasse verzog. »Das weißt du also auch schon. Dann kann ich mir die Einleitung ja sparen.« Er stand auf, holte einen zweiten Stuhl aus der Küche und stellte ihn neben seinen. »Setz dich«, sagte er und nahm selbst wieder Platz. Über die Tastatur gebeugt, begann er, verschiedene Dateien zu öffnen.
Auf dem Bildschirm erschien eine Landschaft. Langsam baute sich darin das Bild des Museums auf. Eva erkannte es sofort wieder.
»In Paris wird ein Museum von wem auch immer gebaut werden. Mein Entwurf folgt ideologisch und konzeptionell der Lebensphilosophie des Künstlers, dem es gewidmet wird.« Ben hielt einen Moment in seinem emotionslosen Vortrag inne, um etwas in den Compu-

ter einzugeben. Das Innere des Museums erschien auf dem Monitor.

»Eine virtuelle Reise. An den Wänden siehst du die Bilder des Künstlers. Hier die Spiegelungen des verglasten Daches. Wir folgen dem Weg durch die Halle in die kleineren Ausstellungsräume. Hier ist eine Treppe. Sieh dir die Konzeption an – optimaler Lichteinfall. Für Kenner konzipiert. Und jetzt das virtuelle Publikum. Weißt du, wer diese beiden Idioten sind, die da Hand in Hand ein Bild betrachten?«

Eva rutschte ein Stück heran und erkannte sich selbst und Ben. Einträchtig standen sie in dem hellen, computeranimierten Ausstellungsraum beieinander.

»Das Foto stammt von unserer letzten Italienreise. Ich habe es eingescannt, um dich zu überraschen. Du solltest alles selbst entdecken, wenn es so weit wäre.«

»Wenn du gewonnen hättest«, ergänzte Eva tonlos.

»Es ist noch nichts entschieden. Erst in einer Woche steht fest, an wen der Auftrag vergeben wird.« Bens Stimme hatte wieder einen normalen Klang angenommen. Für einen Moment entspannten sich seine Gesichtszüge, dann öffnete er eine Schublade und zog ein Geschenkpäckchen heraus.

»Hier.« Es klang bitter. »Meine Liebeserklärung an dich. Bitteschön.« Mit einem lauten Schlag knallte das Französischlexikon auf die Arbeitsplatte.

»Was ist das?«, fragte Eva, ohne es zu berühren.

»Ein Wörterbuch. Damit du Französisch lernen kannst. Du wolltest doch immer in Paris leben.«
Eva spürte, wie sich ihre Muskeln unter Bens eiskaltem Blick verspannten. Das Sirren des Computers schien sich ins Unerträgliche zu steigern.
»Diese Überraschung für mich war dein Geheimnis?«, fragte sie nach einer Weile mit dünner Stimme. »Ich soll mit dir nach Paris gehen?«
Ben erhob sich wortlos. Kurz darauf hörte sie ihn in der Küche hantieren. Sie betrachtete die lichte Konstruktion des Museums. Sein Entwurf war ein Meisterwerk. Und die Überraschung für sie ein liebevolles Arrangement. Ganz zu schweigen von der Idee, sie als Besucherpaar im virtuellen Museum zu verewigen. Als Eva aufstand, fiel ihr Blick auf das Zeichenbrett mit der Kohleskizze. Ihre abfällige Bemerkung darüber ließ ihr das Blut in den Kopf schießen. Sie verließ das Zimmer und setzte sich zu ihrem Mann in die Küche. Lange sah sie in sein verschlossenes Gesicht, dann begann sie stockend zu sprechen. Versuchte zu erklären, wie seit den Erlebnissen in Prag ihr Misstrauen gewachsen war. Sie gestand ihm die Entdeckung seiner Entwürfe und dass sie sich, enttäuscht von den Lügen ihrer Eltern, eingebildet hatte, Ben sei so wenig verlässlich wie ihr Vater. Und wie sich dann unmerklich die beiden Wirklichkeiten ineinander geschoben hatten. Vergangenheit und Gegenwart.

Unsicher rutschte Eva auf dem Stuhl herum. »Heute scheint ein besonderer Tag zu sein«, fügte sie hinzu, als Ben keine Anstalten machte, ihre Erklärungen zu kommentieren. »Annedore ist schwanger. Ich komme gerade von ihr. Eigentlich wollte sie es mir nicht erzählen. Ich darf es niemandem sagen, behalte es bitte für dich.«

»Das ist ja toll«, brachte Ben nach einer Weile heraus.

»Findet sie nicht. Sie weiß noch gar nicht, ob sie es bekommen will.«

»Und Carsten?« Ben schien seinen Ärger vergessen zu haben.

»Er weiß es noch nicht. Im Moment scheint Annedore nicht begeistert von ihrer Schwangerschaft zu sein. Aber sie ist bei demselben Frauenarzt wie ich. Er wird sie am Montag schon zu einer Geburt überreden. Dr. Mandel liebt Kinder über alles. Er hätte selbst als Mutter auf die Welt kommen sollen.«

Die Praxis von Dr. Mandel lag in einem Flachbetonbau, keine zehn Minuten Fußweg von Bens Haus entfernt. Aus zwei Behandlungsräumen drang grelles Neonlicht. Vor der Praxis sah es trostlos aus. Jemand hatte Sperrmüll auf dem Bürgersteig abgeladen. Schon mehrmals war Ben in Versuchung gewesen, aus dem Roadster zu steigen und die sperrigen Schrankteile, die ihm die Sicht verstellten, beiseite zu räumen. Doch die Gefahr, vom Wartezimmer aus entdeckt zu werden, war zu groß. Er bog den Rückspiegel zurecht und beobachtete weiterhin aufmerksam den Praxiseingang. Ein junges Paar näherte sich und betrat das Gebäude. Er hatte Eva noch nie zum Gynäkologen begleitet. Er hatte nicht einmal seinen Namen gewusst. Aus ihrem Kalender hatte er sich heimlich Namen, Telefonnummer und Anschrift des Arztes besorgt. Beklommen schielte er auf die Uhr im Armaturenbrett. Herta hatte er wissen lassen, dass er wegen eines kurzfristig eingeschobenen Termins später kommen würde. Aber was, wenn Eva hier auftauchte? Er durfte keinen Fehler machen. Wieder wurde ihm heiß bei der Vorstellung, dass Annedore möglicherweise sein Kind im Leib trug. Natürlich konnte auch Carsten der Vater sein. Aber ein Gefühl warnte ihn davor, die Sache auf sich beruhen zu lassen. Eine Frau verließ die Praxis. Ihr dicker Bauch wölbte sich unter dem Mantel. Ben sah ihr nach, bis sie um die Ecke bog. Erneut überkam ihn dieses Gefühl, das seit der Nachricht Besitz von ihm ergriffen hatte. Aufregung. Und Stolz. Er war sich fast sicher, dass er Vater wurde. Endlich würde sein Kind geboren werden. Von Annedore. Ja, es war durchaus wahrscheinlich. Und er hatte nichts gegen diese Realität, auch wenn die Situation sich kompliziert gestalten würde. Das Wochenende mit Eva war schön gewesen. Sie hatte ihn angesehen wie früher, in ihrer unnachahmlichen, biestigen Zärtlichkeit. Aber als sie miteinander schliefen,

hatte sich Annedores Gesicht über das seiner Frau geschoben.
Sollte das Kind doch von Carsten sein, würde er Eva noch ein letztes Mal um ein Kind bitten. In Gedanken stellte er sich die zu erwartende Diskussion vor, legte sich Versprechungen zurecht und parierte Widerworte. Dann ging unerwartet die Haustür auf und Annedores schmale Gestalt erschien im Ausgang. Er öffnete die Wagentür und trat auf die Straße.
»Annedore«, rief er unsicher.
»Was machst du hier?«, fragte sie erschrocken. »Woher weißt du überhaupt, dass ich hier bin?«
»Ich habe nachgefragt. Und mich am Telefon als dein Mann ausgegeben.« Ein Lächeln huschte über sein Gesicht. »Gehen wir einen Kaffee trinken?«
»Wir haben nichts zu bereden. Ich bin schwanger. Und das Kind ist von Carsten«, sagte Annedore mit fester Stimme.
»Woher weißt du das so genau?«, fragte er und lief um den Wagen, um ihr die Beifahrertür aufzuhalten, »schließlich ist mein Kondom geplatzt.«
Nach kurzem Zögern setzte Annedore sich zu ihm. Sie lehnte ihren Kopf gegen die Nackenlehne und schloss die Augen. Ben betrachtete die Frau, die er bis vor kurzem für eine Nervensäge gehalten hatte. Ihre Haut sah durchsichtig aus, so, als sei sie direkt über den Knochen gespannt. Ein zarter, violetter Rand lag unter ihren Li-

dern. Sie wirkte sehr zerbrechlich. Als sie ihre Augen wieder öffnete, verlor sich der Eindruck.

»Also gut«, sagte sie gedehnt, »mit Bestimmtheit kann ich es nicht sagen.«

»Und was machen wir jetzt?« Instinktiv hatte Ben ihre Hand ergriffen. Fremd und spröde lag sie in seiner, bevor Annedore sie wegzog.

»Was soll das?«, rief sie aus. »Du liebst Eva und ich Carsten. Machen wir eine Kommune auf oder was? Jeder lebt mit jedem und das Kind gehört uns allen?« Ihre Stimme kippte. Sie ließ ihre Locken ins Gesicht fallen, doch Ben hatte die Tränen in ihren Augen bemerkt.

»Ich will doch nichts zerstören«, sagte er und schaute auf die Tankanzeige. »Wir können uns darauf einigen, dass das Kind von Carsten ist.« Er ließ einen Moment verstreichen, bevor er den Kopf wandte. »Ich will nur nicht, dass es abgetrieben wird.«

Er hatte Erleichterung erwartet, Dank vielleicht, Verwunderung, Ungläubigkeit und auch Ablehnung, alles, nur nicht diesen eiskalten Blick, der bar jeden Gefühls war.

»Egal, vom wem es ist«, begann Annedore langsam und mit metallener Stimme, »es wächst in meinem Körper. Und ich will kein Kind.«

»Du wirst ein Kind von mir nicht einfach wegmachen lassen«, erwiderte Ben in frostigem Ton.

»Vielleicht regst du dich ganz umsonst auf.« Sie warf ihm ein versöhnliches Lächeln zu, dann stieg sie aus.
»Das kann ein Vaterschaftstest ja klären«, rief er aus dem Wagen heraus. Im gleichen Moment hörte er die Tür ins Schloss krachen. Ein Geräusch, das ihm in den letzten Wochen seltsam vertraut geworden war. Wütend drehte er den Zündschlüssel um und fuhr los.

Als er eine halbe Stunde später sein Büro betrat, begrüßte ihn Herta Miro mit der Nachricht, eine Annedore habe angerufen und bäte um Rückruf auf ihrem Handy. Er verschwand in seinem Büro und schloss die Tür hinter sich. Vor dem Fenster sah er den Wagen der Müllabfuhr halten. Orange gekleidete Männer rollten Plastiktonnen über den Gehweg. Zwei von ihnen hatten ihre Jacken um die Hüften geknotet. Die klirrende Kälte der vergangenen Wochen war so plötzlich verschwunden, wie sie zuvor über die Stadt hereingebrochen war. Eines Morgens wachte man auf und fand sich im Frühling wieder. So wie er gestern Morgen aufgewacht war und sich als potenzieller Vater gefühlt hatte. Und während Eva ahnungslos am Frühstückstisch gesessen und ihn glücklich über ihre Versöhnung angestrahlt hatte, war er schon in eine neue Geschichte verwickelt und damit beschäftigt, sie unbemerkt in seinem Leben unterzubringen. Er trat vom Fenster zurück. Erst einmal ging es darum, Annedore von einer Abtreibung

abzubringen. Das Klopfen an der Tür wurde ihm erst bewusst, als Herta bereits im Zimmer stand. Sie legte einige Bauanträge mit der Post auf seinen Schreibtisch.
»Sag mal, Herta, bin ich eigentlich zu nachgiebig? Ich meine, zu gutmütig, zu willensschwach – du weißt schon.«
Ein belustigter Blick streifte ihn. »Und was willst du mich in Wirklichkeit fragen?«
Ben ließ die Schultern sinken. Ein flaues Gefühl durchzog seinen Magen, als er in das neugierige Gesicht seiner Mitarbeiterin sah.
»Soll ich für etwas kämpfen, das mir zusteht? Mit allen Mitteln, selbst wenn dabei andere zu Schaden kommen könnten?«
»Geht es um die Arbeit oder um was Privates?«
»Es geht um mich.«
»Dann auf jeden Fall.«
Hertas aufmunterndes Lächeln stand ihm noch vor Augen, als sie schon längst den Raum verlassen hatte. Sie hatte Recht. Es ging um ihn. Um ihn! Entschlossen wählte er Annedores Nummer. Die Männerstimme am anderen Ende der Leitung verschlug ihm für einen Moment die Sprache.
»Hi, Carsten, hier ist Ben«, sagte er schließlich und bereute, nicht aufgelegt zu haben. Ein Gespräch mit dem Astrophysiker war genauso zäh wie geschäftliche Verhandlungen über Bausubstanzen. Carstens Antworten

kamen stets verzögert und bestanden meist nur aus wenigen Worten, die viele Fakten enthielten. Dennoch war es unmöglich, ein knappes Telefonat mit ihm zu führen. Immer, wenn sich das Gesprächsende andeutete, warf er eine neue Frage auf, die die Unterhaltung wieder ankurbelte. Nur wenn es um Sterne oder guten Wein ging, blühte er auf.

»Was gibt's?«, fragte Carsten am anderen Ende der Leitung.

In letzter Sekunde fiel Ben die Offerte eines Weinladens ein, die er Tage zuvor im Briefkasten gefunden hatte. Er schlug vor, die Verkostung im ›Weinkontor‹ zu viert zu besuchen.

»Gerne«, kam es nach einer längeren Pause.

»Gut. Dann kläre das doch bitte mit deiner Frau, ob sie auch Lust hat, und sage ihr schöne Grüße von mir. Näheres können wir per Mail klären. Ich bin ein wenig in Eile«, schloss Ben und verabschiedete sich.

Zufrieden legte er auf. Ein angenehmes Kribbeln breitete sich in seiner Brust aus. Er hatte gar nicht daran gedacht, Carsten in seine Strategie einzubeziehen. Doch es wäre eine Möglichkeit. Nur im Notfall natürlich. Erpressung war nicht sein Stil. Ben ließ sich in seinen Drehstuhl fallen und stieß beim Hochlegen der Beine die Post vom Schreibtisch. Aus einem Fachmagazin rutschte ein Brief mit französischem Absender heraus. Einen Moment betrachtete er die fetten Druckbuchstaben, dann riss er das Kuvert auf und überflog die wenigen Zeilen. Die Ausschreibung! Der Name des Gewinners war ein französischer Doppelname, der ihm wie eine Ohrfeige ins Gesicht schlug. Er kannte das Architekturbüro, das für seine sachlichen Entwürfe bekannt war. Dass die Jury es seinem künstlerischen Modell vorgezogen hatte, entsprach nur einer statistischen Wahrscheinlichkeit. Dennoch konnte er sich nicht dagegen wehren, es als Blamage zu empfinden. Hatte Eva ihm nicht deutlich zu verstehen gegeben, dass Architektur ein Handwerk und keine Kunst sei? »Ich liebe deine Bodenständigkeit«, würde sie ihm versichern, wenn sie von der Ablehnung erfuhr, während die Schneide dieses Satzes seine Flügel kappte. Immer von neuem, seit Jahren. Zwei Minuten später buchte er telefonisch einen Flug nach Paris. Als er auflegte, spürte er die Enge in seiner Brust wie eine Eisenklammer, die sie zusammenpresste. Er sprang auf, durchwühlte den Papierkorb nach der Einladung des Weinladens und zog das zerknäulte Blatt heraus. Entschlossen glättete er es mit dem Handrücken. Annedore würde von ihrem egoistischen Vorhaben, sein Kind zu töten, Abschied nehmen, dafür würde er sorgen. Ein weiterer Fehler unterlief ihm ab jetzt nicht mehr.

Die Weinhandlung lag im Hinterhof. Im Innern des Verkaufsraumes standen bereits einige Kunden um Fässer herum, auf denen Gläser, Salzstangen und Tonkrüge gedeckt waren. Eva ließ ihre Augen über die Etiketten dicht gedrängter Flaschen wandern. In einer Ecke des Ladens wurden auf einer kleinen Galerie Spezialitäten aus Italien und Frankreich angeboten, ansonsten gab es Wein, wohin das Auge auch blickte. Ben und sie waren unter den ersten Gästen gewesen. Nachdem der Inhaber sie mit einem Glas Prosecco begrüßt hatte, waren sie erst einmal zu dem Tisch mit den Häppchen gewandert. Allmählich füllte sich das Ladengeschäft. Eva lehnte sich gegen das Weinfass und flüsterte Ben zu:

»Denk bitte daran, dass du nichts von ihrer Schwangerschaft weißt. Wahrscheinlich hat Annedore Carsten noch nichts gesagt.«

Ben nickte stumm. Sein Gesicht wirkte kantiger als sonst. Eva fuhr mit den Augen die Konturen seiner Lippen nach. Er hatte sein inneres Gleichgewicht immer noch nicht wiedergefunden. Wenn er nur den Wettbewerb in Paris gewann. Ein Seufzer entfuhr ihr bei dem Gedanken an die Stadt, in der sie ein halbes Jahr lang Kunst studiert hatte. Museen, Prachtstraßen, Plätze, Croissants, Boulespieler, Hinterhöfe, die weiten Gewänder ihrer Vermieterin – Ben hatte gelacht, als sie ihm damals ihre Eindrücke geschildert hatte.

Kurze Zeit später entdeckte sie Annedore und Carsten, die am Eingang standen und sich mit dem Weinhändler unterhielten. Annedore wirkte noch immer blass, obwohl sie ihren Prosecco bereits geleert hatte.

»Darfst du überhaupt Alkohol trinken?«, raunte Eva ihr bei der Umarmung ins Ohr.

»So viel ich will. Ich habe mich entschieden.«

»Wozu?«, fragte Carsten, der ihre letzten Worte aufgeschnappt hatte.

»Mich heute Abend zu amüsieren«, sagte Annedore ohne Verlegenheit.

»Heute Morgen warst du noch krank«, bemerkte der Astrophysiker nüchtern. Ben sah in sein ernstes Gesicht, zu dem der hellgraue, wirre Haarschopf nicht passte. In der Regel vermied er es, neben dem Ein-Meter-neunzig-Mann zu stehen. Heute war es ihm egal. Er hatte ein Ziel. Er würde Annedore begreiflich machen, dass er notfalls zu allem bereit war. Bevor er Carsten jedoch in ein Gespräch verwickeln konnte, begann die Verkostung. Nach einer kurzen Einführung wurden die Gläser gefüllt. Eva betrachtete die purpurfarbene Flüssigkeit, die beim Schwenken Schlieren am Glasrand hinterließ.

»Das sind Kirchenfenster«, erklärte Carsten, »ein Qualitätszeichen. Schau, sie fließen ganz langsam das Glas hinunter. Es bedeutet, dass die Struktur des Weines sehr gut ist.«

»Jedenfalls kommt er aus Frankreich und das macht ihn sympathisch. Vielleicht werde ich mich schon bald an französischen Wein gewöhnen müssen.« Versonnen führte Eva ihr Glas an die Lippen. Ben warf ihr einen vorwurfsvollen Blick zu, bevor er sich Annedore zuwandte.

»Ich habe es ihr erzählt«, sagte er leise.

Eva fuhr herum. »Du wusstest davon?«, fragte sie und starrte Annedore entgeistert an.

Ihre Freundin zuckte mit den Schultern. »Selbst ich kann manchmal etwas für mich behalten«, erwiderte sie und roch kurz an ihrem Wein, bevor sie davon trank. Sie machte sich nichts aus Verkostungen. Nur ihrem Mann zuliebe ließ sie die ausschweifenden Beschreibungen über sich ergehen.

Carsten zwinkerte Eva zu.

»Du etwa auch?«, rief sie verwirrt. »Jeder scheint hier mehr zu wissen als ich.« Sie sah in die Runde und registrierte, wie Annedore und Ben Blicke tauschten. Dann wandten sich die beiden plötzlich wie auf Befehl der Verkostungstheke zu, hinter der eine neue Flasche entkorkt wurde. Abermals öffneten sich Münder, Lippen schlürften und schmatzten. Ehrfürchtig lauschten die Kunden den Kommentaren des Fachmanns.

»Igitt«, sagte Annedore halblaut, »der schmeckt nach Lakritze.«

»Das ist typisch für einen Corbière«, erwiderte Carsten nachsichtig, »und erwünscht. Tanine hat er auch.«

»Man will uns wohl vergiften«, fauchte Annedore und flocht ihre Haare zu einem Knoten.

Fasziniert betrachtete Eva die dunkle, tintengleiche Farbe des Weines, während sie den Ausführungen der Frau hinter ihrem Rücken lauschte. Anis, Fenchel, dunkle Beeren, schnappte sie auf, und eine Lakritznote.

»Ich finde ihn einfach nur bitter«, warf eine trotzige Männerstimme ein. Eva erstarrte. Adonisröschen, ging ihr durch den Kopf. Im Internet hatte sie von dem äußerst bitteren Nachgeschmack dieser Pflanze gelesen. Die Situation entbehrte nicht einer gewissen Ironie. All diese Menschen hier würden sich spielend leicht vergiften lassen, wenn man ihnen …

»Und du magst Lakritze?«, unterbrach Ben ihre Gedanken, während er ein Kreuzchen auf die Liste der zu bewertenden Weine setzte.

Eva zuckte mit den Schultern und leerte die Pfütze in ihrem Glas. Die Erinnerung an die giftige Heilpflanze hatte sie ohne Vorwarnung überfallen. Sie fragte sich, wie sie mittlerweile zu dem Giftmord an ihrem Vater stand. Und zu Ludmila und ihrer Mutter. War es wirklich Unrecht, sich an jemandem zu rächen, der einem alles genommen hatte?

In das allgemeine Gemurmel mengte sich die Stimme des Weinverkäufers, der den nächsten Wein ankündigte.

»Du solltest ab sofort ausspucken«, raunte Ben Annedore zu.

Eva wandte sich entnervt ab. Wenn es um Kinder ging,

war ihr Mann nicht mehr zu bremsen, selbst, wenn sie noch nicht geboren waren. Schon mehrmals hatte sie ihn dabei ertappt, wie er ihre Freundin verstohlen musterte. Jetzt reichte er ihr den Tonkrug.

»Keine Sorge«, sagte Annedore gereizt, »die Magenverstimmung ist schon so gut wie vorbei. In spätestens einer Woche ist das Thema erledigt.«

»Sag das nicht.« Energisch stellte Ben das Gefäß vor sie. »Eine unerwartete Attacke kann das ganze System zum Kippen bringen.«

»Ich wüsste nicht, welche«, erwiderte sie schroff.

»Wovon redet ihr eigentlich?« Carsten, der sich mit seinem Nachbarn zur linken über den Wein ausgetauscht hatte, ließ sein Glas sinken.

»Von der Grippewelle«, sagte Eva. »Das Virus ist hartnäckig und Ben mit seinen guten Ratschlägen auch.« Sie suchte Blickkontakt zu ihrem Mann, der unbeirrt Annedore ansah. Die weitere Unterhaltung bestritt Carsten mit seinen Kommentaren über Weine. Annedore hatte sich an ihn geschmiegt. Den Arm um seine Hüften gelegt, trank sie die Probierschlückchen, die ihr eingeschenkt wurden, zügig aus. Es war offensichtlich, dass sie sich betrinken wollte. Als Carsten ihr gegen Ende der Probe sanft das Glas aus der Hand nahm, verschwand sie zielstrebig über den Hof in Richtung Kundentoilette. Nach kurzem Zögern folgte ihr Ben.

Auf der Heimfahrt sah er missmutig aus dem Fenster

der Straßenbahn. Eva lehnte ihre Stirn an die Scheibe und beobachtete, wie dicke Tropfen zerplatzten und vom Fahrtwind zur Seite getrieben wurden.

»Du hast dich aber nicht verplappert, oder?«, fragte sie.

»Ich habe gar nicht mit ihr geredet. Wollte nur sicher gehen, dass sie nicht im Klo umkippt. Hast du gesehen, wie ihre Augen geglänzt haben?«

»Annedore ist nicht krank. Sie kriegt nur ein Kind.«

»Tut sie nicht. Sie lässt es wegmachen. Das ist Mord«, antwortete Ben erregt.

Eva löste ihre Stirn von der Scheibe und betrachtete ihren Mann, dessen Gesicht sich gerötet hatte.

»Seit wann bist du so konservativ?«

»Bodenständig«, verbesserte er sie, »ich bin bodenständig. Das weißt du doch.«

VIII

Solange Eva denken konnte, hatte Kunst ihr Leben begleitet, hatte ihm Tiefe gegeben, Sinn, Leichtigkeit, Freiheit, einfach alles. Ihr Kopf hatte Welten erschaffen, ihre Hände hatten jenen Welten Ausdruck verliehen. Immer wieder hatte sie in ihren Objekten Elemente entdeckt, von denen sie zuvor nichts geahnt hatte und die dennoch einen Bezug zu ihrem Wesen besaßen. In der Psychologie gab es Dutzende von Erklärungsversuchen für dieses Phänomen, ganze Forschungszweige beschäftigten sich damit. Künstler behaupteten, nur das Medium ihrer Kunst zu sein. Doch niemand gelangte wirklich an den Kern dessen, was das Unbewusste auszulösen vermochte.

Ratlos stand Eva vor dem zweiten Feuerball. Der bauchige Korpus, der einst das Ausdehnungsgefäß eines Heizbrenners gewesen war, besaß die Größe eines Gymnastikballes. Er war rot, feuerrot. Die Strahlen, die nach allen Seiten abstanden, sahen wie giftige Stacheln aus. Beim Anschweißen der Metalllanzen hatte sie sich immer wieder kleine Hautverletzungen zugefügt. Sie war um das Objekt gekrochen, hatte zwischen seinen Stacheln gestanden, es in der Hocke, im Liegen, auf einem

Bein stehend bearbeitet und als der monströse Kugelbauch zum ersten Mal auf seinen spitzen Metallbeinen stand, hatte sie begonnen, ihn als eigenständiges Wesen zu betrachten. Wieder lief sie ehrfürchtig um ihn herum. Er war faszinierend. Erschreckend zugleich. Die Kraft, die dieses Kunstwerk ausstrahlte, war spürbar und gab ihrem Atelier eine andere Atmosphäre. Zuweilen beschlich sie das unheimliche Gefühl, er habe sich selbst erschaffen.

Zwielicht drang ins Atelier. Über das Himmelblau, das eben noch im Fensterausschnitt zu sehen gewesen war, hatte sich ein Wolkenband geschoben. Fremd und majestätisch stand der Feuerball im Raum. Er hatte nicht das Geringste mit animalischer Kunst zu tun. Eva knipste das Licht an. Dass Sherlock sich seit dem verunglückten Partybesuch nicht mehr gemeldet hatte, war ihr Recht. Sie hatte ausreichend Privatkunden für Aufträge und ihr Erbe lag noch immer unangetastet auf der Bank. Das Erbe. Sie schob den Gedanken an die Veräußerung ihres Elternhauses beiseite und widmete sich ihrem neuen Entwurf, dem dritten und letzten Objekt der Serie, das die Synthese der beiden Feuerbälle bilden sollte. Sie musste sich vom Material inspirieren lassen. Nirgends ging das besser als auf dem Schrottplatz, wo die unterschiedlichsten Materialien zu finden waren. Sie wollte gerade ihre Tasche packen, als es an der Tür klopfte und Annedore das Atelier betrat.

»Sorry, dass ich so reinplatze, aber dein Handy war ausgestellt«, begrüßte sie Eva.
»Ich finde es nicht mehr. Sag mal, müsstest du nicht in der Schule sein?«
»Ich habe mich krank gemeldet. Morgen …« Annedore brach mitten im Satz ab und bestaunte das Kunstwerk mit offenem Mund.
»Was ist das?«
»Was ist es für dich?« Neugierig betrachtete Eva ihre Freundin. Eine beinah feierliche Stille breitete sich im Atelier aus. Nicht einmal Dr. Alfons, der sonst bei jedem Besuch aufgeregt durch die Laube flatterte, gab einen Mucks von sich. Er thronte auf der Gardinenstange.
»Angriff. Oder warte.« Annedore legte den Kopf schief und versank in eine Betrachtungspose.
»Es ist das Gegenteil«, resümierte sie schließlich, »die extremste Form von Schutz. Eine Verletzung, nach außen gestülpt. Kein Wunder, dass Ben das brutal findet.«
»Ben hat sich wieder beruhigt. Seit Paris nicht mehr zwischen uns steht, ist er fast wieder der Alte.«
»Fast der Alte«, wiederholte Annedore gedankenverloren, während ihr Blick auf Evas Tasche fiel. »Warst du am Gehen?«
»Ich muss auf den Schrottplatz. Können wir uns später treffen?«
»Nicht nötig. Ich komme mit.«

Die Autoverwertung lag im Industriegebiet am Rande der Stadt. Auf der Fahrt hatte Annedore geduldig Evas Ausführungen über die unterschiedlichen Qualitäten von Schrottplätzen gelauscht. Erst als Eva vor dem Eisentor geparkt hatte und sie aus dem Wagen stiegen, stöhnte Annedore auf. Ihre spitzen Absätze versanken im matschigen Boden.

»Bist du sicher, dass du nicht lieber im Wagen warten willst?«, fragte Eva mit einem Blick auf ihre Schuhe.

»Nicht ganz.« Annedore lächelte schwach.

Über dem eingezäunten Gelände hing der Geruch von altem Öl. Eva meldete sie im Pförtnerhäuschen an und beobachtete durch die Scheibe, wie ihre Freundin einem vorbeifahrenden Gabelstapler auswich. Die neugierigen Blicke der Lagerarbeiter im Nacken, folgten sie dem aufgeweichten Weg. Türme von Autoreifen stapelten sich linkerhand, zur Rechten erstreckte sich ein Ersatzteillager, eine Hütte aus grauem Wellblech. Hinter den Lagerhallen erreichten sie den Schotterplatz, auf dem Dutzende von Autowracks kreuz und quer standen. Monteure in blauen Anzügen schraubten an Karosserien, bauten Sitze aus und hantierten mit Lichtmaschinen.

»Hier holst du dein Metall?«, fragte Annedore ungläubig. »Ich dachte immer, du wühlst im Müll, um all diese Dinger zu finden. In einem riesigen, stinkenden Müllberg.«

»Du sieht zu viel Fernsehen.« Eva lief um ein Eisengestänge, an dessen Querstreben Kühlerhauben und Stoßstangen aufgehängt waren. Ein Mann grüßte sie im Vorübergehen. Eva nickte, bevor sie sich den Containern zuwandte.

»Weißt du, wann Ben mir von dem Wettbewerb in Paris erzählt hat?«, begann Annedore zusammenhanglos und wischte mit der Hand ein Stück Motorhaube des Wagens hinter ihr sauber. »Es war an dem Tag, an dem du in die Leitplanke gefahren bist. Ben war bei mir, weil er dachte, du wärst zu mir gekommen. Er hat seinen verbeulten Wagen in der Garage stehen sehen und keine Spur von dir. Er war sehr aufgeregt und ziemlich besorgt.« Annedore ließ sich auf der gesäuberten Fläche der Motorhaube nieder.

»Das hat er mir gar nicht erzählt«, sagte Eva, während sie das rot lackierte Gehäuse eines Zweiradtanks begutachtete.

»Vor lauter Sorge um dich war er ausnahmsweise mal richtig nett zu mir«, fuhr Annedore fort und lachte unfroh auf. »Wir haben Espresso getrunken und Schnaps und dann, nachdem er wusste, dass es dir gut geht, ist ihm die Sache mit der Überraschung für dich herausgerutscht.«

»Du hast es tatsächlich geschafft, sie für dich zu behalten.« Eva lächelte ihrer Freundin zu. Dann winkte sie den Mann, der sie zuvor gegrüßt hatte, zu sich. »Alfredo, ich brauche große Metallflächen. Motorhauben, Türen und so etwas, aber nichts Helles. Am besten schwarz. Es kann ruhig verbeult sein. Hast du etwas für mich – irgendein Auto in der Demontierhalle vielleicht?«

»Ich sehe mal nach.« Der junge Handwerker verschwand nach einem raschen Seitenblick auf Annedore, die ihren Faden unbeirrt wieder aufnahm.

»Ben hat mir das Museum aufgezeichnet. Er war plötzlich richtig aufgekratzt.« Die Motorhaube quietschte, als sie nach den Worten ihr Gewicht verlagerte.

»Ich sage doch, dass er nichts gegen dich hat«, warf Eva ein. »Du bildest dir das bloß ein.«

»Ja.« Annedore verstummte. Befremdet sah sie zu, wie ihre Freundin sich in einen Holzverschlag bückte und einen dreckverkrusteten Metallbottich herauszog.

»Mir ging es an dem Tag nicht gut. Eine meiner Phasen, du weißt schon. Aber Ben war sehr nett zu mir. Er hat mich getröstet.« Annedore stockte. Sie fing Evas verwirrten Blick auf, die sich umgedreht hatte und ihr direkt ins Gesicht sah. »Ich … ich habe mich einfach fallen lassen, zum ersten Mal bei einem anderen Mann, ich habe …«

Der laute Schlag, mit dem der Metallbehälter zu Boden fiel, ließ sie zusammenzucken.

»Du meinst, du hast – mit Ben …?« Eva suchte in dem leichenblassen Gesicht ihrer Freundin nach einer Antwort. Sie wusste nicht, ob sie lachen oder laut losbrüllen sollte.

»Die Situation war schuld. Wir waren durcheinander. Bens Erleichterung über ...«

»Tu mir einen Gefallen und versuche nicht, es zu erklären«, fiel Eva ihr ins Wort. »Am besten, wir lassen es einfach so stehen.«

»Das geht leider nicht.« Annedore sah noch kläglicher aus als zuvor. Mit der Stiefelspitze schob sie eine Glasscherbe zur Seite und konzentrierte sich auf diesen Vorgang, als hinge ihr Leben davon ab. Zwei Männer riefen sich über das Gelände etwas zu. Doch Eva vernahm nichts weiter als Annedores Worte.

»Ich hätte es längst abgetrieben, aber ...« Annedore sah in das bestürzte Gesicht ihrer Freundin und redete hastig weiter. »Ben hat es irgendwie herausgekriegt. Er hat mich vor dem Frauenarzt abgefangen und seit er weiß, dass ich das Kind nicht haben möchte, macht er mir die Hölle heiß. Er erpresst mich.«

Eva spürte, wie der Boden unter ihr wegzusacken drohte. Wind wehte den Geruch von Öl in ihre Nase. Der Schrottplatz schien in stinkende Schwaden getaucht. Für einen Moment kam es ihr unwirklich vor, dass Annedore zwischen den Autowracks stand, sauber, adrett und wächsern, als habe man versehentlich eine Puppe hier entsorgt. Eva löste ihre Zunge vom trockenen Gaumen.

»Womit?«, hörte sie sich fragen.
»Wenn ich abtreibe, will er Carsten einweihen. Ich habe ihn gefragt, ob er keine Angst hat, dass du es erfahren könntest. Weißt du, was er geantwortet hat? Es geht hier nicht um Eva, sondern um mich.«
Eva nickte stumm. Natürlich. Es ging nie um sie. Sie war eine Katze, die sich holte, was sie brauchte. Ein Wildfang. Stark, kräftig, mit Raubtierzähnen, die sich ihre Beute rissen. Eva, die Starke, die alles schaffte, es gab nichts, was sie nicht irgendwie zu Wege brachte, wenn es wichtig war, aber nie, nie ging es um Eva. Sie war nie bedürftig. Eva, das Raubtier. Es war Bens Kosename für sie.
»Eva, Mensch, sag doch etwas.«
»Was?« Evas Stimme klang hohl, als käme sie aus einem leeren Blechkanister. Unsicher trat Annedore einen Schritt auf sie zu. Sie hatte einen Wutausbruch erwartet, aber der blieb aus. Ihre Freundin wirkte seltsam gefasst.
»Ich brauche einen Kaffee«, sagte Eva schließlich.
»Was?«
»Einen Kaffee. Mir ist schlecht.«
Sie stolperten über das Anwesen zum Pförtnerhäuschen, an dessen Wand ein kleiner vollautomatischer Kaffeeautomat hing. Während Eva nach Kleingeld suchte, trat Annedore nervös von einem Bein aufs andere.
»Es ist so idiotisch«, murmelte sie.

»Es ist logisch. Ich hätte eher drauf kommen können.« Eva spürte, wie sich eine merkwürdige Ruhe über sie senkte. Sie reichte der verdutzten Freundin den ersten Becher. »Du müsstest jetzt nur noch mit Ben nach Paris gehen, dann wäre es die perfekte Wiederholung meiner Geschichte. Zwei Wohnsitze, zwei Frauen, ein heimliches Kind. Ben macht meinem Vater wirklich Konkurrenz.«

»Ich verstehe gar nichts mehr.«

»Und ich alles. Es ist so logisch.« Die Erkenntnis brachte Eva zum Lachen. Der Monteur kam zu ihnen und teilte ihnen mit, dass in der Demontierhalle ein schwarzer Rover stand. Als er gegangen war, sah Annedore Eva ängstlich an.

»Ich will dieses Kind nicht. Und ich will meine Ehe nicht aufs Spiel setzen. Es ist momentan sowieso schwierig zwischen Carsten und mir. Kannst du mir erklären, wieso Ben unbedingt will, dass ich das Kind bekomme? Es wäre ihm sogar Recht, wenn es offiziell von Carsten ist, sagt er.«

»Wenn es um Kinder und Familie geht, hat Ben ein Problem.« Eva hustete. Ihre Stimme klang so rau wie die Elsie Grubers.

»Er will übermorgen sein Fußballtraining ausfallen lassen, um mit mir in den ›Karpfen‹ zu gehen«, sagte Annedore.

»In den ›Karpfen‹?«

»Ja, ich weiß. Eure Stammkneipe.« Betreten sah Annedore zu Boden. »Er redet die ganze Zeit von Planung. Das macht mich wahnsinnig. Was soll ich denn jetzt tun?«

Eva musterte ihre Freundin, die sie mit großen Augen ansah. Annedore und Ben. Es war kaum zu glauben. Die Vorstellung machte sie nicht einmal eifersüchtig. Etwas anderes beherrschte ihre Gedanken. Sie legte eine Hand auf Annedores Arm und nickte ihr beruhigend zu.

»Tu erst mal so, als ob du doch noch unentschieden wärst. Mir fällt schon etwas ein.«

Als sie dem verstörten Blick ihrer Freundin folgte, bemerkte sie, dass sie den Becher zerquetscht hatte und heißer Kaffee über ihren Handrücken rann.

Ben stieg die steile Falltreppe zum Dachboden hinauf und schloss die Luke hinter sich. Der Speicher ihres Hauses war ursprünglich als Hobbyraum geplant gewesen und mit der Zeit zu einer Gerümpelkammer verkommen. Es war kühl und staubig.

Genau wie am gestrigen Nachmittag setzte er sich im Schneidersitz an sein Präsentationsmodell. Doch seine Gedanken schweiften zu dem Abend im ›Karpfen‹ ab. Die kleine Gaststätte am Rande der Vorstadt brachte ihm seit Jahren Glück. Wann immer es zwischen Eva und ihm Probleme gegeben hatte, bei einem Essen in der urgemütlichen Stube war ihnen die Lust am Streiten vergangen. Magdalena, die rundliche Wirtin mit dem Hüftleiden, wies ihm jedes Mal den gleichen Tisch zu – einen Eckplatz am Fenster, der Ausblick auf einen Fischteich gewährte. Eva hatte ihm vor Jahren über den blanken Holztisch hinweg das Ja-Wort gegeben, sämtliche kleinen, privaten Feiern fanden unter dem an der Wand hängenden Hirschgeweih statt und als Evas Mutter verstorben war, hatten Rindsgulasch und selbst gebrannter Grappa Eva und ihn dort getröstet. Es war ein Ort mit einer guten Atmosphäre, der auch diesmal seine Wirkung entfaltet hatte. Annedore hatte nicht sofort abgeblockt, sondern geduldig seinen Argumenten gelauscht und sich schließlich bereit erklärt, das Ganze noch einmal zu überdenken.

Er strich mit den Fingern über die Glaskuppel seines Modells und begann, die Bäume auf die Bodenplatte zu installieren. Für den Transport im Flugzeug hatte er es in Einzelteile zerlegt, jetzt aber konnte er seine Vision neu erschaffen.

Er fand das Modell perfekt. Es war sein großer Wurf, auch wenn nun niemand Notiz davon nehmen würde. Und niemand ihm applaudierte. Noch nicht. Ben lachte auf und erschrak im selben Moment über seine Gefühlsregung. Er war fünfundvierzig. Und hatte noch immer keine Familie, war noch immer der nette Junge von nebenan. Es wurde Zeit, dass er endlich die Fäden in die Hand nahm. Die ersten seines Jahrganges setzten sich bereits zur Ruhe. Und er kämpfte sich noch immer den Berg hinauf. Natürlich hatte er sich ein normales Familienleben gewünscht. Eine Frau, ein, zwei Kinder. Aber jetzt war es eben anders. Eine reale, geheime Familie. Nicht perfekt, aber greifbar. Ohne Lügen würden er und Annedore nicht auskommen. Aber was bedeutete das schon – Lügen! Niemand würde im Ernst behaupten wollen, mit der Wahrheit ließe sich ohne kleinere Korrekturen auch nur die kürzeste Zeit unmissverstanden leben. Wenn er Eva vom gemeinsamen Wohnen im Zweifamilienhaus überzeugt hatte, käme alles in geregelte Bahnen. Er drückte den Miniaturbaum auf die Unterlage und hörte ihn im gleichen Moment knacken. Federleicht lag der abgebrochene Zweig in seiner Hand. Plötzlich überkam ihn unbändige Lust, die ganze Glaskonstruktion zu zertrümmern. Er sprang auf und verließ den Dachboden. Erregt lief er ins Wohnzimmer hinunter, zog ein Fotoalbum aus dem Schrank und setzte sich damit an den Esstisch. Es war das einzige Familienalbum, das er besaß. Lange betrachtete er den freudlosen Weg durch seine Kindheit. Er kannte diese Fotos in- und auswendig. Nicht eine Aufnahme von ihm in Siegerpose, als Held, als glorreicher Indianer, beim Fußball mit einem Pokal in der Hand oder wenigstens in einer Nebenrolle auf der Schulbühne. Die spärlich gesäten Ereignisse, bei denen er im Mittelpunkt gestanden hatte, waren – Absicht oder Zufall – nicht von der elterlichen Kamera festgehalten worden. Er blätterte und stieß auf ein lose einliegendes Porträt von Eva. In Großaufnahme strahlten ihre Augen, glücklich und frech sah sie aus, die Haare hingen wüst durcheinander. Es war windig gewesen an jenem Tag, er erinnerte sich, sie hatten einen Spaziergang durch den Stadtwald gemacht und die Kamera mitgenommen. Ben strich über das Foto. Sie war damals so verdammt lebendig gewesen, so schön. Aber immer musste sie kratzbürstig sein, immer eigensinnig und stur. Und stets im Mittelpunkt, mit ihm als Planeten, der auf seiner Umlaufbahn ihr Leben umkreiste, ohne es wirklich zu berühren. Er sah zu, wie sein Fingernagel einen tiefen Kratzer über ihr Zelluloidgesicht zog. Als Eva eine Stunde später vom Einkauf zurückkehrte, stand das Album längst wieder zwischen Atlanten und Karten im Wohnzimmerschrank. Eva bestand darauf, in den ›Karpfen‹ zu gehen, als er vorschlug, auswärts zu essen.

»Wir waren schon Ewigkeiten nicht mehr hier.« Sie nahm die Speisekarte entgegen, die Magdalena ihr reichte. Nichts am Verhalten der Wirtin verriet, dass sie Ben vor zwei Tagen mit einer anderen Frau bedient hatte. Bis das Essen kam, führten sie belanglose Gespräche. Eva hörte sich über die Kunstbörse reden, während sie das schmale Gesicht ihres Mannes immer wieder nach Anzeichen von Nervosität absuchte. Nichts. Kein zittriger Zug um den Mund, kein unruhiges Flackern in den Augen, als sie Annedores Namen erwähnte. Er griff ihn sogar auf.

»Sie ist doch deine beste Freundin, oder?« Bedeutungsvoll lehnte er sich im Stuhl zurück und sah Eva direkt ins Gesicht. »Ich habe ein neues Projekt.«

»Und ich habe Hirschbraten mit Klößen und Hering mit Kartoffeln«, sagte die Wirtin hinter seinem Rücken und servierte. Während Eva die Kartoffeln in der Soße zerdrückte, begann Ben von dem Zweifamilienhaus zu erzählen, das Annedore ihr bereits in allen Einzelheiten beschrieben hatte. Annedore und Carsten, Ben und Eva. Er schwärmte von gemeinsamen Grillabenden, Urlauben zu viert und den aneinander grenzenden Terrassen, die sich je nach Bedarf zusammenschließen oder trennen ließen. Nach einer anschaulichen Schilderung des romantischen Wintergartens machte Ben eine kunstvolle Pause.

»Das Schmuckstück wird dein Atelier«, sagte er und nahm zum ersten Mal das Besteck zur Hand. »Vergiss die Gartenlaube. Im Winter überheizt, bei Sommerregen so feucht, dass sich die Papiere rollen. Du hast etwas Besseres verdient.«

Eva verfolgte, wie Ben seelenruhig ein Stück Fleisch nach dem anderen abschnitt und die Bissen in seinem

Mund verschwinden ließ. Emsig wie eine Ameise, dachte sie und wunderte sich, dass ihr noch nie aufgefallen war, wie sehr ihr Mann diesem Tier glich. Nur dass ihm offensichtlich der Instinkt für Gefahr fehlte. Stoisch baute er an seinem Konstrukt, während das Fundament bereits bröckelte. Sie erwiderte sein Lächeln und überdachte dabei, was sie Annedore mitteilen würde. Sie hatten ausgemacht, sich auf dem Laufenden zu halten. Ein Gedanke an Ludmila durchfuhr sie. Ludmila, wie sie ihrer Mutter Informationen weitergab.

»Was meinst du?« Ben legte das Besteck beiseite und tupfte seinen Mund mit der Serviette ab. »Könntest du dir vorstellen, so zu leben?«

Als sie nicht sofort antwortete, begann er, von seinem neuen Bauauftrag, einem Zweifamilienhaus, zu erzählen. »Komm doch mal mit auf die Baustelle und sieh es dir an, damit du eine Vorstellung bekommst. Ich bin in den nächsten Tagen jeden Vormittag da.«

Eva nickte bedächtig. Irgendetwas an Bens Vorschlag gefiel ihr. Wenig später stand sie auf und ging in Richtung Toiletten. An einem Automaten zog sie sich Zigaretten. Als sie zurückkam, sah Ben missmutig auf die Schachtel in ihrer Hand.

»Du wolltest doch nie mehr …«, sagte er enttäuscht.

»Das war in einem anderen Leben«, erwiderte sie. »In meinem jetzigen gibt es keine Vorsätze.«

»Wie meinst du das?«

»Hast du nicht gerade davon erzählt, dass alles anders wird?« Eva zündete sich eine Zigarette an und inhalierte den ersten Zug. Bläulicher Qualm quoll ihr aus Nase und Mund. Es dauerte einen Moment, bis Ben verstanden zu haben schien. Eva war sich sicher, das Leuchten in seinen Augen bedeutete, dass er ihre Worte für eine Zusage hielt. Seine Freude versetzte ihr einen Stich. Rasch zog sie noch einmal am Filter und blies den Rauch so heftig in die Luft, als stoße sie damit die letzten Partikel ihrer alten Persönlichkeit ab.

Bald darauf verließen sie das Lokal. Kaum hatte Ben sich vor den Fernseher gesetzt, um die Spätnachrichten zu sehen, zog Eva sich mit dem Telefon zurück. Am anderen Ende antwortete nur die Mailbox.

»Es gibt Neuigkeiten«, sagte Eva halblaut in den Hörer. »Ich hole dich morgen nach der Schule ab.«

Annedore wartete bereits am Schultor. Die Begrüßung fiel knapp aus. »Espressobar?«, schlug sie vor, bevor Eva Zeit hatte, vom Sattel ihres Fahrrads zu steigen. Eva nickte und registrierte den hysterischen Zug um Annedores Mund. Schweigend liefen die beiden Frauen über eine belebte Geschäftsstraße, bis sie vor dem italienischen Café standen. Es war mit Schülern überfüllt, aber ein Fensterplatz wurde gerade frei.

»Mir gehen die Nerven durch. Ich bin für so etwas einfach nicht geschaffen.« Annedore sank auf den Stuhl.

»Das sind die Hormone«, war Evas lapidare Antwort. »Trink Kamillentee. Der beruhigt.«
»Ich hasse Kamillentee. Damit kannst du mich umbringen.«
Eva lächelte gequält. »Ich war gestern mit Ben im ›Karpfen‹.«
»Und was hat er gesagt?«
»Im Prinzip genau das, was ich schon von dir weiß. Er hat mich gefragt, ob ich ihn mal auf seiner neuen Baustelle besuche – zufällig baut er dort genau so ein Zweifamilienhaus, wie er es für uns plant. Behauptet er jedenfalls.« Eva dämpfte ihre Stimme, als sich zwei Jugendliche neugierig nach Annedore umdrehten.
»Weißt du, was ich glaube?« Sie wartete auf Annedores Nachfrage und fuhr, als diese ausblieb, fort. »Ich glaube, dass es sich in Wirklichkeit schon um unser Haus handelt. Verstehst du – er hat das alles von langer Hand geplant. Du kennst doch Ben. Er plant alles, selbst das Spiegelei auf seinem Toast passt zu der Größe des Brotes. Ist doch seltsam, dass er mich schon seit einiger Zeit mit seinem Kinderwunsch in Frieden gelassen hat.«
»Das liegt doch bloß an deinem Alter«, warf Annedore ein.
Eva schüttelte unwirsch den Kopf. »Nein! Das liegt daran, dass er heimlich eine eigene kleine Familie plant. Ich weiß, was du sagen willst, aber für mich war es kein Zufall, das mit dir und Ben. Wenn ich keinen Unfall

gehabt hätte, wäre er eben unter einem anderen Vorwand zu dir gekommen. Hast du nicht schon vor ein paar Monaten gesagt, er sei auf einmal scheißfreundlich zu dir? Und wie lange hat es dann noch gedauert, bis ihr ...« Eva brach den Satz ab und beobachtete ihre Freundin, die die Beine übereinander geschlagen hatte. Der Kellner brachte Espresso und Wasser. Nachdem er gegangen war, verschränkte Annedore die Arme vor der Brust.

»Tut mir Leid, aber das klingt absurd«, stieß sie mit zusammengepressten Lippen hervor.

»Dann vergiss es einfach wieder«, erwiderte Eva kühl und ließ ihre Augen unruhig durch den Raum schweifen. In der verspiegelten Bar sah man ein Stück des Gehsteigs vor dem Caféfenster. Menschen liefen vorbei. Eva erhaschte die Silhouette einer Gestalt, die ihr bekannt vorkam. Ben? Sie suchte die unbewegte Miene ihrer Freundin nach Zeichen ab.

»Ich glaube, Ben ist gerade vorbeigelaufen. Direkt vor deiner Nase.«

Annedore schüttelte den Kopf. »Ich habe nichts gesehen. Was sollte er auch hier?«

»Dich abholen, wahrscheinlich. Glaub mir, er war es.«

»Renn ihm doch nach, wenn du so sicher bist.«

»Und was soll ich ihm sagen? Hey, wir sitzen hier gerade und überlegen uns, wie wir dir einen Denkzettel verpassen können?«

»Ich dachte, wir beratschlagen, wie wir mein Problem lösen«, erwiderte Annedore überrascht. »Liebst du ihn überhaupt noch?«

Eva zuckte zusammen. Dann beugte sie sich über den Tisch.

»Ich versuche, einen kühlen Kopf zu bewahren. Ehrlich gesagt, bin ich dermaßen verletzt, dass ich ihn umbringen könnte. Weißt du, womit ich mich nachts vor dem Einschlafen beschäftige? Ich stelle mir vor, wie ich seine Baupläne manipuliere. Ein falscher Winkel hier, eine falsche Abmessung dort. Und dann male ich mir aus, wie das fertige Gebäude über ihm zusammenstürzt. Und ihn unter sich begräbt. Morgens, wenn er noch schläft, habe ich Lust, in sein friedliches Gesicht zu schlagen, bis der unschuldige Ausdruck darin verschwindet. Bis sein Gesicht die Wunde trägt …« Sie hielt inne, sah die verstörte Miene ihrer Freundin. »Rache nehmen. Verstehst du das nicht? Das kennt doch jeder. Ich tu es ja nicht«, beschwichtigte sie.

»Du darfst jetzt nicht auch noch die Nerven verlieren«, flehte Annedore in einer hohen Stimmlage.

Eva betrachtete die verkrampfte Gestalt ihrer Freundin. Ein Zierfisch, dachte sie. Ein Zierfisch, der zappelt, wenn es ernst wird. Ein hysterisches Lachen überkam sie. Ben und Annedore, die Ameise und der Zierfisch. Sie stürzte ihr Glas Wasser in einem Zug hinunter und räusperte sich. »Doro. Wir zwei müssen zusammenhalten. Hör mir zu.« Eindringlich beschwor sie Annedore, jetzt nicht aufzugeben. Sie sprach von Ketten, die gesprengt werden mussten, von Grenzen, die es zu überwinden galt. Je glühender ihre Rede wurde, desto verschlossener wirkte ihr Gegenüber.

»Und wie soll es jetzt weitergehen?«, fragte Annedore, als hätten die letzten Worte keinerlei Wirkung auf sie gehabt.

Eva zündete sich eine Zigarette an und warf die Streichholzpackung mit Nachdruck auf den Tisch.

»Denk dir doch selbst etwas aus. Du hast schließlich mit Ben gevögelt«, rief sie erbost.

Ein Schüler am Nebentisch lachte auf. Mit rotem Kopf rückte Annedore ihren Stuhl in die andere Richtung.

»Du rauchst ja wieder«, sagte sie und wehrte den Dunst mit der Hand ab.

»Ich rauche. Ich bin rachsüchtig und unbequem und ich habe keine Lust mehr, mich verschaukeln zu lassen.« Eva sprang auf. Im nächsten Augenblick war sie schon an der Tür und verließ die Cafébar.

Sie vermied einen Blick durch das Panoramafenster, hinter dem Annedore zweifelsohne auf ein Zeichen von ihr wartete, und lief mit eiligen Schritten in Richtung Schule. Ihr Fahrrad lag auf dem Bürgersteig. Jemand hatte das Schloss verbogen und in die Speichen getreten. Jemand? Sie sah Ben, wie er sich, weil sie ihm zuvorgekommen war, wütend an ihrem Fahrrad vergriff. Schnell drängte sie das Bild weg. Pass auf, sagte sie laut zu sich selbst, sonst wirst du noch verrückt. Es gab genügend Halbstarke, die ihre Aggressionen an Gegenständen ausließen. Vorsichtig hob sie ihr Rad am Rahmen hoch und besah sich den Schaden. Dann beschloss sie, es später mit dem Roadster abzuholen. Auf dem Rückweg kehrte sie in einem Gartencenter ein und kaufte zwanzig Päckchen Adonisröschensamen. Es war die harmlose rote Variante, nicht zu vergleichen mit ihrer teuflischen Schwester Adonis Vernalis L. Eva hatte vor, den ganzen Balkon damit zu überwuchern. Die giftige Sorte ließ sich weder kaufen noch anpflanzen. Eva hatte über das Internet herausgefunden, dass sie in einem Naturschutzgebiet im Altmühltal wuchs. Ihr nächstes Urlaubsziel stand damit fest. Sie nahm die Straßenbahn und ging das letzte Stück zu Fuß. Vor ihrem Gartentor traf sie den Postboten.

»Ich habe hier jede Menge Post für Sie.« Er überreichte ihr ein Bündel und lief zum nächsten Haus. Eva sah die Briefe durch und zog einen an sie adressierten Umschlag heraus. Ein Absender war nicht zu erkennen, aber die Schrift kam ihr bekannt vor. Bevor sie sie zuordnen konnte, hatte sie den tschechischen Poststempel entdeckt. Mit einem Mal stand ihr wieder das fremde, düstere Prag vor Augen, Ludmila in ihrem dunkelblauen Mantel mit Wollmütze, wie sie das Jugendstilhaus betrat. Eva konnte ihr fast akzentfreies Deutsch hören, in dem sie die Geschichte des Verrats und des Mordes an ihrem Vater schilderte. Und dann Georg, wie er ihr auf der zugigen Karlsbrücke verwirrt hinterhersah.

Sie trat ins Haus, bevor die Nachbarin, die in ihrem Vorgarten ein Blumenbeet harkte, ein Gespräch beginnen konnte. Als die Tür hinter ihr ins Schloss fiel, atmete sie auf. Das Kuvert in ihrer Hand fühlte sich leicht an. Ungeduldig riss sie es auf und entnahm eine vorgedruckte Karte mit schwarzem Rand. Die Todesanzeige war in Tschechisch abgefasst. Doch auf den Text kam es nicht an. Was Eva der Karte eindeutig entnehmen konnte, war, dass es sich bei dem Verstorbenen um Antonin Havlak handelte. Eva starrte eine Weile auf den Namen des Mannes, mit dem sie ein seltsames Band verknüpfte. Vor Jahrzehnten hatte er sich die Eifersucht zweier Frauen zunutze gemacht, um an sein Ziel zu gelangen, nun war er denselben Händen zum Opfer gefallen. Also hatte ihre Saat bei Ludmila Früchte getragen. Sie suchte das Kuvert nach einer persönlichen Notiz ab, doch außer der Todesanzeige steckte nichts darin. Warum hatte die Tschechin sie in Kenntnis gesetzt? Eine vage Vermutung ließ ihr das Herz bis zum Hals schlagen. Hastig zerriss sie die Todesanzeige in Fetzen und entsorgte sie im Müll.

Eine halbe Stunde später betrat sie den Friedhof. Wie immer strahlte das Areal inmitten der Großstadt eine friedliche Ruhe aus. Krokusse schossen aus dem Boden, die Zweige an den Bäumen begannen zu grünen. Es war, als ob der Tod für sich werben wollte. Vor dem Grab ihrer Mutter trieb eine Forsythie bereits gelbe Blüten aus. Das Holzkreuz war durch eine schlichte Granitplatte ersetzt worden, in die Namen und Lebensdaten eingemeißelt worden waren. Ursel Stetter, las Eva und versuchte sich die große, kräftige, stolze Frau, als die ihr die Mutter immer erschienen war, zu vergegenwärtigen. Es gelang ihr nicht. Die Schilderungen Elsie Grubers und Ludmilas hatten das Bild einer betrogenen, einsamen, verzweifelten und skrupellosen Frau gezeichnet, die beschlossen hatte, ihr Schicksal schließlich selbst in die Hand zu nehmen.
Eva drehte sich nach allen Seiten um, bevor sie das Röhrchen mit den Samen, das sie vor Monaten in der Schmuckschatulle gefunden hatte, aus der Tasche zog. Adonisröschen für den Adonis. Der Plan war teuflisch gewesen und originell. Die beiden Frauen hatten ihrem Adonis das Herz lahm gelegt. Sie würde ihrem Architekten das Lügengebäude über dem Kopf zusammenstürzen lassen. Sein Lebenskonstrukt war einfach baufällig geworden. Man musste nur ein wenig nachhelfen, um es ganz zu zerstören.
»Ich habe dein Erbe angetreten«, sagte Eva laut und

streute die Samen auf das Erdreich. Ihre Schritte knirschten im Kies jenes Pfades, der sie vom Grab ihrer Mutter zum Ausgang führte.

Ben empfing sie in merkwürdig aufgedrehter Stimmung. Lächelnd unterbreitete er ihr den Vorschlag, sich für sie nach einem Kleintransporter umzusehen.
»Du baust doch jetzt größere Kunstobjekte«, sagte er und umarmte sie. Eva biss die Zähne zusammen. Er merkte nichts, gar nichts. Sie könnte ihm ein Messer in den Leib rammen und er würde noch immer liebevoll seine Hände um ihre Taille legen. Währenddessen lebte er in seinem Kopf ein eigenes Leben. Wie hatte es ihre Mutter nur geschafft, sich über einen solch langen Zeitraum glaubhaft zu verstellen? Eva rief sich Familienkrisen ins Gedächtnis, doch mehr als Streitereien um Alltägliches wollten ihr nicht einfallen.
Während ihres Geständnisses im Hotel hatte Ludmila ihr anvertraut, dass die Verzweiflung sie mit Ursel Stetter zusammengeschweißt hatte. Sie aber war allein. Auf Annedore konnte sie nicht zählen. Ihre Freundin war hysterisch und eigenwillig und scheute vor jeder Gewalt zurück. Sie allein musste die Fäden führen, die in ihren Händen zusammenliefen. Eva spürte ihre Handinnenflächen feucht werden. Noch immer in Bens Armen, schloss sie die Augen und versuchte, sich mit aller Kraft auf das zu konzentrieren, was sie wirklich wollte. Dann

löste sie sich entschieden von ihm. Endlich strömte wieder Energie in ihren Körper.
»Ich brauche noch eine halbe Stunde für mich«, sagte sie entschuldigend und verschwand.
Im Atelier setzte sie sich vor die Metallteile, die ihr der Lagerarbeiter vom Wrack des Rovers abmontiert hatte. Der letzte Feuerball würde rabenschwarz werden, schwarz wie verkohlte Flügel, wie Onyx, wie ein erloschener Komet. Sie nahm Eimer und Lappen und säuberte die Autoteile, bis der Lack glänzte. Zärtlich strich sie mit den Fingern über das kühle Metall. Unter ihrer Haut begann es zu vibrieren. Ihre Hände waren bereit für diese Skulptur. Sie konnten es kaum erwarten, damit zu beginnen. Morgen! Sie legte eine Decke über die Teile und ging ins Haus zurück.
Beim Abendessen schlug sie vor, an einem der nächsten Tage gemeinsam zu einem Autohändler zu gehen. Ben nickte.
»Und wenn ich den Wettbewerb in Paris nicht gewinne«, fragte er aus heiterem Himmel, »wäre das schlimm?«
Eva sah in sein angespanntes Gesicht. »Dann machen wir dort eben Urlaub.«
Sie senkte den Blick. Die Vorstellung, dass Ben seine Verzagtheit nur spielte, war kaum auszuhalten.
Sie betrat kurz nach ihm das Schlafzimmer. Im Bett lauschte sie seinen regelmäßigen Atemzügen. Er war

noch wach, auch wenn er seit Minuten reglos neben ihr lag. Die innere Unruhe, die von ihm ausging, hing schwer und greifbar in der Luft.
»Bist du morgen auf dieser Baustelle?«, fragte sie in die Dunkelheit.
Ben rollte zur Seite. »Ja. Vormittags.« Seine Stimme klang zärtlich. Er hatte sofort gewusst, von welcher Baustelle sie sprach, er dachte Tag und Nacht daran.
»Ich möchte sie mir gerne ansehen.«
»Du kannst mit mir mitfahren. Es ist mein erster Termin morgen früh.«
Die Hand, die sich sanft unter ihren Schlafanzug schob und auf ihrem Bauch liegen blieb, brannte wie Feuer auf ihrer Haut.

Sie war lange vor ihm wach gewesen. Sie hatte geduscht, Dr. Alfons aus dem Käfig gelassen und Espresso getrunken. Sie hatte das Haus, das sie heute begutachten sollte, in Gedanken bereits mehrfach verflucht. Aber ihr Entschluss stand fest. Als sie Geräusche aus dem ersten Stock vernahm, deckte sie den Tisch und holte die Zeitung aus dem Briefkasten. Es war ein sonniger, kühler Märztag. Eva blieb in der Haustür stehen und sah zu, wie Passanten an ihrem Grundstück vorbeigingen. Ihre Nachbarin fegte schon die Straße, eine Katze jagte durch den Vorgarten und verschwand unter einem Auto. Alles war wie immer. Die perfek-

te Kulisse, um das Leben eines glücklichen Paares zu spielen.
Eine halbe Stunde später verließen sie in Bens Roadster die Garage. Sie erreichten die Baustelle nach wenigen Minuten Fahrt. Ben erklärte ihr, dass auf dem Baugelände insgesamt fünf baugleiche Häuser errichtet wurden, alle frei stehend mit kleinem Garten und Garage. Dahinter lag Feld. Sie folgte ihrem Mann, der lässig den am Zaun stehenden Vorarbeiter grüßte, einen Kiesweg entlang. Vor einem Rohbau blieben sie stehen. Auf den ersten Blick glich er den anderen. Bei genauerem Hinsehen stellte er sich jedoch als aufwändiger konzipiert dar. Ben hatte während der Fahrt von den Extras dieses Hauses geschwärmt, die sich Eva auf dem Bauplan ansehen sollte. Es waren liebevolle, luxuriöse Details, die sich nur selten jemand leistete. Der von beiden Parteien nutzbare Aufenthaltsraum, ein verglaster Anbau auf der Rückseite des Hauses, hatte Evas Blut in Wallung gebracht. In ihrer Fantasie sah sie Annedore und Ben hinter dem Glas sitzen und sich über die Entwicklung ihres Kindes austauschen. Zweifelsohne würde sich Ben ständig in die Erziehung einmischen, auch wenn er jetzt vermutlich das Gegenteil beteuern würde.
Eva musterte die ihr vorangehende, zierliche Gestalt ihres Mannes. Es wäre ein Leichtes, ihn vom Gerüst zu schubsen. Das Gerüst! Eva betrachtete es eingehend, als

sie daran vorbeiliefen. Wie zum Spiel umfasste sie eine tragende Stange und rüttelte daran. Das Gestänge war fest verankert.

»Kommst du?« Ben drehte sich nach ihr um.

»Ja.« Noch einmal huschte ihr Blick über die Holzbohlen des Baugerüsts, das rund ums Haus lief. Die tragende Ebene schien zusätzlich an Metallfugen eingehängt zu sein. Eva trat zu Ben in den Rohbau.

»Sag mal, musst du etwa auch da hoch?«, fragte sie.

»Keine Panik, ich bin schwindelfrei.« Er begann ihr die Besonderheiten zu erläutern. Eva nickte, hörte sich wie aus der Ferne nach Einzelheiten fragen, während sich die Bilder in ihrem Kopf überschlugen. Bretter lösten sich aus ihrer Verankerung, Staub rieselte hinunter, eine Bohle brach unter Füßen weg.

»Hörst du mir überhaupt noch zu?«, unterbrach Ben ihre Bilderflut.

»Ja. Wichtig für die Statik«, wiederholte sie die letzten Worte. Ihre Augen wanderten in die Höhe zu einem Zementblock, der am Kranhals befestigt war.

»Keine Angst. Der hält. Ist nur dazu da, um einseitige Belastungen auszutarieren«, erklärte Ben, der ihrem Blick gefolgt war.

»Und wenn sich das Seil doch mal löst?«

»Das müsste schon mit dem Teufel zugehen.«

Fieberhaft suchte Eva nach einer Möglichkeit, das Eisengestänge des Gerüstes zu präparieren, bis ein auf dem

Boden liegender Nagel in ihr Auge sprang. Natürlich – das Einfachste wäre, Nägel in die tragende Ebene, also die Holzbohlen zu treiben und das Eisengestänge aus seiner Verankerung zu lösen. Wenn Ben über das Gerüst lief, konnte ihn ein Nagel zum Stolpern bringen. Das präparierte Geländer würde nachgeben und mit ihm in die Tiefe stürzen. Stürzen. Das Wort zog Schleifen in ihrem Schädel.
»Eva, was meinst du?«, hörte sie Bens Stimme von fern. »Wenn sich Annedore für ihr Kind entscheidet, wäre das doch eine gute Lebensform für uns alle, oder?«
»Ja«, erwiderte sie leise, »die Zeit ist reif.« Ihre Finger krochen zwischen seine und drückten so fest zu, dass sich ihre Nägel in seine Haut gruben.

Kurze Zeit später rief sie ein Taxi und verließ die Baustelle. Während der Fahrt kamen ihr Zweifel. Ihr Vorhaben besaß zu viele Unwägbarkeiten. Wieso sollte gerade ihr Mann über Nägel stolpern und stürzen, wenn auch noch andere auf dem Gerüst herumliefen? Sie zahlte, stieg aus und blieb vor ihrem Haus stehen, das Ben vor Jahren mit dem Geld seiner Eltern gebaut hatte. Es war ein unauffälliges, weiß getünchtes Einfamilienhaus mit verglastem Dach und seitlich angebauter Garage. Wenig deutete darauf hin, dass Ben im Innern mit Ideen experimentiert hatte, die er für modern hielt. Modern? Pseudomodern! Eva warf ihre Tasche auf den

Dielenboden. Der Rundbogen zwischen Küche und Wohnzimmer kam ihr altbacken vor, genauso der Kamin, der nach Bens Meinung eine traditionelle Note hineinbrachte. Das Ganze war absolut konventionell, genau wie die unterschiedlich breiten Stufen der Marmortreppe, auf die er besonders stolz war. Sie folgten einer Systematik, die sich bereits nach kurzer Betrachtung offenbarte. Ihr Muster war genauso lapidar wie die Konstruktion der Galerie im ersten Stock. Evas Augen wanderten durchs Wohnzimmer. Kein Zweifel – es war Bens Charakter, den die maßvoll akzentuierte Einrichtung widerspiegelte. Hinter der lässigen Schlichtheit verbarg sich in Wirklichkeit mangelnde Kreativität. Kleinbürgertum. Sie hatte seinen Gleichmut für Ausgeglichenheit gehalten, seine Engstirnigkeit für Charakter. Ihre Finger knickten dem Ficus neben der Glasvitrine einen Zweig ab. Sie starrte auf den klebrigen Saft, der heraustropfte, und zerrte gewaltsam an dem Zweig, bis sie ihn in der Hand hielt. Dann versetzte sie einer kniehohen Vase, aus der ein vertrockneter Papyrus ragte, einen Tritt. Scheppernd zerbrach sie auf dem Boden. Eva kickte die Scherben durch den Raum, bevor sie sich erschöpft auf den Boden sinken ließ.

Sie zündete sich eine Zigarette an und verfolgte, wie die Glut sich bei jedem Zug Stück für Stück durchs Papier fraß. Sie verglühte, flammte wieder auf. Verkohlte Flügel. Erloschener Komet. Ihr letzter Feuerball fiel ihr ein.

Die Synthese zweier Welten, ihr logischer Zusammenschluss. Eins und eins macht zwei. Rechnen hatte ihr der Vater beigebracht. Aber er hatte sich gründlich verrechnet, hatte sein Herz, sein Leben, sein Ich in zwei Hälften dividiert, ohne in Betracht zu ziehen, dass Dritte es auf ihre Weise wieder zusammenfügen konnten. Und Ben dachte genauso. Rechnete an ihr vorbei, um zu seinem Wunschergebnis zu kommen. Verkohlte Flügel. Ikarus. Abstürzen. Zusammenstürzen würde es, das hübsche Lügengebäude. Auch Ben hatte sich gründlich verrechnet.

Eva drückte die Zigarette an ihrer Schuhsohle aus und eilte in die Garage. Sie ging zum Metallspind und zog so fest an der Tür, dass er bedrohlich wackelte. Plötzlich wurde es ruhig in ihr. Fest umschlossen ihre Hände die Griffe der beiden Benzinkanister, die sich darin befanden.

Als Erstes musste sie sich eine Route überlegen, die keinen Winkel des Hauses aussparte. Ben würde ihre Botschaft schon verstehen, wenn Rauch und Feuerknistern ihn in der Nacht aus seinem Schlaf weckten. Nicht so lange wie der Verurteilte in Kafkas Strafkolonie, aber länger als ihr Vater, dem der Herzanfall keine Zeit für Einsichten gelassen hatte, würde Ben noch die kurze Spanne vor seinem Tode nutzen können. In dieser Zeit würde sie inspiriert im Atelier an ihrem Objekt arbeiten. Der erloschene Komet. Ein zärtliches Gefühl ergriff

sie bei dem Gedanken an das schwarze, spitze Kunstwerk, das sie am Vortag auf dem Papier entworfen hatte. Sie würde sofort, wenn sie die Benzinkanister in der Speisekammer verstaut hatte, mit der Umsetzung beginnen. Heute. Den Nachmittag durcharbeiten und den Abend. Dann würde sie Ben gute Träume wünschen, bevor sie sich in ihre Werkstatt zurückzog. Wenn der Rauch des brennenden Hauses ihn geweckt hätte, würde er die verriegelte Schlafzimmertür aufzubrechen versuchen. Aber erst wenn ihm dies gelungen und der davor installierte Tank explodiert war, würde sie die Polizei alarmieren.
Sie versteckte die Benzinkanister in der schmalen Speisekammer neben der Küche und verschloss die Tür. Ihr Unterhemd klebte am Rücken. Als sie sich im Schlafzimmer umkleidete, fiel ihr Blick auf das Ehebett. Sie zog Bens Schlafanzug unter der Decke hervor und roch daran. Als ihr bewusst wurde, was sie tat, legte sie ihn schnell an seinen Platz zurück. Sie kam sich vor wie in einem Film. Handelnd und beobachtend gleichzeitig. Sie musste wieder zur Ruhe kommen. Ohne sich die Schuhe von den Füßen zu streifen, legte sie sich aufs Bett. Vergangene Bilder stiegen in ihr auf. Vor drei Jahren hatte Ben sie mit schmerzverzerrtem Gesicht geweckt. Sie hatte ihn besorgt in die Notaufnahme gefahren. Stunden nach der Blinddarmoperation hatte die Stationsschwester sie überredet, endlich nach Hau-

se zu fahren. Sie war vollständig bekleidet ins Bett gestiegen, hatte Bens Schlafanzug in ihre Arme genommen und auf diese Art eine Verbindung zu ihm hergestellt. Bens typischer Geruch – damals hatte es nichts weiter gebraucht, um das Band zwischen ihnen auch über die Distanz zu erhalten. Sie war sich sicher gewesen, dass ihre Gefühle ihn auf irgendeine Art erreicht hatten. Unbewusst auf jeden Fall. Sie hatte ihm nie davon erzählt.

Das Läuten des Telefons riss sie aus ihren Erinnerungen. Benommen lief sie die Treppe hinunter. Herta Miro meldete sich mit einer Stimme, die sie schlagartig in die Wirklichkeit zurückversetzte.

»Ist etwas passiert?«, fragte Eva.

»Nichts Schlimmes. Jedenfalls noch nicht. Aber ich muss mit Ihnen reden.«

Herta stockte. Eva konnte hören, wie sie an ihrer Zigarette zog und den Rauch hektisch ausstieß.

»Wir haben den Wettbewerb in Paris nicht gewonnen«, fuhr Herta fort. »Wir haben noch nicht mal irgendwelche Ankäufe.« Wieder folgte eine Pause, dann erzählte die Architektin, dass Ben schon seit einiger Zeit Kenntnis über den Ausgang des Wettbewerbs haben musste. »Ich habe heute in Frankreich angerufen. Ben hat das Modell und die Unterlagen längst abgeholt. Er muss die Sachen irgendwo versteckt haben. Was ist nur los mit ihm?«

Hertas Stimme klang hilfloser, als Eva sie je gehört hatte.

»Vielleicht ist es ihm peinlich«, antwortete sie.

»Peinlich? Er ist doch keine dreizehn. Ich fürchte, da steckt mehr dahinter. Ich mache mir jedenfalls Sorgen.«

»Hören Sie zu.« Eva lief mit dem Hörer in die Diele und streifte sich eine Strickjacke über. Ihr Fuß verhedderte sich in den Schlaufen von Bens Sporttasche. »Warum fragen Sie ihn nicht selbst?«

»Ich dachte, Sie könnten mir vielleicht weiterhelfen«, sagte Herta irritiert.

»Ich wüsste nicht, wie. Ben ist einfach ... ein Kind.« Eva drückte die Verbindung weg und wählte Annedores Nummer. Ihre Freundin war beim zweiten Klingelzeichen am Apparat.

»Schon wieder eine Lüge«, ereiferte sich Eva und gab in kurzen Worten das Gespräch zwischen ihr und Herta Miro wieder. »Ben dreht langsam durch.«

»Wer dreht langsam durch?« Annedores Stimme am anderen Ende klang entnervt. Nach einer kurzen Pause sprach sie weiter. »Eva, ich weiß nicht, was zwischen euch passiert. Und was überhaupt vorgeht. Aber ich kann nicht mehr. Ihr müsst euren Ehekrieg ohne mich führen. Hörst du – ich will nichts mehr davon wissen. Und noch etwas.« Eisiges Schweigen füllte die kurze Pause, dann erklärte Annedore, dass sie beschlossen hatte, das Kind zur Welt zu bringen. »Ich glaube, ich woll-

te es zuerst nicht, weil es von Ben ist. Aber letztlich ist es auch mein Kind, und ich will es. Wenn er die Bombe platzen lassen will, dann bitte. Es geht mir jetzt einfach um mich.«
»Verstehe«, flüsterte Eva. Annedores letzter Satz brannte sich wie ätzende Säure in ihre Ohrmuschel.
»Ruf an, wenn ihr euch wieder beruhigt habt.« Annedores Satz beendete das Gespräch. Den Hörer am Ohr, blieb Eva reglos in der Diele stehen, bis das Besetztzeichen sie zur Besinnung brachte. Sie war allein. Mit all den Scherben, die sich um sie türmten, all dem Gift, das sich in ihr angesammelt hatte. Fremdes Gift. Auch das von Annedore. Ihre beste Freundin. Vergnügte sich erst mit ihrem Mann und zog sich dann zurück. Es ging ihr nur um sich. Wie allen, die in irgendeiner Weise mit ihrem Leben in Verbindung standen. Eva drehte sich um. Unmerklich hatte ihre Hand begonnen, einen Ärmel von Bens Kordjacke zu streicheln. Der erste gemeinsame Kinobesuch mit ihm fiel ihr ein. Ihr Kopf auf seiner Schulter, auf weichem Kord. Die Welt in Ordnung. Zum ersten Mal in Ordnung. Für lange Zeit. Bis zu dieser Erbschaft. Erst die Enthüllungen in Prag. Dann Bens Heimlichkeiten. Und jetzt Annedore. Ihre Frucht, die wuchs und wuchs und alles, was ihr lieb war, erdrückte. Erinnerungen jagten sich. Erinnerungen an eine schwindende Welt, wenn sie nicht bald eingriff. Ihre Mutter hatte Recht. Man durfte nicht tatenlos zu-

sehen, wenn andere einem das Leben zerstörten. Ursel war es nur falsch angegangen. Sie hatte sich an dem gerächt, den sie liebte, um den Rest ihres Lebens mit einer Horde Tiere zu verbringen. Doch die Bedrohung musste ausgemerzt werden. Das, was sie von dem Geliebten trennte.

Mit steifen Knien lief Eva ins Wohnzimmer und von dort in die Küche. Die Speisekammer! Fassungslos starrte sie auf die Benzinkanister, die zwischen Spülmittel und Konservendosen auf ihre Bestimmung warteten. Es war die Wiederholung ihrer Geschichte. Zu töten, was man liebte! Entsetzt schüttelte sie den Kopf über sich selbst und trug die Kanister in die Garage zurück. Im Garten setzte sie sich erschöpft auf die Holzbank, um frische Luft zu schnappen. Da sah sie ihn. Durch die Fensterscheibe der Gartenlaube schimmerten die Umrisse des zweiten, metergroßen Feuerballes. Ihr war, als winke er ihr mit seinen spitzen Metallarmen zu, bevor er wieder in seiner Form erstarrte.

IX

Ben hielt im Schrauben inne und horchte. Als er kein weiteres Geräusch vernahm, beugte er sich wieder über die geöffnete Motorhaube des Kleinlasters, den er mit Eva gekauft hatte. Regen trommelte leise auf das Flachdach der Garage. Schon den ganzen Morgen über plätscherte und gluckerte es in der Dachrinne. Die Natur bot ein trostloses Bild, nur die Forsythienbüsche im Vorgarten leuchteten goldgelb. Nachbarn liefen an der offenen Garage vorbei und kommentierten missmutig das scheußliche Feiertagswetter. Ben hingegen beruhigte der gleichmäßige Niederschlag. Er wünschte sich nichts sehnlicher als ein Osterwochenende ohne große Pläne. Er wollte Evas Vertrauen zurückgewinnen. Wenn Annedore und Carsten seinem Hausprojekt zustimmten, würde es ihm gelingen, das spürte er. Es würde der ganz große Neuanfang werden. Auch ohne Paris. Er lenkte den Bau des Hauses, organisierte den Umzug und gestaltete ihr Zusammenleben. Sie wären eine große Familie. Carsten könnte sich zurückziehen, wann immer ihm danach war, um sich seiner Passion, den Sternen, zu widmen. Annedore würde ihm, Ben, dankbar sein, wenn er sie in der Erziehung ihres Kindes unterstützte.

Und Eva? Seinetwegen konnte Eva mit ihrer Kunst alle in den Schatten stellen. Er glaubte, eine weibliche Stimme zu hören, die nach ihm rief, und sah hoch. Annedore stand vor der Garage. Sie trug einen fliederfarbenen Regenmantel, aus dessen Kapuze sich ihr feuchtes Haar kringelte.

»Komm doch rein.« Ben sah sie forschend an.

Annedore blieb stehen. »Ich möchte mit dir sprechen. Jetzt gleich.«

»Hier?«, fragte Ben und legte den öligen Lappen aus der Hand.

»Es dauert nicht lange. Außerdem muss Eva von meinem Besuch nicht unbedingt etwas wissen. Also«, Annedore streifte ihre Kopfbedeckung ab, »ich habe mich entschieden, das Kind zu kriegen.«

»Das, das ist ja – toll.« Ben spürte, wie er rot wurde. Rasch sah er sich um, bevor er aufgeregt auf sie einzureden begann. »Ich habe es so gehofft. Es ist ja auch die einzig vernünftige Entscheidung. Und das mit dem Zweifamilienhaus ist kein Problem. Ich habe schon ein Grundstück in Aussicht, von einem befreundeten Makler. Wenn ich mein Haus gut verkaufe, müssen wir uns nicht verschulden. Wir müssen nicht einmal gemeinsam Eigentümer werden. Ihr könntet einfach …«

»Halt. Stopp«, unterbrach ihn Annedore, »ich war noch nicht fertig. Ich werde mit Carsten aufs Land ziehen.

Alleine. Es ist besser, wenn wir uns erst mal nicht mehr sehen.«
Ben sah sie ungläubig an. »So war das aber nicht abgemacht.«
»Gar nichts war abgemacht«, erwiderte Annedore kühl. »Du hast gesagt, du willst, dass ich das Baby zur Welt bringe. Das tue ich jetzt. Aber ich brauche Abstand. Ich will mein eigenes Leben leben. Außerdem ginge das mit Eva und mir nicht gut.«
»Wieso Eva? Sie weiß doch von nichts. Nie im Leben kommt sie darauf, dass …«
»Mensch, Ben, du bist echt naiv.«
»Was soll das heißen?« Seine Stimme war plötzlich eisig. Er stieß gegen den Werkzeugtisch. Ein Schraubenschlüssel kullerte über den Steinboden. Annedore ballte die Fäuste. Sie zitterte.
»Erst machst du mir ein Kind, dann erpresst du mich. Und jetzt willst du uns allen deinen Willen aufzwingen«, sagte sie in verächtlichem Tonfall. »Eva hat Recht – du bist ein kleiner, egoistischer Junge.«
Ben packte ihren Arm. Seine Lippen bebten, als stemme eine unsichtbare Kraft sie auseinander, dann löste sich ein Laut aus seiner Kehle. Es war ein dunkler, rauer Laut, der in eine Art Wutgeheul überging. Sein Gesicht verzerrte sich. Instinktiv wand Annedore sich aus seinem Griff, doch es war bereits zu spät. Sie spürte einen brennenden Hieb auf ihrer Wange. Gleich darauf

wurde sie von kräftigen Händen gepackt, die ihre Schultern rüttelten. Der nächste Schlag, der sie am Kopf traf, ließ Ben innehalten. Ungläubig standen sie sich gegenüber. Dann riss sich Annedore los und flüchtete aus der Garage.

Wie viel Zeit verstrichen war, hätte er nicht zu sagen vermocht. Der Regen vor dem Garagentor war in Nieseln übergegangen, es roch nach feuchter Erde und angedünsteten Zwiebeln. Er hatte den Motor begutachtet, die Zündkerzen überprüft, Öl und Kühlwasser nachgefüllt. Es gab nichts mehr zu tun. Nichts außer ins Haus zu gehen und Eva den Schädel einzuschlagen oder zum letzten Mittel zu greifen und alles bis zum bitteren Ende weiterzuführen. Warum sollten andere glücklich werden, wenn es ihm selbst nicht vergönnt war? Sorgfältig säuberte er seine ölverschmierten Hände mit einem Lappen, bevor er das Haus betrat.

»Brauchst du noch lange?«, rief Eva aus der Küche. Er blieb in der Tür stehen und betrachtete seine über den Kochtopf gebeugte Frau, die er immer für stark und unabhängig gehalten hatte. Heute kam sie ihm zerbrechlich vor. In seinen Fingerkuppen begann es zu kribbeln.

»Nur noch ein schnelles Telefonat«, sagte er und verschwand in seinem Arbeitszimmer.

»Hör zu, ich muss mit dir reden«, begann er übergangs-

los, als sich Carsten am Apparat meldete. Zu Bens Überraschung fragte der, ob Annedore noch bei ihm sei.
»Nein. Eben gegangen.« Ben fühlte Scham in sich aufsteigen und versuchte, sie niederzukämpfen. Annedore würde nicht erzählen, dass er sie geschlagen hatte. Sie hatte viel mehr zu verlieren als er. Aber das war jetzt auch nicht mehr wichtig.
»Können wir uns treffen?«, fragte Ben schnell.
»Wenn es um das Kind geht, nein. Ich bin mit Annedore einer Meinung. Wir ziehen es zusammen groß. Und du bist der Allerletzte, der dazu noch etwas zu sagen hat.« Die Stimme des Astrophysikers hatte einen aggressiven Ton angenommen.
»Sie lügt. Hör zu ...«
»Vergiss es!« Das Knacken in der Leitung traf Ben wie eine Ohrfeige.
»Was ist los?« Eva stand im Türrahmen. Sie musste sich auf Zehenspitzen angeschlichen haben.
»Es war Carsten. Er hat mich gebeten, demnächst nach seinem Teleskop zu sehen. Du weißt doch, dass er zwei linke Hände hat.«
Ben ignorierte die gefurchte Stirn seiner Frau. Vielleicht ahnte sie etwas. Wissen konnte sie nichts. Wenn Annedore ihr alles erzählt hätte, wäre sie längst auf ihn losgegangen. Für ihn war es jetzt zu spät, die Zeit für Geständnisse abgelaufen. Er folgte Eva ins Erdgeschoss, sah auf ihren Hinterkopf, der sich schutzlos in Höhe

seiner Hände befand. Dann plötzlich sah er die vor Angst geweiteten Augen Annedores vor sich. Ihre abwehrenden Hände, die nach Schutz suchten, nach etwas zum Verteidigen. Aber da würde nichts sein. Nur sie und er. Und ihre gemeinsame Geschichte. Er hatte die Fäden in der Hand. Er würde sie kappen, auf seine Art und wann er es wollte.

»Wie willst du dein Steak?«, hörte er Eva fragen.

»Was?« Irritiert sah er auf die Fleischstücke, die auf dem Brett neben dem Herd lagen.

»Nicht durchgebraten, bitte. Ich möchte noch etwas Blut sehen«, antwortete er und spürte, wie sein Mund sich zu einem schiefen Lächeln verzog.

Der Nachmittag verlief friedlich. Ben saß neben ihr auf der Couch und blätterte in einem Automagazin. Sie tranken Kaffee, lasen, tauchten hin und wieder aus ihren Welten auf, um sich freundliche Blicke zuzuwerfen. Zweimal läutete das Telefon. Ein Fußballfreund fragte, ob sich Ben ihm beim Joggen anschließen wolle. Der zweite Anruf war für Eva. Sie verschwand mit dem Hörer im Schlafzimmer.

»Eine Bekannte«, antwortete sie ausweichend auf seine Frage, wer es denn gewesen sei. Als er misstrauisch die Augenbrauen nach oben zog, ergänzte sie: »Evelyn. Von der Art-Galerie. Sie plant eine Ausstellung. Ich muss morgen Vormittag mal kurz bei ihr vorbeischauen.«

»Ich dachte, wir machen eine Spritztour mit deinem neuen Wagen«, warf Ben ein.
»Es dauert ja nicht lange. Und das mit der Art-Galerie ist wirklich wichtig.«
Ben nickte nachdenklich. Natürlich – alles andere war immer wichtig. Dass er sich um ihr neues Auto gekümmert, es überprüft und gewartet hatte, zählte nicht. Eva legte fest, was elementar war. Aber nicht mehr lange, sagte er sich, nicht mehr lange.

Annedore hatte einen direkt am Fluss liegenden Parkplatz als Treffpunkt vorgeschlagen. Als Eva die Stufen zur Promenade hinunterstieg, entdeckte sie die Freundin. An einen Pfosten gelehnt, sah sie reglos aufs Wasser und reagierte erst, als Eva ihre Schulter berührte.
»Gut, dass du kommst«, sagte Annedore, »ich dachte schon, du versetzt mich.«
»Was ist los? Du warst so aufgewühlt am Telefon.«
»Ich war gestern bei euch. In der Garage. Ich wollte Ben meine Entscheidung persönlich mitteilen. Aber er …«
Sie verstummte. Eva betrachtete ihr Profil, die kleine, niedliche Nase, den zierlichen Hals, an dem sich erste Falten zeigten.
»Was hat er gemacht?«
Annedore kniff die Augen zusammen. »Er hat mich geschlagen.« Bei dem Wort »schlagen« entblößte sie ihre weißen Zähne. Haifischmund, dachte Eva, während sie

ihrer Freundin behutsam den Arm um die Schulter legte.

»Ich habe dir doch neulich gesagt, dass er langsam durchdreht«, begann sie. »Sein Verhalten macht mir Angst. Nach allem, was in letzter Zeit passiert ist, habe ich beschlossen, ihn zu verlassen. Er weiß es aber noch nicht.«

»Wenn du es ihm gesagt hast, kannst du erst mal bei uns bleiben«, bot Annedore an, »vorausgesetzt, dass du ihm verbietest, dich zu besuchen.«

»Habt ihr denn schon etwas gefunden?«

»Wir haben eine wunderschöne Wohnung entdeckt. Reiner Zufall. In einem Dorf, fünfzehn Kilometer von hier, direkt am Feld und mit Garten.«

Eva wandte sich ab. Den Blick auf die Häuserfassade des jenseitigen Ufers gerichtet, hörte sie dem Bericht ihrer Freundin zu. Wie diese Carsten alles gestanden hatte, wie sie sich gestritten und schließlich versöhnt hatten. Alles hätte sich wieder zusammengefügt, erzählte Annedore. Ein Neuanfang. Auch das Kind hätte darin Platz.

Bei der Erwähnung des ungeborenen Kindes sträubten sich Evas Nackenhaare. Annedore hatte alles zurückgewonnen. Sie alles verloren. Sie hatte ihren Ehemann zurückerobern wollen. Doch der hatte sich in einen machtbesessenen Tyrann verwandelt, der sein Doppelspiel schamlos vorantrieb. Es war nicht mehr ihr Ben,

nicht mehr ihre Ehe. Ihr Leben, das sie einmal geliebt hatte, existierte nicht mehr. Sie betrachtete Annedore und hatte Mühe, ihren Hass nicht laut hinauszuschreien.
»Was hältst du davon?«, hörte sie die Freundin fragen.
»Klingt traumhaft«, antwortete Eva und bedachte Annedore mit einem warmherzigen Lächeln. Genau vierundzwanzig Stunden lang würde deren Traum noch existieren.
»Meinst du, Ben klagt einen Vaterschaftstest ein?« Annedore sah Eva unsicher an.
»Warum sollte er? Nichts, was er sich gewünscht hat, ist eingetreten. Er wollte Paris, dann wollte er ein Kind und zum Schluss irgendeine Art von Familie. Er hat sich verbissen und nun muss er aufwachen.«
»Das tut mir alles sehr Leid. Besonders für dich.«
»Um mich geht es hier doch nicht«, entfuhr es Eva. Der mitfühlende Blick, der sie traf, löste ein Inferno an Verwünschungen in ihr aus. Sie streifte Annedores Hand so beherrscht wie möglich ab und schlug vor, die Promenade zu verlassen, um das etwas abgelegene Ufer aufzusuchen. Schweigend folgten sie dem Lehmweg, der unter tiefen Weiden hindurchführte. Dichtes Gestrüpp verstellte ihnen den Blick aufs Wasser. Auf einem Wiesenstück vor ihnen putzten sich Schwäne, Tauben pickten nach Futter. Eva ließ sich auf eine Bank fallen und klopfte auffordernd mit der Hand auf den freien Platz

neben sich. Die Ufermauer im Rücken, beobachteten sie vorbeilaufende Jogger und Hundebesitzer.
»Weiß Carsten, dass wir uns hier treffen?«, fragte sie beiläufig.
»Nein. Weiß er nicht.«
Eva rückte ein Stück näher an Annedore heran. Im selben Augenblick ertönte eine klassische Melodie aus deren Handtasche.
»Lass es bitte klingeln«, sagte Eva eindringlich. »Ich möchte dir etwas vorschlagen.« Sie tastete nach dem Elektroschocker in ihrer Jackentasche. Warm schmiegte sich der Griff des Gerätes in ihre Handinnenfläche. Annedore sah Evas Bewegungen unbehaglich zu. Auf ihrem Gesicht zeigte sich ein nervöses Muskelspiel. Doch ihre Hände blieben reglos im Schoß liegen, bis die Taktfolge von Beethovens Fünfter verstummte.

Ben drückte die Verbindung weg. Womöglich spielte Annedore seine auf Band hinterlassene Nachricht Carsten vor. Die Mailbox war ein Unsicherheitsfaktor. Er musste persönlich mit ihr reden. Wenn er sie richtig einschätzte, würde sie ihm die Bitte nach einem letzten Treffen nicht abschlagen. Ort und Zeit würde er sie bestimmen lassen. Vermutlich schlug sie einen öffentlichen Platz oder ein Café vor. Ihm war alles recht. Hauptsache, er kam dazu, sie von seinen guten Absichten zu überzeugen. Wieder und wieder rief er sich

seine sorgfältig zurechtgelegten Sätze ins Gedächtnis. Schuld zugeben. Um Verzeihung bitten. Zeit für eine Versöhnung einräumen. Wesentlich war, dass sie die Angst vor ihm verlor. Vertrauen gewann. Dann würde sie ihm ins Büro folgen. Sobald die Tür hinter ihr ins Schloss schnappte, war er am Zug. Dass Herta mit ihrer Freundin nach Mexiko gefahren war, wusste niemand außer ihm. Niemand. Ben lächelte zufrieden, während er in seinen Wagen stieg und zu der Galerie fuhr, in der Evelyn ihre Ausstellung vorbereitete.
Der Kundenparkplatz im Innenhof war leer. Ben spähte in den Verkaufsraum, der mit afrikanischer Kunst dekoriert war. Die Galerie war geschlossen. Er ließ den Wagen stehen und lief eine Runde um den Block. Es war Ferienzeit. Parklücken klafften zwischen den Autos. Doch weder Evelyns Fiat noch Evas neuer Wagen waren in der näheren Umgebung zu finden. Mit langsamen Schritten kehrte er zur Galerie zurück, während er noch immer nach Evas Kleinlaster Ausschau hielt. Und dann begriff er.
Die Kirchenglocke der St.-Benedikt-Gemeinde schlug zwölf. Ohne einen klaren Gedanken fassen zu können, raste er nach Hause.

»Es ist schon zwölf. Ich habe Ben gesagt, ich wäre schnell wieder zurück.« Eva rückte ein Stück von ihrer Freundin ab. Noch immer lag der Elektroschocker in ihrer

Hand. Aber es war eine idiotische Idee gewesen, kindisch und unüberlegt.
»Übrigens habe ich einen Käufer für meinen Feuerball.«
»Für dieses rote Monster?« Annedore sah sie ungläubig an. »Entschuldige, aber wer kauft denn so etwas?«
»Ein Kunstfreak aus dem Altmühltal. Ich hatte das Objekt ins Internet gestellt. Er hat sich gleich gemeldet. Will es unbedingt haben. Auch der Preis ist okay. Morgen bringe ich es ihm. Fährst du mit?« Eva erhob sich und half Annedore auf. »Du hast doch noch Osterferien, oder?«
Annedore zuckte unschlüssig mit den Schultern. »Mir ist vormittags immer so übel.«
Sie legten den Rückweg zügig zurück und erreichten den Parkplatz. Eine Gruppe Inlineskater übte Kunststücke auf dem Asphaltdeck und schlängelte sich durch aufgestellte Hindernisse.
»Komm schon, ich fahre auch vorsichtig. Morgen um neun?«
»Also gut.« Sie hielt ihr die Wange für ein Küsschen hin, doch Eva umarmte sie ungestüm. Annedore lachte. Dann stieg sie in ihren Mini. Für einen kurzen Moment spürte Eva einen stechenden Schmerz in ihrer Brust, dann durchströmte wieder angenehme Gelassenheit ihren Körper. Mit federnden Schritten kehrte sie der Uferpromenade den Rücken zu und stieg in ihren neu-

en Wagen, der morgen eine Spritzfahrt der besonderen Art erleben sollte.

Als sie nach Hause kam, fand sie ein leeres Haus vor. Erst als sie die Küche betrat, erblickte sie ihren Mann durch das Fenster. Er saß auf der Gartenbank und starrte ins Leere. Seine Augen waren gerötet, der Hals mit nervösen Flecken übersät. Die Allergien, die ihn jedes Frühjahr quälten, zehrten sichtbar an seinen Kräften. Ben schien abgrundtief erschöpft. Sein jungenhafter Körper rührte sie. Ob sie überhaupt noch eine Chance zusammen hatten? Sie mussten. Spätestens, wenn dieses Kind in Annedores Bauch unter der Erde läge, hätte er keine andere Wahl, als die fixe Idee seiner Vaterschaft zu begraben. Eva trat zu ihm hinaus, kniete sich vor ihn und legte ihre Arme auf seine Oberschenkel.

»Evelyn hat mir vorhin erzählt, dass sie einen Käufer für das große Metallobjekt gefunden hat. Ich soll schon morgen liefern«, begann sie.

»Wohin?«

»Ins Altmühltal. Übrigens klappert der Wagen beim Fahren immer noch. Könntest du noch mal nachsehen?«

»Sicher. Ich will doch, dass du heil zurückkommst.« Ben streichelte über ihren Kopf, den sie auf seinen Beinen abgelegt hatte. Kurzzeitig hatte sie den Impuls zu schnurren. Die Vorstellung, scharfe Krallen auszufah-

ren und damit über sein Gesicht zu ziehen, ergriff allerdings im gleichen Moment von ihr Besitz. Als die Spannung in ihrem Kopf unerträglich wurde, erhob sie sich und ging ins Haus zurück. Sie lief in die Küche, füllte Kaffeebohnen in die Espressomaschine und säuberte den Käfig des Beos. Unruhig lief sie im Wohnzimmer auf und ab, bis ihr Blick auf ihr Adressbuch fiel. Beim Blättern sprang ihr Annedores Name ins Auge. Sie sollte ihn durchstreichen, jetzt gleich und für immer aus ihrem Leben löschen. Für immer. Die Worte wirkten beruhigend. Eva ließ den Stift sinken. Auslöschen, natürlich. Ludmilas Briefe lagen noch immer in der Vase in Annedores Wohnung. Sie mussten beseitigt werden. Kein Hinweis mehr, der von Annedore zu ihr führte, kein Band mehr, das sich zwischen ihnen zurückverfolgen ließ. Ihre gemeinsame Geschichte war in Kürze ausgelöscht. Und auch das Zeugnis des Doppellebens ihrer Eltern. Sie musste handeln, und zwar bald.
Eine halbe Stunde später betrat Eva die Garage, in der Ben noch immer an ihrem Wagen tüftelte.
»Ich fahre schnell zum Friedhof«, rief sie ihm zu.
»Kann ich mit?«
Eva zuckte mit den Achseln. Kurz darauf fuhren sie die Straße hinunter. Die Luft war durchsetzt von Gerüchen, die an Frühsommertage erinnerten. Eva hob den Kopf und betrachtete den Rücken ihres Mannes, dessen Muskelspiel sich bei jedem Pedalentritt unter dem

Hemd abzeichnete. Äußerlich besaß er überhaupt keine Ähnlichkeiten mit ihrem Vater. Nur in seinem Inneren, verborgen unter der jugendlichen Erscheinung, schlummerten Abgründe. Dass Ben zu einem solchen Doppelleben fähig sein konnte, hätte sie nie vermutet. Aber jeder hatte dunkle Seiten. Auch sie. Sie würde Ben die zweite Chance geben, die ihre Mutter ihrem Mann versagt hatte. Entscheidend war, dass die Voraussetzungen stimmten, unter denen sie ihr neues Leben begannen. Als sie ihre Fahrräder vor dem Hauptportal des Friedhofes an einer Straßenlaterne anketteten, beschloss Eva spontan, auch das Grab ihres Vaters zu besuchen.
»Dein Vater – was war er für ein Mensch?«, fragte Ben, als sie den asphaltierten Mittelweg verlassen hatten und auf einem schmalen Pfad weiterliefen.
»An vieles kann ich mich nicht mehr erinnern. Er war groß und schmal und strich seine Haare immer mit einem nassen Kamm zurück. Er konnte unheimlich witzig sein und mit seinem Humor alle um den Finger wickeln. Auch meine Mutter. Ich glaube, er war ziemlich egoistisch. Aber eins weiß ich noch wie heute: Wenn er im Unrecht war, hat er sich immer dafür entschuldigt. Bei jedem. Auch bei mir. Es spielte keine Rolle, dass ich noch ein Kind war.«
Ben vergrub seine Hände in den Hosentaschen. Schweigend liefen sie nebeneinander, bis sie am Grab ihres Vaters angekommen waren. In den von Taubenexkre-

menten übersäten, verwitterten Marmorstein war eine Blume eingemeißelt. Eva erstarrte, als sie die Form der Blütenkelche erkannte. Wie oft hatte sie dieses Relief betrachtet, ohne darin etwas Besonderes zu sehen. Es war eindeutig das Adonisröschen, das sich auf dem Stein abzeichnete.

Sie setzte sich auf die Holzbank, die gegenüber dem Grab stand, und ließ die Entdeckung auf sich wirken. Das Herz ihrer Mutter musste bis zum Ende vergiftet gewesen sein, dachte sie, sonst hätte sie sich für ein Doppelgrab entschieden.

»Er war so alt wie ich, als er starb«, rief Ben überrascht. »Das habe ich nicht gewusst.«

Eva lächelte und tastete nach den Zigaretten in ihrer Tasche. Nachdenklich sog sie den Rauch ein, sah den blauen Kringeln hinterher, die sich auf dem Weg zu einer Blautanne in der Luft verloren. Ben drehte sich vom Grab weg und kam ein paar Schritte auf sie zu. Auf die Frage, ob sie ans Grab ihrer Mutter gehen wollte, legte sie eine Hand auf ihr Herz.

»Nicht nötig. Sie ist hier drin.«

Eva erwachte mit Herzklopfen. Leise schlüpfte sie aus dem Bett und schlich ins Bad. Die Scharniere des Spiegelschrankes quietschten beim Öffnen, als sie die Schachtel Schlaftabletten hinter ihren Cremetuben hervorzog. Erst als sie die Küche betrat, knipste sie das

Licht an. Ben konnte jeden Moment aufwachen. Er hatte sich nicht davon abbringen lassen, ihr beim Einladen des Feuerballs helfen zu wollen. Sein Wecker klingelte um halb acht. Sie hatte nur noch fünf Minuten. Ungeduldig schielte Eva zum Wasserkocher, während sie die kleinen, weißen Tabletten mörserte. Noch zwei Minuten. Sie stopfte die Fenchelbeutel in die Thermoskanne, überbrühte den Tee und gab vorsichtig das Pulver hinzu. Dann ließ sie die Kanne in ihrem Rucksack verschwinden, der im Flur bei den Schuhen stand. Sie huschte in die Küche zurück und riss das Fenster auf. Dr. Alfons schlug mit seinen Flügeln gegen die Gitterstäbe.

»Ruhig, ruhig«, flüsterte sie ihm zu und zog das Handtuch vom Käfig. Begierig sog sie die hereinströmende Morgenluft ein. Von draußen drang Vogelgezwitscher in die Küche. Lockrufen folgten Erwiderungen. Eva lehnte sich an die Küchenzeile und lauschte dem tirilierenden Rhythmus der Vögel. Satzfetzen drängten sich in die Melodie und füllten ihren Kopf aus.

»Fahr zur Hölle«, sang eine Stimme in ihr, »nimm mich mit – fahr zur Hölle – nimm mich mit.«

Sie schüttelte sich und begann umherzugehen. Doch die Worte ließen sich nicht aus ihrem Kopf löschen. Wie ein Fluch begleitete der Gesang ihre Schritte. Erst als Ben eine Dreiviertelstunde später die Wendeltreppe herunterkam, wurde es still in ihr.

»Heute soll den ganzen Tag die Sonne scheinen«, sagte er gut gelaunt und drückte ihr einen Kuss auf die Lippen. Er trug ein blaues Satinhemd über dunklen Jeans.
»Gibt's was zu feiern?«, fragte Eva und zwang ein Lächeln auf ihr Gesicht.
Er blieb ihr die Antwort schuldig. Beim Frühstück las er wie gewohnt seine Zeitung. Eva zwang sich, ein Brot zu essen. Das Messer richtig zu halten und die Tasse zum Mund zu führen. Sie konnte sich kaum entsinnen, wie sie sich normalerweise am Esstisch verhielt. Immer wieder rutschte ihr Blick ins Leere, während ihre Finger das Ei pellten und die Butter aufs Brot strichen.
Wenn sie dem Haus den Rücken kehrte, würde sie ruhiger werden. Aber noch fühlte sie sich unter Beobachtung.
»Aufgeregt?« Ben sah über den Rand seiner Zeitung.
Eva würgte einen Bissen hinunter. »Wegen dem Feuerball? Nein. Ich habe mich innerlich schon von ihm verabschiedet.«
»Na, dann wollen wir mal.« Er machte Anstalten aufzustehen, Teller und Tasse in der Hand.
»Wieso wir?«
»Ich helfe dir beim Einladen. Schon vergessen?« Ein boshafter Zug schlich sich in seine Augen. Sie hatte keine Zeit, darüber nachzudenken. Ben war in den Flur gegangen und hatte ihren Rucksack geschultert.

»Den nimmst du doch mit, oder?«, rief er vom Eingang her.
Eva erhob sich und lief ihrem Mann in den Garten hinterher zum Atelier. Majestätisch thronte der Feuerball vor dem Fenster. Im Licht der Morgensonne strahlte das Objekt eine Würde aus, die Eva den Atem anhalten ließ.
»Das Ding ist wahrscheinlich höllisch scharf. Lass mich mal machen.« Ben streifte sich die Arbeitshandschuhe über, griff durch die Metallstacheln, packte zwei an der Schweißnaht und versuchte, das Objekt vorsichtig zu kippen. Er hatte es »das Ding« genannt. Ein Wesen, gespeist von Wut und Verletzung, größer als er selbst, gefährlicher, schöner. Eva hielt die Tür auf, als sich Ben ihr rückwärts laufend näherte.
»Das Ding ist eine Waffe«, stöhnte er.
»Das Ding wird uns alle überleben. Es verrottet erst, wenn wir längst unter der Erde sind«, sagte Eva bedächtig. Der Sturm in ihrem Kopf hatte sich gelegt. Ein leichter, nicht unangenehmer Schwindel war zurückgeblieben. Umsichtig dirigierte sie ihren Mann durch den Garten zur Garageneinfahrt. Als sie den Feuerball gemeinsam in den Laderaum ihres Wagens hoben, stach sie sich an einer Spitze. Ein Tropfen Blut trat aus dem Finger. Sie leckte ihn ab und sah auf die Uhr. Es war höchste Zeit.
»Ich wäre dann so weit«, rief Ben ihr zu. Er hatte auf

dem Beifahrersitz Platz genommen und schnallte sich an.

»Hey, was soll das?«

»Ich fahre mit. Habe mir extra freigenommen.« Er grinste Eva an.

»Nein, Ben, ich fahre alleine«, sagte sie nachdrücklich.

»Sei keine Spielverderberin. Wir machen einfach eine Spritztour. Außerdem war ich noch nie im Altmühltal.«

Eva startete den Wagen. Damit beschäftigt, nicht die Kontrolle über ihren Wagen zu verlieren, konnte sie keinen klaren Gedanken fassen. Gas geben, bremsen, Blinker setzen. Instinktiv hatte sie den Weg zu Annedore eingeschlagen. Sie bemerkte es erst, als sie von weitem die kastanienbraune Lockenmähne ihrer Freundin erkannte. Mit einem Stadtrucksack bepackt, stand Annedore an der Straßenecke und winkte ihr zu. Dann entdeckte sie Ben auf dem Beifahrersitz und das Lächeln auf ihrem Gesicht erlosch. Ungläubig blickte sie durch die Frontscheibe von einem zum anderen. Dann drehte sie sich auf dem Absatz um und lief ins Haus zurück.

»Fahr weiter«, sagte Ben seelenruhig. »Oder glaubst du etwa, ich weiß nicht, dass ihr zusammen fahren wolltet?« Um seine Mundwinkel hatten sich Falten gebildet. »Die Frage ist nur, warum.«

Eva schwieg. Sie hatte keine Ahnung, wohin sie jetzt fahren sollte. Annedore wäre nicht mit ihr im Altmühltal angekommen. Auf dem ersten einsamen Parkplatz hätte der Tee die Freundin in ein hilfloses Bündel verwandelt. Der Tee! fiel ihr ein. Sie zwang sich, ihre Stimme ruhig klingen zu lassen.

»Was soll das? Sie ist meine Freundin. Wir wollten den Transport einfach mit einem Ausflug verbinden.«

»Du denkst wohl, ich bin blind.« Ben kam mit dem Ellbogen an den automatischen Fensterheber, der die Scheibe hinterfuhr. Die hereinströmende Luft roch nach Abgasen. Eva scherte aus der Spur aus und hielt auf dem Seitenstreifen. Eine Haarsträhne löste sich und fiel ihr in die Stirn. Noch immer umfasste sie mit beiden Händen das Lenkrad, den Blick geradeaus gerichtet.

»Doro und ich wollten in Ruhe darüber sprechen, wie wir die Sache mit dem Kind meistern«, begann sie. »Ich weiß, dass es von dir ist.« Sie blickte ihn direkt an. »Ich hätte dir verziehen, wenn du es nicht immer schlimmer gemacht hättest. Mit deinen Lügen, deiner jämmerlichen Erpressung.«

Sie spürte, wie ihre Stimme kippte, und schluckte den nächsten Satz hinunter. »Lass uns nach Hause fahren«, sagte sie, während ihre Hand nach dem Rückwärtsgang suchte, um den Wagen zu wenden. »Lass uns in Ruhe über alles reden, wie erwachsene Menschen.«

»Fahr weiter«, erwiderte Ben schneidend.

Der ungestüme Start, mit dem Eva den Wagen auf die Straße brachte, drückte ihn in den Sitz. Ohne auf Ben zu achten, nahm sie rasant die Abzweigung auf die dreispurige Verkehrsstraße, die aus der Stadt führte. An einer Kreuzung kamen sie zum Stehen.

»Ins Altmühltal geht es nach rechts, fahr über die Landstraße«, befahl Ben.

Eva setzte kommentarlos den Blinker. Sie hatte keine Ahnung, was ihr Mann vorhatte.

»Wer hat dir erzählt, dass das Kind von mir ist?«, fragte er barsch.

»Annedore.«

»Hat sie dir auch erzählt, wie es passiert ist?«

»Ja. Obwohl ich es überhaupt nicht wissen wollte.«

»Genau. Du willst nie wirklich etwas wissen. Hauptsache, die Dinge laufen nach deinem Plan.«

»Das ist doch Blödsinn. Du hast meine beste Freundin geschwängert. Was erwartest du?«

»Als ob dich das interessiert.« Ben hielt sein Gesicht in den Fahrtwind. Sie fuhren über die Landstraße. Eva hatte das Tempo gedrosselt. Raps und Maisfelder erstreckten sich vom Fahrbahnrand bis zum Horizont.

»Annedore hat sich mit einem Eifer von mir trösten lassen, der mir im Nachhinein sehr verdächtig vorkommt. Sie hat ein Kind gewollt, sie hat mich benutzt.«

»Das ist doch Schwachsinn«, entfuhr es Eva.

»In gewisser Hinsicht seid ihr euch ähnlich«, fuhr Ben

unbeirrt fort, »aber mir reicht es jetzt. Ich lasse mir meine Pläne nicht von zwei Frauen durchkreuzen, die nur an sich denken. Schließlich ist es mein Leben.«

»Dein Leben!« Eva beließ es bei diesen zwei Worten. Ein unheilvolles Schweigen breitete sich im Wageninnern aus.

»Also, wohin wolltet ihr wirklich?«, fragte Ben leise, während sein Blick den Rucksack streifte, der hinter dem Fahrersitz klemmte. Er zog ihn zu sich heran, öffnete die Lasche und begann, darin herumzuwühlen.

»Was suchst du? Messer, Chloroform, einen Revolver?«, fragte Eva bissig.

Sein entgeisterter Blick versetzte ihr einen Stich. Ben war naiv. Immer noch der kleine Junge. Er wäre nicht einmal im Traum auf die Idee gekommen, dass sie Annedore aus dem Weg schaffen wollte. Aber jetzt, jetzt addierte er die Summe ihrer Aussagen und Handlungen zu einem schlüssigen Ergebnis. Eva spürte es. Sie schluckte und sah geradeaus, während ihr Herz sich zusammenkrampfte. Langsam zog Ben die Thermoskanne heraus und hielt sie demonstrativ in die Höhe.

»Das ist Fencheltee«, sagte Eva und versuchte, belustigt zu klingen. »Für Annedore. Sie ist schwanger, schon vergessen?«

»Du hast Fencheltee für sie gemacht? Wie aufmerksam von dir«, erwiderte Ben ironisch.

»Wenn du es nicht glaubst, nimm einen Schluck.«

Aus den Augenwinkeln registrierte Eva, wie er den Aluminiumbecher von der Kanne schraubte und den Verschluss öffnete. Mit leisem Zischen entfuhr heiße Luft. Bens Blicke brannten ihr förmlich Löcher in die Haut. Er schien unschlüssig, was er tun sollte.
»Trink du zuerst«, sagte er schließlich.
»Du weißt, dass ich Fencheltee hasse.«
»Ja, ich weiß.« Er roch an der Öffnung, schenkte den Becher halb voll und hielt ihn Eva entgegen.
»Trink«, befahl er.
»Du machst dich lächerlich«, fuhr sie ihn an.
»Du sollst trinken.« Die Hand mit dem Tee schwebte so dicht vor ihrem Gesicht, dass der Geruch des Fenchels in ihre Nase zog.
»Nein.« Sie schlug ihm den Becher aus der Hand. Tee spritzte nach allen Seiten. Die Flüssigkeit tropfte vom Rückspiegel und rann in dünnen Fäden die Frontscheibe hinunter.
Ben sah sie fassungslos an. Etwas war dem Tee beigemengt. Etwas, das für Annedore und das Kind bestimmt war. Betäubungsmittel? Gift?
Hatte Eva nicht gerade von Chloroform und Revolver gesprochen? Gefühle, die Ben noch nie in seinem Leben gehabt hatte, fraßen sich von innen durch sein Gedärm. Sie wollte ihm alles nehmen. Eine Familie, ein Kind, seine Rache an Annedore. Sie nahm ihm selbst noch die Rache!

»Du wolltest sie umbringen«, hörte er sich ganz ruhig sagen.

»Ich wollte unserer Ehe eine Chance geben.« Eva tastete in dem Seitenfach nach etwas, das sie notfalls als Waffe benutzen konnte, während sie das Steuer fest umklammerte. Rechterhand erstreckte sich Wald. Auf keinen Fall würde sie sich zwingen lassen, auf einem abgelegenen Parkplatz zu halten.

»Natürlich.« Ben stieß das Wort höhnisch aus. »Wie konnte ich nur daran zweifeln, dass du das für uns erledigst.«

»Sag bloß, ich bin dir zuvorgekommen?« Eva lachte auf. Ihr Lachen klang irre. Ben betrachtete seine Frau, deren Mund sich hämisch verzog.

»Als ob du fähig wärst, einen Menschen umzubringen. Du Niete. Du kannst ja noch nicht mal etwas für dich behalten.« Ein Seitenblick bestätigte die Wirkung ihrer Worte. Starr saß er neben ihr und blickte auf die Straße.

»Alle Welt weiß, dass der Superarchitekt Ben Meiser für seine künstlerisch wertvolle Arbeit nicht mal einen einzigen Ankauf erhalten hat. Dass er wie ein Schuljunge von seinem großen Wurf träumt und heimlich Modelle bastelt, während andere Croissants und Milchcafé auf ihrer Pariser Terrasse genießen.«

»Woher …?«

»Ich hab's von deiner Superarchitektin. Sie hat mich angerufen. ›Ich mache mir Sorgen um Ben‹«, hörte sich

Eva mit nasaler Stimme Herta Miro nachäffen, ›habe gerade mit Paris telefoniert‹.«
Noch immer fuhren sie auf der Landstraße. Die Bäume hinter der Leitplanke warfen Schattenstreifen auf die Fahrbahn.
»Du bist ein Teufel«, zischte Ben.
»Und du ein Nichts. Luftschlösser und Lügen. Glaube mir, ich hatte schon genug Schwindel in meinem Leben. Ich will einen Mann, der weiß, was er tut, nicht einen …« – sie warf ihm einen verächtlichen Blick zu – »… einen kleinen, unreifen …«
Ihre letzten Worte gingen in einem Aufschrei unter. Sie sah Bens Hände katzenartig auf sie zuspringen. Es waren eiskalte Hände, die ihren Hals umschlossen, ihn würgten. Sie rang nach Luft, schlug mit ihrer rechten Faust in sein Gesicht. Ihre linke Hand steuerte den Wagen weiter, der zu schlingern begann. Ben griff ins Lenkrad, während ihr rechtes Bein reflexartig Vollgas gab. Für einen kurzen Moment drehte sich alles. Dann kam der Aufprall. Taumel umgab sie, eine Empfindung, die sie kannte. Den Bildern in Zeitlupe folgte der Zeitstillstand. Verschwommene Linien und Farben. Gedankenblitze schossen durch ihren Kopf. Ihre Hinterlassenschaft. Sie, die Raubkatze, immer auf die Füße gefallen, jetzt auf den Ballen, ohne Haut, direkt aufs rohe Fleisch. Sie rang nach Luft. Licht und Schatten, Illusion und Realität. Der Übergang zur dunklen Sei-

te des Lebens. Zorn war der Motor, Rache die Antwort. Rache, Verlust, das Drehen um die eigene Achse. Erinnerungen an eine verschwindende Welt. Ein ohrenbetäubender Schlag erfüllte ihr Bewusstsein. Ihr Gesicht wurde gegen den Airbag geschleudert. Etwas schoss mit gewaltiger Kraft von hinten gegen ihren Sitz. Sie hatten die Leitplanke durchbrochen. Der Wagen hing zwischen Bäumen, Ästen und einem Graben. Aus der deformierten Motorhaube qualmte es. Seltsam verzögert, als wäre ihr die Wirklichkeit einen Schritt voraus, drehte sie ihren Kopf. Ben saß aufrecht im Sitz, die Hände in seinem Schoß. Ein roter Metallspeer ragte wie ein seltsamer Stachel aus seinem Adamsapfel. Eva sah ungläubig auf den spitzen Metallarm ihres Feuerballs, der bei dem Aufprall nach vorn geschleudert war und sich nun durch Bens Hals bohrte. Ben war von ihrem Liebling, den er abfällig »das Ding« genannt hatte, aufgespießt worden. Ein tonloses Lachen entwich ihr. Dann überwältigte sie tiefer Schmerz. Es gab kein Richtig, kein Falsch. Nur sie und die Trümmer ihres Lebens, ihrer Liebe. Sie betrachtete die Gesichtszüge ihres Mannes und strich zärtlich mit dem Finger darüber. Ihre Hand war blutüberströmt. Eine Weile starrte sie auf die roten Schlieren, die sie auf Bens Wangen hinterließ, dann wanderten ihre Augen ihren Körper hinunter. In Höhe des Bauchnabels wuchs ihr eine feuerrote Metallspitze aus dem Leib. Ungläubig umfasste sie den scharfkantigen Speer. Den Feuerball. Die neunschwänzige Katze. Den Dreizack. Sie legte ihre Hand auf den Übergang zwischen Metall und Körper. Es schmerzte nicht einmal. Nichts schmerzte mehr. Als Fremde aufgeregt gegen die Fahrerscheibe klopften, legte sie behutsam ihre Finger an die Lippen und schloss die Augen.

Die Autorin dankt

W. Granert, Dr. Doris Gruber, Dr. Handl,
Maria Harsa, Georg Havlik,
Christine Kramer, Birgit Lamotte,
Ulrike Obenauer, Andrea Schaaf,
Dr. Wilhelm Schaaf, Katrin M. Schwarze,
Luzia Vogel.